肉山

马洪鸣 著

中国言实出版社

图书在版编目（CIP）数据

向山 / 马洪鸣著. -- 北京：中国言实出版社，
2024. 9. -- ISBN 978-7-5171-4923-1

Ⅰ. I247.5

中国国家版本馆CIP数据核字第2024RQ0870号

向山

责任编辑：王君宁

责任校对：王建玲

出版发行：中国言实出版社

地　址：北京市朝阳区北苑路180号加利大厦5号楼105室

邮　编：100101

编辑部：北京市海淀区花园北路35号院9号楼302室

邮　编：100083

电　话：010-64924853（总编室）　　010-64924716（发行部）

网　址：www.zgyscbs.cn　电子邮箱：zgyscbs@263.net

经　销：新华书店

印　刷：成都市兴雅致印务有限责任公司

版　次：2024年9月第1版　　2024年9月第1次印刷

规　格：880毫米×1230毫米　1/32　7.25印张

字　数：176千字

定　价：69.00元

书　号：ISBN 978-7-5171-4923-1

目 录

CONTENTS

第一章　创纪录

1

多年以前，向敬岳并没有想到，丹青山会蝶变成丹青湖。

那天早晨，仰望丹青山顶端，向敬岳眼角湿润的刹那，山巅的岩石与峭壁的姿影便永驻于他的内心，并将影响他的一生。

当时，丹青山顶端盘踞的云层涌现出深邃的纹络，祥瑞的朝霞散发着金色光芒，镶嵌于巅峰，光芒之下的丹青山山峰以端庄之态呈现出庄重之色。太阳跃过云彩，神秘的瑞霭环绕其间，形成丹青山与苍穹、朝阳融为一体的气势。

天地间的金色光芒所形成的浩大声势，覆盖了整座丹青山采场。

坐落在海拔 120 米山坡的剥离工区会议室里，正在召开改写丹青山前途的丹青山揭顶动员会。

会议室虽是一排简易的临时工棚，但远远望去，芦苇顶棚和就地取材的山石垒就的墙基稳重而从容，窗玻璃在朝阳中闪闪发亮。与会议室并排而立的是矿工们在采矿现场的临时住所，同样是芦苇顶棚、山石墙基，明晃晃的玻璃窗映照着新的梦想。向敬岳所在的爆破班从花青山转战丹青山，整支队伍就安扎于此，与采矿场时刻厮磨。在这里，矿工们已成为主人。

山坡上，铁锤与铁镐清脆的击打声此起彼伏，石钎与岩石碰撞所发出的尖锐之声交错其间。矿工们手中三根竹片做成的软柄锤，抡起来弯成了"弓"，锤头落下，要落在只比手指头略粗的钢钎上。锤头与钢钎，以不同的力度呈现各自的禀性，它们相撞或分开时，会留给褐红色矿石刻骨的记忆。

站在山坡采矿坑道里的向敬岳，几次试图举起手中的铁锤，都被手背的疼痛打断，低头察看创面，见手背上的红肿鼓囊囊的，丝丝血迹渗透了颜色模糊的包扎布，稍微触碰，喉咙里涌出的声讨瞬间转换成涓涓潮水。他含含糊糊地称呼手掌"伙计啊"，带着一些包容，还有一些疼惜，他说，你辛苦了，还请快点好起来啊，咱们要互相体谅啊！

爆破小组每 4 个人组成一个单位，两人扶钎子，两人拿 8 磅锤轮流打，一天下来，岩石掏空了矿工的力气，但矿工们总是创造新的进尺纪录，从未局限于常规作业的 5 米深度。上个月，从铁厂新调来的一批兄弟尚未掌握与大锤齐心合力的诀窍，向敬岳便和搭档乔崇峻分开传授技术。人工打造炮孔，一根钢钎，两把铁锤，从初步掌握抡锤技术到得心应手，有一个心性与掌心融为一体的过程，一天、两天……除了白天在工作中实践，大伙儿借着月光，专门从采场挑来一块岩石抬到住处练习技术。铁锤与岩石不断地敲击夜色，带着光。乔崇峻和向敬岳为了教大家抡锤，一遍遍地做示范动作，一次次地为大伙儿撑钎，两人的手常被砸到流血。严格说起来，向敬岳的凿岩技术是乔崇峻传授的，他的锤头也曾砸在乔崇峻的手背和虎口上。那时，正逢向山地区迎来全面解放，地处向山的丹青山铁矿也迎来了新生。矿工们点燃的开山炮的隆隆之声，以簇新的音质显露出翻天覆地的气概，没有丝毫犹豫和迟疑！开山炮同时炸平日伪时期遗留的疮痍，矿工们在开山炮的显赫之声中成为这片土地上的主人！开山炮告诉矿工们，全新的情景和情感正打开新世界、新生活的大门。而今，在丹青山采场投入人工生产、丹青山采场一期工程开工的轰轰烈烈的背景下，乔崇峻被任命为采爆班班长，向敬岳跟他搭档。此刻，乔崇峻正在剥离工区会议室参加丹青山揭顶动员会。

指尖上缠着的蓝布条渗出了血迹，虎口处的肿胀阻碍抡锤，向敬岳打算去挑炸药，或者去挑矿石，环顾四周却没找到闲置的扁担竹筐。显然，整个采矿现场一旦进入作业状态，席卷起来的劳动热情便不可抵挡。手上没活，向敬岳心里没着没落的，望见小铁路线上有五六辆元宝车，便三步并作两步冲过去加入推动元宝车的行列。三个人一辆车，一车矿石有一吨重，他侧身借助臂膀发力，尽管走起路来有些吃力，但完全承受得了这份重量。元宝车缓缓在铁轨上行驶，推到卷扬机边，牵引到沟头，再倒上汽车运到 80 万吨原矿的货场。向敬岳心中的焦灼在 3 公里的运送路程中找到了出口。

暑天已近尾声，酷热仍在耍弄余威。阳光下，整座山体蒸散出属于土壤、岩石的闷热气息。很快，柳条安全帽便不再收留主人的汗水，向敬岳摘帽擦汗的间隙再次向会议室张望。

从会议室到作业区的盘山路是北坡的第一条上山公路，道路崎岖，路面仍有坑洼，却是去年初丹青山基建工程开工，矿工们与丹青山开采初步展开较量的战果，有如他们夜以继日地在山坡上弹奏出的一幕序曲。有了路，新成立的汽车运输班仅有的 7 辆运输车来回穿梭，剥岩运输也就上了新台阶。原矿货场开出一条汽车运输路，进行剥岩运输，15分钟的路程，人歇车不歇，剥离工段、采矿工段、汽车工段拧成一股绳却又较着劲儿，不断地创出新纪录。

会议室里涌出了一群人，从坡底沿着盘山路走上来。人群中，乔崇峻魁梧的身板稍显突兀，他和身旁的工区各班组长、技术员阔步昂首的姿态让人联想到力量展现的具体形式。

向敬岳挥舞右手，左手也随之摆出期待的幅度，他肩膀上嚣张的粉尘随之起舞，脚边一些细小的山石悄然滑落，看上去，山石总是在与矿工们展开较量后变得通情达理。乔班长，决定了？向敬岳刚扯开嗓子，另一个洪亮的喊声抛了过去，是站在山坡上的匡友富。他是那群才从铁厂过来的兄弟中，抢锤技术掌握最快，也是最好的。

乔崇峻人在远处，回应已先期到达：两个洞口、14个药室，坑道总长100余米，横洞口水平160米标高，爆破量为7万吨、装药量为10吨，计划在10月1日前夕起爆揭顶！乔崇峻歇了一口气，接着喊，这次爆破准备工作大约需要两个月时间！越来越近的话音在山坡坑道里形成回音，像是矿山的肺叶在吞吐气息，回声中带有感叹色彩的惊呼。

喊声一到，山坡上的锤声像是收到了召集令，叮叮咚咚的敲击声顷刻安静下来。乔崇峻快步走近大伙儿，深深吸了一口气，接着说，就两个月，以前放炮都是单排孔，这次我们做到3到4排爆破，超常量爆破！乔崇峻说话的节奏稳稳的，似乎在吻合另一种鼓舞人心的节奏，属于矿山本身的节奏！爆破设计方案里都有！紧跟上来的技术员说，同志们，此次爆破的成败是丹青山能否早日投产的关键，意义重大而任务艰巨，我们要用成功的丹青山揭顶第一炮，用开山炮声向国庆八周年献礼！

技术员展开图纸铺在山坡上，大家围上来，图纸边角压上石块，厚重的山体在图纸上呈现出另一种胸怀——静寂的、坦荡的……洞室设计、爆破药量计算、安全区计算……技术员逐条解说。听着听着，向敬岳移开目光望了一眼天上的云彩，云彩低了下来，一种深沉的感觉和略显单薄的沉默，令他眼角微微发热。

同志们，要提高生产铁矿石的能力，就要深入丹青山开采，迎来丹青山揭顶是必然，也是挑战！丹青山原始的自然山貌极其复杂，我们借助炸药威力的同时也要确保技术精准、安全生产！揭顶就是将丹青山海拔189米的山顶拦腰砍去，在海拔160米处形成一个设计高度为12米的台阶，开掘出一个良好的作业区，这样就为大型的采掘设备开辟了一个用武之地，能够发挥机械的巨大作用，结束丹青山人拉肩扛、推元宝车等原始的采掘方法——技术员的解说成了一种背景，他停顿时，燥热的山风卷走了一部分聒噪的粉尘。海拔160米到189米是孤立的山峰，山前山后均为陡峭的山崖，这是人工无法完成的，必须因地制宜采用洞室爆破。这次，矿山首次采用大规模洞室爆破为矿山揭顶，开创了纪录。咱们采爆班将承接一次非比寻常的任务，这次爆破的意义重大！技术员扯开嗓门，以呐喊般的嗓音盖过徐徐风声。

仰望山顶，那朵云彩正静静地做出俯冲的姿势，拥抱了整个采场。向敬岳揉了揉鼻子，借以清理鼻腔处黏附的粉尘来掩饰内心对丹青山复杂的情愫。

到放炮的那天，这个地域将发生历史上从未有过的大动静。技术员边说边卷起了图纸，握紧右手，随即亮出赋予加油使命的拳头。

愿意加入突击队的报名吧！乔崇峻接腔道，作为党员，我要起到带头作用，我第一个报名！说着望向向敬岳。向敬岳接住乔崇峻的目光，说，我参加！我也报名！匡友富紧随其后……报名声没有间断，在场的没有一个人落下。

这两年间，大家辗转周边结束了几座鸡窝矿、露头矿的开采，期间转战花青山采场，花青山开采两年后，暴露了含矿量的贫瘠，大批人马转战到这丹青山采场。勘探报告显示的丹青山所含有的高达 70% 的精矿带给人富裕之感，而它征服大家的还有它袒露的、无法超越的、无私奉献的崇高情怀，在丹青山面前，矿工们征服的信念被篡改。

这天工作结束，乔崇峻和向敬岳沿着丹青山北坡向上。一路上，两人走走停停，将带有昔日痕迹的山间的石头、蒿草等细小的实物一一以目光拾取。山顶岩石林立，几块硕大的岩石相互叠加，显出典型的露头矿的特质，霸道中又带有内敛的气韵。两人目光一点一点在岩石中游走，最后驻留在其中最突出的一块岩石上，两人将其称为同心岩。这岩石一部分置身山顶，一部分悬于山体，形成带有象征意味的峭壁，仿佛这里是所有行程的尽头。

山顶的一切并未因它们所处的世界即将发生变化而有所变化，倒是两人内心，显出诀别的意味。

无论何种视角，同心岩都以独特的角度进入两人的视线。它毫不掩饰自身的价值，坦露的赭红色明显含有铁。

两人并排背靠同心岩石，顷刻被岩石的温度所征服，温润的、通透的……像是刻有时间的记忆。两人以矿工的视角打量它，它有近一吨的重量，必将经历第二次爆破。

这山，该留下个身影。乔崇峻说，别人忘记了山的形状，但是向敬岳，我们要清楚，它就是个元宝。只有元宝才养得起这么多人，我从小时候就梦想着地下可以挖掘出宝藏，但我做梦都想不到，会在向山的矿山……看得出，乔崇峻以最真挚的感情投入进去却不知该用什么词语贴切表达，他看着向敬岳说，真是没法说……

向敬岳点点头，蹲下，捡拾堆拢起拳头大小的碎石块，开辟出脚下的空地，以泥土为底色，渐渐摆出一个"仙"字的造型来，他说，人与山组合成了一个"仙"字，还有许多"山"字旁的字要学习。他留下"人"字旁，摆弄那些碎石，并列成两横。散落在地面上的碎石子显然清楚他的用意，组合出来的两横有恰到好处的平衡，泥土上出现了"仁"字。

这次，乔崇峻没有追问向敬岳识字的缘由，向敬岳也免于继续杜撰身世。或许相对于丹青山揭顶的大事，个人的身世显得微不足道。乔崇峻蹲下身，专心研究碎石的组合，向敬岳继续和碎石合作，摆出了一个"金"，他不等乔崇峻接受，很快摆出了"失"，他说，这是"铁"！两人对视了一下，彼此清楚这其中的隐秘关联。向敬岳补充说，这是简化字。显然向敬岳无心钻研汉字的演化，但他盘腿坐在地上，对这几个简化的汉字摆出端端正正的坐姿。

碎石辅助乔崇峻寻求字符之外的意义，古老的赭红泥土呈现的狭小平面上，碎石不断地被记忆"仙""仁""铁"，没有丢弃一笔一画。古老岩石并不是旁观者，而是其中的一部分。向敬岳最后写了"征"。写完后，他起身，面对岩石伸展双臂，贴紧它，抬头仰望它，他目光很深邃，像是洞悉了岩石生命之初。

乔崇峻摸出口袋里的一支铅笔和一张牛皮纸，牛皮纸是废弃的炸药包装盒夹层中的。乔崇峻一笔一画地将今天学到的四个字移师牛皮纸。纤细的笔在他粗大的手掌中凸显出和解的谦逊，不难看出，尽管他们心里都装着秒差爆破技术，装着每天的爆破计划，想着每一次爆破都要确保万无一失，想着不能影响采剥进度，不能耽误生产，但从未耽搁识字学习。

乔崇峻写好后，向敬岳接过铅笔任由笔尖向牛皮纸的空白处延伸，他问，你知道我想突出点什么吗？乔崇峻微微一笑并不言语。向敬岳的写写画画与矿工工装的装束看上去毫无违和感，而他在牛皮纸上描绘的山峰以及笔芯涂抹的黛墨之效，拥有试图破解绿色的智慧与真相的野心，似有一种破解天与地之间奥秘的动机。向敬岳想起流传的有关丹青山的六次勘探报告，揭开了丹青山的神秘面纱，而城市绘画、规划、建设中型钢铁联合企业，年产 500 万吨的设想，显然表明，铁城的建设离不开丹青山，这其中会有新的续写。

你这画的像是上了色，是绿色。乔崇峻说着端详着牛皮纸上衍生的山峰，那充满生气的黛绿成了暮色中神奇的光，使得暮色栖身岩石所呈现的宿命意味令人震撼。看上去，岩石比两人经历过更多古老的风雨，它明白一切，并以沉默承受。

向敬岳相信乔崇峻清楚，彼此想要以另一种形式留住丹青山，但他未曾点破。此时，他并没有意识到，多年以后，这份心思经过岁月的洗礼，镀上了一层底蕴浓厚的外衣。最初算是两人的秘密，乔崇峻离开后，向敬岳带着内心那种无法释怀的、永别的痛楚，将其视为乔崇峻给予他的眷念。

离开山顶时，两人将岩石边的雪松细心地用土包着树根，连同摆出造型的石块一同带离，他们和它们都带有使命。晚风吹过来，蒿草在风中摇曳，雪松树苗展示出大方仪态。毫无疑问，雪松具有另一种延续的寓意，而从另一个角度看，雪松与岩石还是往事的见证者。

2

在被两人命名的同心岩石下，乔崇峻搭救过向敬岳，或者说乔崇峻搭救过季祥业。

向敬岳的真实姓名是季祥业。他是在逃离季家庄的途中，自作主张给自己更名改姓的。民国三十三年（1944），年满十四周岁的向敬岳踏上了逃离之路。

逃离之前，向敬岳是苏北里镇季家庄的季家三少爷，自小生母便已离世。从记事起，向敬岳就生活在南京城里，陪伴他的是奶妈以及秦淮路上大宅门院墙外的市井吆喝。

这年暮秋时节，一天，向敬岳在课堂中途被先生带到学堂门外。季家庄的丁管家站在拱形长廊处张望，穿堂风毫无顾忌地撩拨着他的长褂下摆。三少爷，大太太吩咐我来接你回乡下。向敬岳心里"咯噔"一下，他对乡下素来恐惧，那是大太太的地盘，于他也是陌生地界，他从内心早已将其驱逐。为什么突然回乡下？我爹呢？丁管家双手下垂，眼皮耷拉着：三少爷，老爷走了，你回去就明白了！向敬岳直愣愣地盯着管家，只觉得一股寒气从脚底升起，拖拽着他的身体不停地下坠、下坠……

南京长江码头。向敬岳跟着管家躲过背着长枪的士兵，裹在人流里跳上船踏板。登上船，向敬岳再次追问丁管家，我爹他到底出了什么事？丁管家仍不多言，只是摇摇头，表情讳莫如深。船舶摇曳在江面上，向敬岳牢牢抓住船舷。他从记事起，便与父亲少有照面。他只了解父亲在南京城里经营的是皮货生意，闲时会抽大烟。最近，父亲计划扩大经营却与同行起了纷争，对方似有军方撑腰。他最后一次见到父亲约在 10 天前，父亲见他正伏案读书，只站在格木窗棂外挥了挥手，身影淡泊而模糊。他努力在心中拼凑平日与父亲亲昵相处的画面，却寥寥无几。

船舶随着滔滔江水向前，水面上涌现的叵测的漩涡接连被江水击垮。向敬岳紧倚船舷缩紧了身子，无情的江风却不断卷起另一种旋涡侵袭他。

临近家门，丁管家领他从后门进入季家宅院，这位大太太的心腹迈着不紧不慢的步伐显得深谙待人之道。跨过几道门槛，穿过长廊，进入正厅。

大太太脸上带着人人可见的悲戚之情，扫视向敬岳的目光却有如利刃。经历了这目光的盘剥，向敬岳领略了另一种凉意，外人看不出，但他全身已隐约知情。向敬岳退后，孤零零地瑟缩在角落里，宅院里的家人都在忙碌，向敬岳低垂眼睑，并无勇气瞻看父亲的遗容。

父亲的死因扑朔迷离，袭击、意外、疾病……军火、药品……族人悄声议论，似乎每一个滑进耳膜的词语都会惹祸。向敬岳低着头，视线悉数接纳自己的鼻尖、衣襟、脚尖……骨缝里的怯懦伸出触角在全身游走，向敬岳只觉得浑身瑟瑟。他清楚可以正大光明放声大哭的，但发自心底的哭泣犹犹豫豫，脸上尽显悲戚之情却无一滴泪水。

3

季老爷出殡后。向敬岳向大太太提出返回南京。大太太把玩着手上玲珑如玉的茶盏，犀利的眼神在向敬岳身上几番游走，轻呷一口茶，随后厉声斥道，老爷不在了，南京，也是你这个小妾养的能再去的？说完，丢下茶杯，袅娜离去，但她眼神里的恶毒留了下来，一点点沁入孤零零的向敬岳。

薄暮时分，向敬岳站在后花园的庭廊间空对苍穹发问，我是谁？我将到哪里去？这里鲜有人至，密集的蛛网和蔓延的藤条植物组合出萧瑟之境，花墙边一棵落寞的榆树与之遥遥相望，却对他的发问置之不理。

夜里，向敬岳宿在后院厢房管家的住处，在薄床上辗转至半夜，待整个宅院睡意与梦意混沌纠缠，向敬岳悄悄起身，借着隐约入室的月光，弯腰摸索藏匿在床下的藤条箱。刚挪了两步，门边竹床上的管家蓦然发声，三少爷，您这是干什么？管家起身之际，向敬岳迅捷转身操起床头的油灯，用力砸了过去，人影应声而倒，豆大的火苗迅速响应，攀缘上粗麻床幔。向敬岳顾不得细看，拎起藤条箱顺着房后花园的榆树跳出了院墙，跳入黑夜无尽的黑。

现身南京浦口车站时，向敬岳身上穿着人力车夫的粗布蓝褂，腰间虽缠了布带，双肩仍显松松垮垮，勉强撑起了衣服，这身改头换面的行头花去他一个银圆。向敬岳看一眼天空，一只腹部雪白的喜鹊划过天际。近距离看到红色屋顶、米黄色外墙、火车站标志性的招牌，向敬岳张皇表情里凝重的戒备才稍有缓解。车站，无疑是上天对他的出逃计划给予的暗示。向敬岳沿着街道掩面行走，直走到四下无人的僻静角落，打开藤条箱，只见箱子里胡乱塞着的几件布衫兀自凌乱。伸手探入，向敬岳蓦然一惊，预先藏在缎面夹层里的盘缠早已不翼而飞，箱子里，只有他在街边淘买的那幅纸质泛黄的画作与之平静相对。这幅画是他一次途经朝天宫市场所购，他对作者和其收藏价值并不了解，当时莫名地为其中水墨渲染的意境、画面上题"天门中断楚江开，碧水东流至此回"的诗作所吸引，画上山角一隅，人渺小到与画卷的虚无融为一体，此刻，他忽然感悟出另一种含义。未及多想，向敬岳将贴身的几块银圆藏匿在裤腰夹缝间，这是他仅能做主的钱财，也是他的出路，他的前程显然在逃离之前已被扼杀，或许顺利出逃不过是大太太动了恻隐之心，是她放手的一条生路。天色大亮，清冷的站台前晃悠着零星的人影，但都与他毫无关联。

向敬岳走向车站边的卖花少女，她坐在朝阳里，满身遍布晨光。

平日里，向敬岳乘坐着人力车或黄包车一晃而过，对这个站台边，眉心有一颗隐约痕迹的卖花姑娘印象深刻，他依稀记得曾在女子中学校门外与之擦肩而过。他不能确定是长相相似的两人，还是一位少女的双面人生。他曾经设想过进入新式学堂或者制造一个结识的机会，弄清她的身世，也向她表明自己对身世探究的心迹，从他最初对生母的渴念讲起，只需撷取他经历的人生的一些碎片，连接着渴望、热爱、猜疑以及恐惧……他还想近距离确认她眉心的痕迹确是一颗美人痣。

四目相对的瞬间，少女回他莞尔一笑。向敬岳极力掩饰狼狈，装作轻松甩掉包袱的姿态，表面上对女孩故作倨傲，内心里却将女孩的笑容妥善珍藏。这一笑，是他接连几日唯一收获的暖意，而少女的和善俊俏在他眼前清晰地放大了。虽羞于仔细端详，但凝聚的目光已匆匆确认，少女眉心间无疑是颗美人痣。

可收藤条箱？向敬岳问，语气里不由得带着恳求，他清楚自己的故作深沉不堪一击，随时会崩塌。少女抖动揪扯一下棉袍下摆，遮掩住蓝底布上的褐色补丁。你需要几个铜板？少女轻轻发声，音质软糯糯的。向敬岳不知该如何报价，慌乱应道，你看着给吧！他迎着少女的一脸困惑，很快识别出对方表现出的对同龄人的体恤，她眼里流露出的关心让向敬岳眼角发酸。少女轻声说道，你是要离开家吗？我帮你存着藤箱，待你回来时再来取！向敬岳按捺住内心掀起的涟漪，故作深沉地点点头。目光跑向远处，瞥见火车站买票的人群组成的队伍，宛如被内在力量驱使的爬行动物，环顾四周，马路对面的江边浦口码头人来人往，女人们的棉袍和西式大衣分外抢眼，几艘轮船踞守在江面上，以停泊诠释等待。

江南汽车招摇驶近，车后扬起的尘埃紧紧尾随。一位穿着对襟褂的中年男人将头夸张地伸出窗外，目光带着诱惑，有意无意地飘给向敬岳。向敬岳收回目光，匆匆扫了眼少女，你看着给我几个铜板吧，说着，向敬岳向马路上的马车招了招手，接着掌心朝上伸向少女。少女望了望悠悠驶近的汽车说，你是去芜湖吗？很快就回来吧？去坐汽车吧，不要坐马车。少女的语气里，仿佛奢侈的汽车会驶上一条更光明、更宽阔的道路。她不经意的建议让向敬岳脑海中乱糟糟的念头顿时逃遁，他点点头，同时，手心里大方地落下两枚银圆。

印有"江南公交"字样的汽车在人力车、黄包车、马车间略显突兀，在乱糟糟的公路上不断地将行人、人力车、马车抛在身后，汽车的速度让向敬岳心生安慰。偶尔他警觉地瞟一眼窗外，汽车已将敦厚而古老的城墙甩在身后，起伏的、凌乱的山丘正扑入眼帘。向敬岳对远处天然屏障般的山峦心生依赖。

身着黑色制服的年轻售票员夹着票夹开始售票，向敬岳摩挲着手中的两枚银圆，掂量着能够购买路程的距离。他甚至认为离开车站就将和往事拉开距离，只要偏离了大太太的视野，他就会迎来自己的新生。

我出了城就下车，要几个铜板？他问。售票员坚持问，要去哪里？目光中像是在猎取向敬岳隐藏的秘密，并且自作主张地勾勒出向敬岳的目的地，芜湖？是吧！向敬岳窘迫地说，我没那么多钱去那么远。身着对襟上衣的中年男人搭讪说，没钱可以去挣，要不要做工？我这里招人的，包吃包住包拿钱！向敬岳内心一动，目光亮亮地打探中年男人的诚意，肤浅地断定对方并没有欺骗，但又隐约感觉他没有道清全部实情。向敬岳说服自己不要多想，他更不会想到这个萍水相逢的过客会轻易地定夺他的人生。中年男人仿佛洞悉了向敬岳的犹疑，他说，不骗你，去了你就有钱赚了！随即冲着售票员喊，他跟我去做工，我来买车票，我来！向敬岳瞟了眼窗外，接受他扫视的是远处起伏的丘陵。他问：是去芜湖做工吧，那里有山吗？中年男人无法判定这个古怪的问题的缘由，狐疑地上下打量向敬岳，你问这个干什么？对逃离中的向敬岳而言，高出地平线的山岗是掩体也是依靠，但他无意吐露心思。向敬岳对中年男人说，有山我就去！他看着窗外起伏的山岗随口说，我叫向敬岳，我喜欢山。中年男人撩起大褂前襟，并未深究向敬岳随口说的新名字，但他像是对向敬岳面临的境况隐约知情。他说，你遇到我，是你的好运气。

渣土路上的灰尘一路尾随，混淆了乘客的视野，也模糊了窗外的景致。向敬岳无意感受汽车在颠簸中预示的前程，疲倦袭身，很快被睡意裹挟进入了梦的浅层，明知浮在各种交织的色彩与声响中，却并未清醒。直到懵懂中下了车，向敬岳猛然察觉周边的荒凉。不是去芜湖吗？他问中年男人。男人一改热情换了一副嫌厌嘴脸，推搡着向敬岳，粗声粗气道，少废话！能把你带到这儿就不错了，就你这样去芜湖能干什么？说完食指贴唇发出一声呼哨，俨然传递一声暗语，不多时，中年男人身旁出现了一位圆脸大汉。

向敬岳一时没有辨清此人来路，而他也摸不清自己的出路，只留意到他们正处在连绵的山岗之间，而脚下七零八落的坑穴又像是埋伏着阴谋，显然这不是山丘天然的模样。这是哪？来这干吗？向敬岳问道。中年男人并不搭腔，圆脸大汉的目光向他俯视下来，眼神不仅高高的，还懒洋洋的。向敬岳逃离这目光，他说，我不做工了不干了，我走！他甩下一句话，拔脚跳开，脚下的乱石同时跳了起来，它们显然熟稔形势，纷纷砸向敬岳的脚面。向敬岳双脚不断地跳起落下，显然，在这里，他并不比脚下的石块金贵。

圆脸汉子上前，猛地伸手，一手箍住向敬岳的脖颈，一手毫无顾忌地在向敬岳胸脯间摸索，嫌弃地说，这货这么瘦的身板能干什么？中年男人露出了赭黄的牙齿，他称圆脸大汉为把头。把头，兵荒马乱的整天打仗，青壮年都抓了壮丁了，我碰巧抓到这个也是本事了。两人对视，诡秘一笑，瞟向远处的铁架。铁架在荒山之中格外显眼，架子上立着荷枪的日本兵。圆脸大汉箍紧试图挣脱的向敬岳，点了点头，也是，这小子半大不大的不用到童工队里，调教一下是个好劳力。显然，有了圆脸大汉认可，中年男人促成了一笔交易。得了便宜，中年男人的嘴脸又换成有心的模式，转而关照向敬岳，他说，你跟着把头好好干，很快就能拿到工钱了。我不干了，我要走！向敬岳挣扎着喊，借圆脸大汉松手之际，拔脚跑了两步，后脑勺却吃了一个闷棍。向敬岳别无选择地扑倒在碎石间。

中年男人顺势走近，俯身左手扳住向敬岳的双手，右手摸出向敬岳裤袋里仅有的两块银圆，对着天空吹了声轻佻的口哨，晃晃悠悠地向山坳口走去。

一把铁锤横落在向敬岳眼前,向敬岳努力转动脖颈,匍匐地面的目光逃避了铁锤,却迎来坚硬的三接头皮鞋,皮鞋抬起,向敬岳肩膀上遭遇了力度霸道的一脚,伴随着把头的嘶喊,别装脓包,干活!粉尘长驱直入呛住了喉咙,几乎扼制了向敬岳的呼吸。他忍痛抬头,见把头对着远处的日本兵点头哈腰,胸口顿觉窒息。向敬岳猛地跳起,抓起铁锤,对着乱石拼了力气地打砸,最终,他把目标对准了把头,铁锤却在空中改变了方向,连同他的胳膊一起被俘虏了。他挣扎着喊,我要回家我不干了!木棍再次抡向他,不想活了!向敬岳再次摔向乱石时,隐隐地看到瞭望架上的日本人咧嘴狂笑。脑海里闪现火车站台上的画画,额头眉心上有颗红痣的女孩出现了,伸手带他离开。他们轻盈地跨越了碎石坑,越过枯草遍布的山峦,身后蔓延成火海。一路向东?一路向北?都已经不重要了,向敬岳在幻觉中极力辨清方向时,却清醒在现实之中,他的心跳是正常的,听觉是正常的,受伤的感觉是正常的……刺耳的叫骂和混沌的世界也在伪装正常。向敬岳咬牙克服了疼痛的扼制,伸手紧紧攥住了一块巴掌大的山石,石头棱角鲜明。快起来,别吃眼前亏!伴随着迅疾的耳语,向敬岳突然被拉了一把,从乱石间站了起来。拉他起身的手掌很大,让他感觉到柔软的、温暖的力度。陌生的体贴让向敬岳心头一热,泪水瞬间模糊双眼,手中的石块落在乱石间。定睛发现,拉他一把的是个年轻后生,他身旁聚了一群人,这群人像是从山峦的夹缝中突然走出来的,灰色的、赭色的粉尘攀附在每个人的头上、脸上以及褴褛的衣衫上,像是逼迫每一个生命与乱石相融。年轻后生肩膀宽宽的,在人群中很突兀,而他的眼神令人信赖。

年轻后生攥紧向敬岳,向把头恳求道,他跟我搭手吧!我调教他,让他跟着我干吧!说着手上用力握了一下向敬岳的手掌,手掌传递的暗示似乎可以劈开一条新生的道路。向敬岳低下头,他心里乱糟糟的，浑身的疼痛同时施压，只好委屈自己先接纳暗示，默不作声。把头斜了一眼后生，戏谑说，我还听你的了？后生压低声音避开众人说，我担保，你扣我一块银圆。显然打点的银圆让把头满意，他抛开了凶相，踢飞了脚下的一块鸡蛋大小的碎石，都赶快吃饭，吃了饭干活。把头临走冲着向敬岳喝道，你也跟着，你命好，一来就赏你一顿饭，再闹，就要了你的命！向敬岳被后生拽着，他的愤怒、屈辱、疼痛都集中在嗓音里，我不吃！我要走！

后生宽大的手掌捂住了向敬岳的嘴巴，别叫了，你越闹，越挨打，这帮人正好拿你杀鸡骇猴！后生掌心坚硬的老茧和粉尘驯服了向敬岳的喊声。后生稍一松手，向敬岳立刻冲着脚下的乱石啐了一口喊道，我被骗了！后生说，你以为就你被骗了？你看看大伙儿是被骗这么简单吗？

向敬岳不关心身边的人，尽管后生为他解了围，他也不领情，环视四周，山岗齐齐压下来，人在群山之间，犹如被围困在一个封闭的世界。这个世界之中，并没有人追究一个人的身份真伪或者事件的真相。

向敬岳瞥见 5 米外的一排草棚，周边的杂草长势茂盛。近处的山岗以及山石坦露出的荒蛮以及空旷之感，平抚了他内心的焦躁。

童工队 300 多人，死了一半，最小的 9 岁，最大的 15 岁。后生悄声说，你跟着我，免得到童工队里。

向敬岳拎起脚边的铁锤，走吧，我跟着你！第一次触摸铁锤，铁锤本身似乎也承受了过多的委屈与愤怒，5 米长的路程，铁锤一而再、再而三地沉重地从向敬岳手中滑落。

窝棚里，只有入口挤进来一道阳光，其余的空间都隐没在晦暗之中，向敬岳闭了下眼睛才适应。在昏暗的空间里，人的五官和表情并不清晰，只能看出一个个类似人的形体闷头吞食，他们对食材不管不问，只顾着填进嘴巴，机械咀嚼。向敬岳虽早已饥肠辘辘，但他没有吞咽眼前食物的欲望，在他看来，眼前的食物不配进入人类的肠胃。没人在意向敬岳吃惊的表情。后生催促向敬岳，你快吃啊，很快就要收走了，肚子空着，会饿得受不了的，我的胃就这么饿坏了，经常疼。向敬岳被他催促着，走到窝棚中央，学着后生抓起瓦钵里的窝窝，填进嘴里，一股难以言说的味道窜进腔腹，向敬岳感到他的肠胃如遇劲敌般展开抵抗，很快，饥饿征服了腹部的痉挛之痛，向敬岳闭着眼连吞了几口窝窝，胃里一阵翻腾，刚填进肚子的食物涌到嗓子眼儿，他闭上眼拼命咽回去。一会儿工夫，窝棚中央的粗瓷菜盆和饭盆便已见底。窝棚后面，一竿竹芯里流淌着细细水流，向敬岳学着其他人，双手掬水。水里有粉尘，还有些破碎的石头，想着黑夜即将来临，他双眼一闭，连着吞咽了几口，口腔里顿时苦苦的、涩涩的。向敬岳无法辨清是食物还是水的余味，那些被他填进肠胃的东西正无情地掠夺肠胃的记忆，掠夺真正的食物的地位，强烈地想摆脱某些痕迹。

我叫乔崇峻。后生掬水喝完，自我介绍说。

我看你啊，也不像穷苦人家的，要是被骗的，想办法讨好把头，给家里报个信，再买通管事的赎你回去吧。乔崇峻说，他的语气带有试探性。

我没亲人了。向敬岳咬着牙说，我没钱。我是个孤儿！向敬岳积攒的愤懑情绪和苦闷喷涌而出，他厌恨自己的出身，很快杜撰了身世说，家父抽大烟，赌输了50亩好田，老宅被日本人炸光了。他又补充说，咬着牙，恶狠狠地，家里人都死了！虽是编排出的身世，他认为胜过他真实的出身，至少见得了光。他指着一块尚未被粉碎的石块调侃说，我这命，就是石头缝里蹦出来的！

乔崇峻找了块空地，就势躺在乱石上，随手拽倒向敬岳，赶紧歇会儿，日本监工吃完饭，就要催命干活了。

向敬岳贴着乔崇峻躺在一簇碎草上，刚落地，碎草下掩蔽的碎石便硬邦邦地戳刺他，但他已经顾不上挑剔。

乔崇峻说，我也是被骗来的。我原来的东家是南京人，先是私商办矿，后来官商合办采矿，遇上打仗，跑路时把我们都扔这了。乔崇峻14岁学了放炮的技术，在宣州开采过石头，在淮南挖过煤。太平日子里，乔崇峻打眼放炮混口饭吃，他就想一个月能吃上一次猪手或者猪头肉，但从未如愿。他对向敬岳说，我早忘了肉的味道了。我这人一边放炮一边打抱不平，后来，遇见的事太多了，唉。说到这里，他停了下来，似乎那都是无法回首的往事。乔崇峻话音落地，四周突然静了下来，只有毫无杂音的山风在窝棚里扫荡之后，弄翻了几根干枯的芦苇。

乔崇峻压低声音说，既然没人赎你，走不了，你就跟我搭档，兴许能少受点罪。向敬岳心不在焉地点了下头，仰头望向天空，正午的阳光直直地射下来。

夜里，向敬岳挤在窝棚角落里，起初他贴近乔崇峻，温热的身体、坚硬的地面、柔软的稻草，没有一样能抵御寒冷的夜风。他悄悄起身，起初还拎着裤带假装上茅房，远离矿工休息的窝棚后，他便开始奔跑。临睡前他埋在稻草窝里听到矿工议论，把头有两副嘴脸，一副笑脸迎着窑姐，一副凶相面对矿工，荒山里缺女人，把头们夜夜都去县城逛窑子。

山岗对向敬岳呈现了前所未遇的黑，远处和近处，深浅不一的黑。肚子里太空，步伐渐渐跟不上向敬岳奔跑的心，掌心的疼痛钻到心里。向敬岳沿着山坡向下跑，跑着跑着，向敬岳察觉到自己犯了一个可怕的错误，他明明在奔跑却一直在窝棚周围打转。当他站在黑暗中茫然无措时，看见从窝棚处有一点灯光向他移动。向敬岳警觉地蹲下身，渐渐看清是乔崇峻站在夜风中，他举着煤油灯，灯芯跳动着微弱的火苗。乔崇峻说，在这山里走夜路都会走回原路的，我早识破了你的心思，何况那些人？你以为就你精明，会跑？把头派人在山口放了恶犬，有新来的就会有恶犬放风，逃跑的要么毒打伺候，要么成为恶犬的伙食。乔崇峻说着上前拉住他，向敬岳"哎哟"一声缩回了手，下午他跟着乔崇峻抡铁锤，细嫩的掌心磨出了水泡。乔崇峻在他手心里贴了一种自带黄瓜味的草药，吹灭煤油灯，拽着他的衣角将他拉进了窝棚，快进去，日本人有发电机，等会儿要是被灯光扫到，会连累大伙儿的。窝棚里，微弱的月光从芦苇顶挤进来，照见部分人起身坐着，部分人睁眼躺着，显然大伙已被惊动了，但没有人指责向敬岳。两人身子刚落在地上的碎草铺上，一束雪亮的灯光跟了进来，像一把剑。

乔崇峻安慰向敬岳，睡吧，明天会好起来的！

天亮后，把头清点人数，有那么一会儿，目光邪恶地落在向敬岳身上，他脚下蹲伏的两只恶犬目光冷森森的，面对众人，恶犬似乎面对的是可口的美食，舌头伸得长长的。把头手里拽着拴狗的绳子，时紧时松。

4

连日来，逃离，成了支撑向敬岳的信念。尽管他把握不了，从一种逃到另一种逃的意义，但他认定逃走才是出路。尽管乔崇峻总是跟他强调"明天"，他除了感受到了某种善意，并未领会出其他的可能性。直到掌心结了痂、长出茧，向敬岳仍没有找到合适的时机，倒是见识了矿工们遭受的欺凌，这让他每时每刻都惴惴不安。

接连几天，把头吩咐一部分矿工开采花青山，又吩咐乔崇峻和向敬岳留在丹青山北坡悬崖下掏矿。丹青山北坡悬崖上有突出的岩石，一半与山体相连，一半悬空伸出，上粗下细像是斜插的利刃，岩石与山体相连之处出现了裂缝，站在岩石下目光与裂缝相碰心也跟着悬起。这地方不能待，会塌方的，向敬岳观察着说。乔崇峻告诉向敬岳悬崖下方曾塌方过，但那岩石却矗立依然，童工队的小矿工因此得到了庇护。乔崇峻当时抢救被碎石掩埋的两名童工，却遭到日本监工的毒打。那怎么办啊？向敬岳仰头盯紧了岩石，目光中满是无法逃遁的恐惧。乔崇峻说，别怕，日本人不管有大塌方的危险，我会管的。乔崇峻的话音未落，掌子面轰隆一声巨响，乔崇峻喊，快躲！向敬岳被巨大的恐惧笼罩住，瞬间见识了纯粹的黑暗。最初，他模糊地感觉到乔崇峻伸出手，努力探起身子，撑出一个空间，碎石滑落的同时，粉尘席卷。黑暗中，向敬岳感到有人推了自己一把，别怕，有我在。他听到乔崇峻的喊声，自己已经被乔崇峻拥在胸膛前，他以身躯遮挡了狂乱的碎石。向敬岳明白乔崇峻在掩护自己，他跟自己换了命，一条向山而生，一条向阳而生。悬崖的岩石哪会轻易断落，乔崇峻说，别怕，是山坡塌方。

向敬岳挣脱碎石，一边刨、一边呼唤，手指尖的血在矿石上一点一点洇开。向敬岳刨出了一道缝隙，透过光亮，先是看清乔崇峻露出的头，甚至鼻翼间还翕动着。向敬岳的喊声拼命向外挤，救人啊，救命啊！

　　这两个短命鬼,快干活,别看西洋景!把头和监工的呵斥回应了向敬岳的呼喊,却没有任何行动。滚落的山石完全湮没了呼喊,也盖住了两人,向敬岳感到乔崇峰的胸膛发烫,但他没再发出一点声音。向敬岳满嘴都是粉尘,嗓子眼儿里堆积的焦躁、愤怒令他窒息。被折磨的痛苦瞬间迸发出惊人的反抗。他拼了力气喊,救命!喊声震落了碎石,激起一阵灰尘。在混沌的一道光里,他辨别出乱石间乔崇峰的手掌,五指分开,摇了摇又挥了挥,没有发出呼救。向敬岳摇晃着乔崇峻,渐渐地眼前黑了下来,他的身体竭尽全力也无法躲避碎石毫不留情的击打,直到他完全失去了知觉。

　　这天夜里,向敬岳醒来时,眼睛里是无尽的黑,渐渐地,他在夜风中看清星星正俯瞰他。一股热气侵袭过来,向敬岳隐约感到有生命的呼吸,他伸出手一点点触摸,直到触碰到一双手,他的头脑豁然消弭了混沌,乔大哥!他喊着,一点点挪动着身体,坐起身时他看见星光下的另一个身影缓缓地面对他而坐。借着夜色中的星光,向敬岳才辨清所处的位置是乱坟岗,在山坳间,乌鸦栖落在零星的树上,身边是蚂蚁在白骨间垒砌的荒原。

　　果然把我们当死人扔了!乔崇峻说,语气里并没有气愤而是显出得逞后的喜悦。他说,现在,出了采矿区,你自由了!

　　乔崇峻搀扶着向敬岳起身,在飘荡着薄雾的月光中,天地间只有矿石惊讶于两人竟能昂然站起,也只有矿石见证了两人惊人的生命力。一些壮硕的块石充当了掩体,掩护乔崇峻带着向敬岳躲避着铁架上不时扫来的灯光。穿过一座山岗时,一声嗥叫传来,乔崇峻说,是狼!乔崇峻教他低头,弯腰,低声嘱咐,狼要是近了就要发狠!好在狼并没有被激发出狩猎的本性,而是去追逐远处的几条恶犬。好险,再晚点醒过来就会被放来的恶犬吞了。向敬岳惊叹道。不会的，别怕，你跟着我！乔崇峻安慰向敬岳，拉着他摸索着向前。向敬岳跟紧了乔崇峻，死里逃生，他认定跟着乔崇峻走的路一定是生的路。

　　毕竟体弱，走着走着，向敬岳的草鞋跟不上脚跟。乔崇峻见状，蹲下身，上来，我背你！向敬岳伏在乔崇峻后背上，起初和自己的眼泪较劲，最终还是嘤嘤哭了起来。两人绕开了有开采迹象的山峦，在灌木、杂草间翻越一道山脉，最终到达一处山村。星光之下，村庄与日本人开采的采矿场为邻，原始与淳朴的风貌显得颤巍巍的。借着月光，乔崇峻指着泥巴路上的足印说，看见了吧，野狼来探过路了，人总不能等着让狼吃。

　　直到接近村边河畔，乔崇峻才放下向敬岳，两人扑到河边喝水。河水浸润了喉咙，对向敬岳而言，生命从濒临灭亡中被激活了，他对着河水放声呜呜哭了起来。泪水肆意流淌之际，他猛地咬破手指，鲜红的血液在夜色中滴落在河水中，河水见证了真情赤诚相见的过程。乔大哥，河水作证，我一定要报答你的救命之恩。乔崇峻挥挥手，指着前方说，这是石彩河，你沿着河水走，就不会迷路了，这条河向东流入长江。大哥就送你到这里。向敬岳愣住了，那你呢？乔崇峻摇摇头，用力握了下拳头像是要毁灭眼前的一切，走到哪里也走不出日子，我要留下来！为啥呀？向敬岳问。乔崇峻的神情像是沉浸在另一个世界里，他说，不能走，等到换了天做回主人！再说，我还有任务……乔崇峻忽然噤声，动作很慢地解开腰带，敞开衣襟，又解开一圈裤腰，露出了一个隐蔽的包裹。

　　向敬岳忽然明白了什么，莫名地依赖小小包裹的庇护，仿佛一旦离开就会被抛弃。他说，我不走，从今往后，我这个孤儿就跟着哥了。

　　这天夜里，乔崇峻带着向敬岳向山而进，翻过两道山梁，拂晓时分进入山坳间的另一处山村。村庄在山峦的褶皱间，除了几座茅草农舍，几畦农田，便是一片连接山岗的荒野，这使得村庄像是天与地褶皱中的村庄。天已蒙蒙亮，向敬岳竟然看见了竖立在远处山坡上的井架。穿过村间土路，又顺着杂草丛生的山路来到一处山丘脚下，山坡上生长着狼尾草、野艾、野刺玫。泥地上清晰地印着野狼和野兔的足迹，草丛间或可以看见一堆野生动物的粪便。山坡上坑坑洼洼，红黄色的土和赭色的矿石一片片地裸露着。

　　山脚下一家农户家门敞开，仿佛已经等待了很长时间。进门前，乔崇峻叮嘱向敬岳，我告诉你，包裹里是兄弟们在监工眼皮底下积存的炸药，正是我们的游击队需要的。你现在是我们的新成员了，这次任务完成也有你的功劳。

　　另一个夜里，在黎明即将到来的时刻，两人再次来到石彩河边，沿着河岸潜入芦苇间。白天，日本人投降后，矿场的工友因物价飞涨，生活不能维持，要求增加工资，矿工们要求发5斗米临时津贴，依照米价浮动，与大柜发生冲突，经历全矿罢工。国民党统治面临全面崩溃，解放军即将渡江。为防止国民党撤离之际搞破坏，乔崇峻、向敬岳和未遣散的矿区工人，开展了护矿、护厂斗争，职工轮流值班日夜巡查。机务股、运输股为防止国民党军队劫持分矿运输股的小火轮，就把曲轴轴承拆了，以便新中国成立后恢复生产发挥作用，并将枕木、坑木、电线杆藏到30余里外的山沟，这些，乔崇峻和向敬岳都参与其间。

　　两人庆幸坚持了黎明前的守望，他们共同迎来了属于他们的黎明。

　　多年以后，乔崇峻跟随地下党和弟兄们捣毁了日本人的铁路的故事流传开。向敬岳才明白，那次掌子面坍塌是乔崇峻和战友们设计的计谋，故意做的手脚，那并非逃离，而是闯荡出了一条属于自己的真正的生路。乔崇峻对自己设计的天衣无缝的"事故"却闭口不提。

向敬岳后来认为，他年幼梦想着挖出地下埋藏的宝藏，在土里挖出黄灿灿的金子在向山得以实现，虽然产出的是铁，但是可以朴实地看作黄金的化身。他所处的这块宝藏土地，连绵的山岗都含有优质矿石，他们所面对的连绵的山岗就是聚宝盆，这里成为一座钢铁城市的发源之地。

5

揭顶爆破工程准备工作开工当天，大家便挖出高 1.2 米，宽 1 米的洞口，紧接着铺设小铁道、架电线……随后几天，爆破掘进工程以每天约 3 米的进度向前延伸。在低矮、潮湿的坑道里，向敬岳完全忽略了手掌上旧伤复发的疼痛。使用风镐时，25 公斤的重量盘踞在肩膀上，腰部酸痛，飞扬的灰尘毫无顾忌地侵入嗓子，呼吸总是百折不挠地在与飞尘抗衡。三班轮流工作，小铁道上来回奔驰的小铁车车厢里，脱离山体的碎石与山土发出颠簸的颤音连绵不绝。

准备工作持续近一个月，工程进展顺利，这期间，并没有出现令人担忧的雨天。向敬岳惊喜地确定丹青山顶那朵云彩始终盘桓在山顶，在白昼和黑夜里。夜里，他从工棚望向山顶，月亮栖息在云端，远处的山峦似乎在黑暗中寻找踪迹，点点灯火衬托下，丹青山的山峰愈发孤立。他无法带去安慰，内心却在月光中找到了与之共处的方式，那将是一种永恒的方式。

直到整个爆破工程准备工作进入收尾阶段，天气才有了变化。布满天空的云层带给人某种惆怅的情绪，一连几天，向敬岳留意到丹青山山顶的云压得很低。酷暑的尾声是在一夜之间消匿的，秋风伴随着秋雨，雨丝细细密密的，带着一种无法释怀的怅惘。直到爆破那天，雨，豁然停止了宣泄。在揭顶实施爆破的前一天，乔崇峻和向敬岳趁着休息登上山顶北坡，一路上，微风轻徐，蒿草静默。在同心岩下，两个人同时伸手触摸岩石，岩石一如既往地展示了坚硬的一面，它和他们共同面对最后的诀别。

实施揭顶爆破这一天，预测到爆破动静很大，矿里担心惊动百里之外的南京紫金山天文台，提前打了招呼以说明震动来自炮破而非地震。一大早，全工区近 300 人全部投入扛炸药的队伍。雨水在山坡上留有痕迹，泥泞的山道上，每个人都小心翼翼地与一种无法触及的情感互动，有些是明显的，有些是内敛的。临近预定的爆破时间，天色越来越亮，云彩中有金色的光芒。以往药室填装炸药，装药过程中要装入电雷管起爆药包，不能使用照明，工人们只能在黑暗中摸索，或借助绝缘电筒的微弱光亮照明。每次装药，在黑暗中或绝缘电筒的微弱光亮下工作时，向敬岳都试图说服自己，礼貌地进行道别，这是一种仪式。尽管这次做了科学改进，装药过程中引入低压照明，待全部装完药后才放入雷管，这样坑道内十分亮堂，向敬岳却格外谨慎。他似乎感受到，他们在做到万无一失的同时，丹青山也做到了，一种无形的力量始终在控制山体的脉动、心跳与呼吸。

揭顶爆破的时间在傍晚时分，大家都分散到警戒区以外的安全地带，布满炸药的坑道里静悄悄的，一根根通入坑道里的黑色导线带给人神秘之感。起爆警报鸣响时，向敬岳闭上了眼睛，他将这个时刻交给时间去看见、去铭记。乔崇峻在他身旁，伸出手搂住他的肩膀，与他一同感受古老的土地在新生的阵痛中战栗。向敬岳说，要是能留下合影就好了！尽管在揭顶之前，他已忙里偷闲描绘了所有细节。他在牛皮纸上显露出惊人的描绘天赋，即便他对绘画一无所知。当时，乔崇峻微蹙眉头，对粗犷的线条发出感叹，缺了颜色，没有颜色！他们巧妙地掩藏遗憾。向敬岳清楚，丹青山披上颜色，那是一种奢望。

6

作业平台形成后，大型机械进入丹青山采矿现场，电机车、运输汽车、穿孔机……与乔崇峻和向敬岳直接产生联系的是穿孔机，这样一个铁家伙，一个人能把它开动起来，行走，起落，干起活顶好几个壮劳力。乔崇峻、向敬岳经过培训成为新中国第一代穿孔机司机，接下来亲手打过数以千计的爆破孔，也会成为穿孔机师傅，亲自带出新一代穿孔机工人。

有时，技术员会在现场上技术课，内燃机结构，动力产生后又如何转换成机械能……技术员每讲解一处要点，向敬岳便掏出携带的练习本记录下来。练习本是红色格线装订的信纸，识字的矿工少，他的笔记备受推崇。负责采矿现场工作的林矿长特意备了笔墨送给向敬岳，林矿长是接管矿山的军代表，起初矿工们实行军事化管理，大家称他林连长。林矿长脸膛方正，举手投足仍有军人风范。

向敬岳接过林矿长递来的笔墨，认认真真地写下自己的名字，写下端端正正的正楷字。林矿长惊喜地夸赞，太好了，真不错！向敬岳脸色通红，嗫嗫嚅嚅地解释道，我在成为孤儿之前上过私塾，考上过民国时的中专学堂……向敬岳忽然意识到不能再说下去，否则他的身世就会露出破绽。好在林矿长并未追问，而是立刻做了决定，他说，太好了！矿山要成立扫盲班，今后咱们的新社会的主人也要有文化，机械化开采设备有说明书，必须要认字！援派教员到来之前，你负责教授扫盲班！马上把你从采爆班调换出来。向敬岳一听急忙表态，我要在一线！现在任务这么紧，我还要参加丹青山二期、丹青山北坡基建，还有黑色火药试验！向敬岳拒绝得直接，林矿长并未不满，而是严肃地说，授课、扫盲也是工作。林矿长接着强调，新中国第一个五年计划，向山所在的铁城人民便在中国共产党的领导下，经过艰苦努力，终于使 6 座 71 立方米至 73 立方米的小高炉恢复生产。矿石是高炉的粮食，向山是铁城的粮仓，也是铁城的发祥地。铁厂工艺暂时比较落后，必须要用富铁矿才能炼出铁水，炼成钢材，这里的每一块富铁矿都在做贡献！林矿长严肃地问道，向敬岳，还需要我再解释吗？

向敬岳站在扫盲班的讲台上，他簇新的"干部服"上衣口袋别了一支钢笔。钢笔和四个口袋的干部服是他用第一个月的工资购买的，为买这支钢笔他去了临近向山的江宁县城。

扫盲班设在新近规划的生活区俱乐部，宽敞的砖瓦房，明亮的玻璃窗，将曾经遭受的灰暗岁月完全封存，向敬岳曾经无法逃离的山坳已被铲平。灯光球场、图书馆、广播站、男女浴室也已陆续竣工。课堂上，工作服与钢笔的组合略显牵强，但大家都坦然接受这种体面。身穿整齐、统一的工作服的工友来自全国各地，向敬岳极力使用标准普通话。他站在讲台上，而坐在课桌前的乔崇峻最为积极。扫盲学习两个月，乔崇峻不仅能读出机械说明书，还能动笔写家书！

　　这天，在采矿现场。穿孔机有限，乔崇峻和向敬岳放弃了穿孔机优先使用的特权，两人配合抡镐头，仍是乔崇峻带动向敬岳。两人对付的岩石十分坚硬，铁镐上下忙活半天，只刨出个白点，却震得虎口发麻。向敬岳甩动胳膊运气时突然愣愣地停在半空，乔崇峻顺着他的视线看。远处，阳光落在石头遍布的山坡上，白花花的，而赫然出现的一个粉色绿色交织的光点格外醒目，渐渐地，大家看清，那光点是个行走的女青年！

　　女青年在向作业面走近，她的粉色上衣和绿色头巾，在黄色、赭色矿石的界面上，无疑滋生了鲜艳之感。走近后，向敬岳瞥见她粉色的上衣肩头有一块红色的补丁，但绿色围巾遮蔽了缺憾。向敬岳、乔崇峻没再抡起铁锤，而是低下了头，女青年扯了一下绿头巾，大方地说，我找乔崇峻，我叫李极花！

　　李极花是循着矿山的名气而来的。她由乔崇峻的老家铜陵搭船上岸，脱离水路后走了将近 10 里山路，直到看见连绵的山岗，才意识到到达了远行的目的地。踏进向山，她内心的忐忑不安已随风而去，她轻易打听到矿山的所在。她声称自己是乔崇峻回老家说下的媳妇，一路上理直气壮，并不在乎对方的疑惑，既然都称呼工人为老大哥，她就是大嫂！乔崇峻学了字，写出他人生中第一封亲笔信，信中谈到母亲为他许下的媳妇，希望通过书信交往再谈谈。但李极花显然并不需要文字铺就的桥梁，她依靠脚步缩短了距离。李极花对乔崇峻写信的举动不以为然，她说，你就是写来了信，我也不会认啊，我也不识字啊。

　　李极花没有什么豪言壮语，她说，我不是想见你乔崇峻，我是以实际行动支持新中国的建设。她站在碎石间打量乔崇峻，目光上下游走，大方地说，行！李极花的嗓门很大，她纤细的身材在她的嗓音中晃动。在她面前，乔崇峻完全变了一个人，他魁梧的身材收敛了征服山石时的气概，缩手缩脚的，只任由脸上憨涩的笑容蔓延。

直到此时，乔崇峻才坦白，他母亲托人写来家书，交代给他说了媳妇。新社会了，人人都崇尚恋爱自由，但矿工们都是清一色的爷们儿，打交道的是终日沉默的矿石，自由恋爱的机会近乎为零。乔崇峻遗憾之余又很庆幸，同时不忘安慰向敬岳，以后让我的女人给你物色个女人！他说，有了女人，你就有家了。乔崇峻说着，嘿嘿一笑，脸上一种向敬岳未曾见过的羞涩表情色仓促掠过，低声嘟囔说，我想先写写信的，这人，说来就来了。

那天夜里，大伙儿很快在厨房边收拾出一间单独的草棚，挑来碎石和泥巴搭出一张土床，铺上稻草，以便李极花度过她人生中第一个矿山之夜。

为了招待李极花，矿工们横扫距离丹青采场10里山路的小街，铁路边几间杂货店里的水果糖和糕点、小饭馆的几样炒菜悉数搬到了草棚里。李极花纤弱的身体里蕴藏着惊人的力量，连日赶路，却不显疲惫，麻利地在草棚的厨房里张罗了一锅鸡蛋汤。乔崇峻为款待李极花，走遍与丹青山相邻的浅绛山摘来野葡萄。野葡萄成熟的酸甜汁水俘获了李极花，代表了乔崇峻的甜言蜜语。一年后，李极花怀孕害口，唯独钟情野葡萄。从开春到初秋，乔崇峻寻寻觅觅，以丹青山为中心，向周边连绵的山岗辐射，最早成熟的、最后挂果的野葡萄悉数被他采摘。他和李极花并没有想到，葡萄，除了具有满足一位妊娠期母亲肠胃偏好的功能，在未来的日子里，还肩负着其他非比寻常的使命。

乔崇峻的接班人乔志峰出生时，乔崇峻没有守在母子身边，当时成家的职工们已搬到矿区职工家属区，分到了绷子床或上下铺的铁床。向敬岳也分配有单身宿舍，但他常常驻留在采矿现场。

　　乔志峰出生的前天夜里，身处采矿工地住处的乔崇峻莫名地焦躁不安，依赖与粗粝的矿石相处，使他无法安睡，总是感觉自由出入草棚的夜风厮磨在耳边，夹杂着时强时弱的婴儿的啼哭。后半夜，他坐起身来，月光分外明亮，乔崇峻起身走到山口，通往家属区的那段山路仍在沉睡之中，并未被正在作业的穿孔机惊扰。乔崇峻向前，每一步都感受到穿孔机带给他的战栗感，他的脚步声也给寂静的夜带来了动静。走着走着，他毅然又回转身。

　　天色大亮，乔崇峻准时出现在采矿现场。他穿着矿工工作服，手上拽着帆布披肩，头上戴着柳条安全帽，这身装束表明，尽管他就要升为父亲，但他更在意矿工的身份，他是矿场的主人。家属临盆，组织上批准了假期，但他放弃了，矿山开采正在实施一场意义重大的爆破，乔崇峻无法接受自己错失参与的机会。

　　在职工家属宿舍，分娩给李极花造成了极大的疼痛，从江宁镇上邀请来的接生婆反复念叨，快了、快了……柴棚下土灶上的大铁锅水开沸腾时，李极花在疼痛的间隙，瞥见屋外晃悠的身影。她的喊声没能喊回自家男人，悲伤不合时宜地掠过她的心头。接生婆差人去现场送信，却被李极花拦住了，即将为人母的喜悦取代了怨懑，她说，他那也是为人民服务！乔崇峻整个身心扑在矿山的事迹，李极花可以娓娓道来，密如她手里曾盘剥的玉米粒，或者葵花籽。当她对眼前的事情不满时，便以回忆来消弭，尽管，矿山开采的工作使她与丈夫的亲昵时光屈指可数。

　　7天后，换班下山的乔崇峻踏进家门，见到了襁褓中的婴儿，他庆幸自己的骨肉出生在新社会，选择了好日子来到人间。

他说，儿子，你真会选日子，那天是个高产日。尽管错过了出生时刻相见的好时光，但乔崇峻以另一种逻辑宽慰自己也寄予希望，他说，你是在爆破声中出生的男子汉，又出生在高产日，证明你是块好料，是块有品质的料，你要做个有品质的好人。乔崇峻对襁褓中的儿子说出这句话时，李极花疑惑地说，当家的，听听你说的这话，我怎么觉得你在说一块好矿石呢？

向敬岳站在屋外，他对跨进一户人家的家门有些犹犹豫豫，一直以来家总是在他世界的对立面。尽管这是乔崇峻的家，但他仍然无法说服自己的内心。他从山上带回来一只野兔子，这是他在休息间隙特意抓的，原本想和矿区附近的农户换只老母鸡，无奈农户们都入了合作社，生产队的老母鸡属于集体，没有人可以独享。

向敬岳小心翼翼地怀抱这个向山而生的新生命，他打量他的目光匆匆的，他和在场的每一个人都不会想到，此后经年，他将担负起一个生命的成长。乔崇峻抑制不住兴奋，但他并没有因此冷落向敬岳，他说，弟，赶快说个媳妇，生个一男一女，咱们两家结成亲家，必须结成亲家。

向敬岳曾以一个铁城市民的身份，穿着蓝色帆布的工作服前往南京浦口火车站。藤条箱抵押的两枚银圆，并非促成新中国成立后南京之行的主要因素，对于藤条箱，对于那段过往，向敬岳告诉自己，最不堪的岁月已成过往。

向敬岳仍是乘坐汽车，新中国的长途汽车行驶在笔直开阔的大路上，车身蓝白相间，他的身板坐得笔直。车过江宁，接近南京城，他曾经破碎的记忆很快便复位了。南京城里，街道边张贴着红色、绿色的标语，与瓦蓝瓦蓝的天空交相辉映。浦口火车站前，人们拎着帆布旅行箱上上下下，井然有序，站前烧饼摊的女人还在，戴了一项白帽子，胳膊上戴着蓝护袖，向敬岳称呼她女同志，向她打听卖花姑娘的下落。女同志记得眉心有痣的女孩，却又不愿意回忆往事，她说，那是旧社会，现在劳动人民翻身做了主人，新中国很多女孩子都由政府安排了工作，你去问问政府。

向敬岳不再追问，他深深地吸了一口气，空气是自由顺畅的，与当年他逃离时形成了鲜明的对比。他在心里宽慰自己，他都已成为新中国的工人阶级，相信她也会成为工人阶级。她同样会得到尊重，得到属于劳动人民的尊重。

沿着熟悉的街道，向敬岳走到秦淮路。远远望见季公馆、远处的商行门匾，那上面的鎏金正楷仍然傲然，但进出大门的人明显不同，步态变了，神情也坦然。走近季公馆，向敬岳静静地待在街角一堆杂物边，头顶戴着在杂物堆里捡来的草帽，帽檐遮住了半边脸。他从草帽的裂缝间张望，在局促的视线里，他没有看到熟悉的身影。虽然此行没有收获，但他也没有留下遗憾。回程时，向敬岳特意改换水路，从浦口码头上船的那一刻，他再次选择了告别，向敬岳接受了现实。他希望那些记忆不再被想起，而新的记忆永远活着。

轮船上有售卖瓜子、香烟、鲜花的服务员，他确信这是政府安排给她们的工作，遗憾的是并没有"美人痣"的身影！

向敬岳回到新近分配的职工宿舍，脱离了采矿现场，缺少碎石制造的响声，却有些不习惯，生活似乎并不完整。向敬岳简单收拾了几件衣服，他打算住到山上去，铁城铁厂对铁矿石需求量大，他想争分夺秒多生产铁矿石，以保证高炉炼铁生产。

揭顶之后，新的平台形成，各项任务依然紧迫，丹青采场加盖草房宿舍并且建设了食堂。采矿现场的两间草房上挂着安全标语：生产再忙，安全不忘；人命关天，安全在先！草棚房间里设有铁架床铺，尽管铺了统一发放的棉褥子，有些工友依然在棉褥下垫了稻草，这是一时无法改变的习惯。阴雨天，山间土地返潮，潮湿的稻草下面聚集多脚的湿虫和蟑螂，蚊子、跳蚤、蜈蚣、四脚蛇仍常来光顾。有了食堂，伙夫不必在田埂上挖洞，支锅，而是在厨房的灶台前烹烧，除了青菜萝卜，还常常去向山小街买来鱼肉改善伙食。

矿山工人队伍规模扩大，很多矿工吃住都在山上，有时白班连着夜班干。虽然山上临时搭建的集体宿营在四处漏风的简易工棚里，但大家都毫无怨言，只要接到爆破任务，就会火速赶到现场突击爆破。短短两年，矿山设立了剥离工段和采矿工段，再过两年，全矿将划分为南山、丹青山、北山、碎矿、机修 5 个工区，职工将达到 2000 人。

一次寻找之旅，让向敬岳更深地体会到，向山已不是简单的向山，尽管在地图上很难找到它的位置，但它就是那么静默无声却富有宝藏。对此，向敬岳有自己独特的理解，向山是这座新城市的粮仓，他为此自豪。

当有人勘探到铁的存在，这里的变化就不可避免。矿山开采，周边田地柔弱的庄稼的命运也会随之改变，这一点是显而易见的。

而现在，向敬岳愿意将自己的命运与之紧密相连。

第二章 粮食和"粮食"

1

每次前往小街，李极花都会遇到那个与她年龄相仿的女青年。

小街面山，拥有天然形成的雄厚胸襟，古老的街道布满颜色各异的石板，青色、黄色、赭色……每一种颜色都带给人神奇的感觉，每一块石板都在诠释小街得到的馈赠，石面上布满时光雕琢的痕迹。同时，小街又是由矿工们塑造的。小街上，酒馆、茶摊、小人书摊，矿工们每一次的光顾都会留下续写，因而小街不可避免地在古老的典雅之中植入了粗犷，而这一切的世间烟火尽收于环街而立的山峦之眼。

矿上的家属区有了规模，小街也渐渐更加热闹。

李极花喜欢前往小街，这处是向山的核心地带。在这里，她能看见矿山之外。年前，这座新兴城市的首条公交线路开通，起点是城市中心的杨家山，终点是矿山平山头，平山头是矿工们的"作品"，它原始的山岗被打磨、削平、修筑……以开阔之态连接了矿山和小街；而另一条公交车线路由城市中心的工人剧场开往火车站。乔崇峻曾许诺李极花，将和她一同搭乘公交车前往市区，如若兑现，那将是她人生中第一次搭乘汽车，也将是她人生中第一次与丈夫一同搭乘汽车。通车两年，乔崇峻的承诺仍没有兑现，他忙于工作没腾出时间带她外出见识城市，因而这诺言成了梦想。

李极花想着圈养两只老母鸡，可以做伴，还能够改善伙食。这本是件平常的事情，但乔崇峻却极力反对，他认为矿区生活区不能擅自圈养家禽，决不能做破坏规矩的带头人。不奢望购买一只鸡，那就购买鸡蛋！李极花从生活区穿过卫生院，卫生院即将成为矿区职工医院，卫生院周边部分农田即将被征收，会改变容颜。李极花走在田埂上，前往小街的路人都会接受她挑剔的目光的洗礼。两次，她碰巧遇见了同一个女青年。女青年臂挎竹篮，篮口遮盖了碎花粗布，她褪色的粉色上衣前襟有一块黄色的补丁，这一点令李极花印象深刻。她从女青年微黑光润的肌肤和淡然的神态判定其来自周边山村，同时断定竹篮的碎花粗布下掩藏着珍贵的鸡蛋。

李极花掐准时机与女子擦肩而过时，大胆地说，买鸡蛋，跟我走！声音很低，语气却很强烈，震惊了女青年。她以眼神示意女青年跟上，扮成走亲访友的架势，以此混淆投机倒把之嫌，女青年立刻心领神会，跟上了她，每一步都走得小心翼翼，既护着金贵的鸡蛋，又细细地打量矿区。整齐的红砖房、宽阔的水泥路……看上去尊贵而气派。李极花不经意地瞥见女青年羡慕的眼神，不免得意，直至收下鸡蛋，躲在房屋内结账时，她甚至大方地多付给对方两分钱，因为她觉得这种奢侈的举动与住房环境非常般配。也因为这两分钱，李极花再次领略了女青年艳羡的目光。李极花热情地送女青年出门，引她绕道职工宿舍、职工食堂，途经宣传栏，还指给女青年看她男人乔崇峻的光荣照。李极花尽量向女青年展示，在这片土地上，那些她曾幻想的生活真实地存在着。女青年清楚这片土地的前身，不过是错落的山岗，而现在，山岗被夷平，她不禁感叹矿工们的力量，同时看到了另一种生活，因矿石而改变的生活。在矿区通往乡村的路口道别时，李极花热情邀约，她说，认得了家门，欢迎再来做客。李极花没有说出自己的寂寞，而是模仿上海技术员使用"做客"这个动词。虽然有表演的性质，但她难免暗自得意。

在矿区生活区与乡村接壤的边缘，李极花站在水泥路与渣土路的分界点，目送女青年踏上田埂。女青年敏捷的身影绕过一道山坡，她放开嗓门呼喊相送，刘慧芳，再见啊！李极花喊出女青年姓名的同时，萌生了一个想法。起初，这念头只是闪念，但每次看见与乔崇峻形影不离的向敬岳，闪念便固定下来成为执念。

李极花去小街蹲守，有时坐在街边茶铺摊的油布伞下，边哄弄孩子边相帮着售卖茶水的摊主在白色搪瓷茶缸里续上茶水，及时盖上玻璃片客串的杯盖，2分钱一杯的茶水用以款待茶客。再次邂逅刘慧芳时，她以相熟之人的热情掀开了刘慧芳挎着的竹篮，篮子里是些焦干的山蘑菇，各个表现出无法超脱的山中野味之相，拥有深得矿山职工们青睐的傲娇。刘慧芳这次是打算兑换山蘑菇来购买食盐的。踏入供销社大门之前，先要为山蘑菇寻找买家。山蘑菇吃油，家里炒菜都是滴几滴菜籽油的，没法厚待这些山蘑菇，她听说矿山的工人来自五湖四海，希望这些山蘑菇得到青睐找到好的归宿。她想碰碰运气，与买卖无关，更不会和投机倒把挂上钩。刘慧芳也乐意碰到李极花，回报她2分钱的情谊；其次，她愿意以山蘑菇相送，情谊虽然不能用金钱来衡量，但她要馈赠得更多。

李极花接受了山蘑菇，感觉接受了这片土地上的除矿石之外的无价之宝。2 角钱的巨款在两人之间推来让去，最终以刘慧芳敏捷地跳到门外告终。

李极花抚平钞票表面的褶皱，判定刘慧芳是个忠厚的女孩，她说不清自己是不是喜欢这种品性，但她喜欢和厚道之人平等交往。李极花自认为是带着内心的伤口来到矿山的，生命中经历的逃离的创痕几乎成了深痼，这一点她隐瞒了所有人。在童年时，她总是被饥饿折磨，11 岁丧母，父亲掌握了磨剪刀的手艺能挣点钱，却无法解决全家老小五口人的温饱。14 岁那年，父亲将改变家族处境的重担压在她的肩膀上，声称作为大姐要让弟妹吃上饭，逼迫她嫁给镇上的油坊老板去做填房。她厌恶油坊老板油腻腻的中年面庞，也惧怕去充当油坊老板一双小她 4 岁的儿女的继母。成亲的前一天，她将家里收拾干净，把外表光鲜的嫁衣摆在残破的铺盖上。熬到半夜，她推开栅栏门逃离，途中，为躲避日本人，她钻进了乔家院外的稻草垛。乔母给予她容身之所，同时默认她融入乔家的生活。后来，像乔家的每一位成员一样，她把每个月有固定收入的乔崇峻当作一种美好生活的代表。她向乔母主动袒露了心声，乔母慎重权衡之后应允她前往向山。她在踏上神往之旅的同时，一路唤醒身心中尘封的激情。在向山，有些伤痕得到了治愈，但因之前的种种经历，她更渴望被接纳，更渴望获得安稳。

乔崇峻下山归家的日子，干蘑菇浸泡、炖烧后散发出了浓郁的清香。李极花说起蘑菇的来历，独自在山下家里的孤单被放大了，她和乡下女青年刘慧芳的情谊得到了升华。乔崇峻说道，这不是天意吗？乔崇峻支持老婆为兄弟向敬岳张罗对象，自认为尽到他的责任和义务，才觉得心里踏实。乔崇峻重视兄弟情谊胜于在意她的感受在李极花预料之中，虽然心有不甘，但转念一想，一旦向敬岳成了家，乔崇峻处处袒护向敬岳的局面自然会改变。她说，对呀，我们想到一起了，给向敬岳做媒这事交给我了！说罢，她脑海里立刻闪现出刘慧芳的腼腆模样。

李极花留言给茶铺老板：刘慧芳来小街，务必请她来家里。

刘慧芳登门时气喘吁吁，她是担心李极花有什么急事。李极花被刘慧芳的焦灼和热忱打动，为她散发的魅力着迷，她感觉她不能失去这个守信、热心的伙伴。家属区来自各地的家属都自觉地以家乡为单位圈了交友圈子，她明明和大家都熟悉了，却并不亲切，刘慧芳却带给她亲切之感。

挑选了一个乔崇峻、向敬岳的休息日，李极花约上刘慧芳，她说，我约你来我家做客，你来看看电灯！以电灯为幌子，李极花坚信猜透了刘慧芳的心思，因为她当初也是为矿区的灯光所震撼。

李极花决心款待刘慧芳，要郑重对待这个有纪念意义的日子。肉票和豆腐票要各花去两张，还有鸡蛋，李极花计划用去两个鸡蛋，又想着刘慧芳虽然售卖自家的鸡蛋，但未必舍得品尝，便下了决心取出三个。

到了约定的日子，乔崇峻下班后却迟迟没有踏入家门。刘慧芳倒是如约而至，与她一同踏入门槛的不仅有山蘑菇，还有山蕨菜，以及一刀腊味野猪肉。这些山野村味芳香馥郁，显然不会辜负答谢盛邀的使命。

刘慧芳跟着李极花参观了矿区新建的浴室，不仅有职工浴室，还有家属浴室。李极花介绍说，浴室里的电灯不分白天黑夜，只要有人洗浴都会亮着。刘慧芳带着好奇，看着浴室大门，忽然就脸红了，极力打消李极花邀她洗澡的念头，急着要赶回去。

李极花怀里抱着孩子，只觉得天边的太阳纹丝不动。天长，日头落得慢，她心里清楚这一点，她很想弄清乔崇峻回家的确切时间。想弄清确切时间也有难度，周边只有那个从上海来支援矿山建设的技术员有块手表，但他还没有回来，也许这晚同样留宿采矿现场。卫生所的女医生也有一块手表，但女医生跟来自各地乡村的家属们自觉地保持一种距离，一种看不见却存在的距离。平日里，女医生是以笑容与他人拉开距离的，即使女医生对你微笑，也不敢接住，只因没法回报同样的不露出牙齿的笑容。李极花不愿为了明确的时间而委屈自己的笑容，况且，乔崇峻嫌恶女医生严肃的叮嘱，女医生每次见到他都要加重语气强调，你的脸色不好，你要注意你的身体！乔崇峻不以为然，自认为经过摔打的身体没那么娇气。

李极花为加深情谊运筹帷幄时，刘慧芳凭着她的眼力有了判断。她说，时候不早了，我真得回了！尽管刘慧芳对矿石并不陌生，但她对金属感到陌生，对金属的冶炼更是一无所知。刘慧芳对矿工怀着一种复杂的看法，似乎介于农民伯伯和工人老大哥之间。

采矿场的挖掘机好厉害的。李极花说，男人们更厉害，那么大的铁家伙，被他们开动起来。李极花比画着，极力张开臂膀，试图展示出机械的庞大，尽管手臂圈定的范围无法企及。家属们都清楚，丹青山铁矿被评为全国群英会红旗单位，而匡友富穿孔机小组被冶金部命名为全国冶金红旗单位，乔崇峻的目标是突破台班进尺纪录，赶超匡友富。丹青山铁矿品位很高，含铁量达

70%左右，能直接扔进高炉炼钢，这样的钢很硬，非常难打。李极花试图以男人们在意的、胜过生命本身的产量和荣誉说服刘慧芳。刘慧芳听得仔细，脸上的表情却是茫然的。

采矿生产现场的放高产竞赛，远远比生产队里的插秧竞赛更有吸引力，但刘慧芳仍很矜持地婉拒增长见识的机会，晚了，我要回家去了！我买了肉，你住在这里，我做给你吃！李极花为挽留刘慧芳，亮出了珍贵的猪肉，却始终没有拉亮自家电灯的灯绳。口粮有限，但她还是极力表现出以美食款待来客的真心实意。刘慧芳却拒绝得更加干脆，使不得！不能破费了！说着，刘慧芳踏上台阶，轻软的布鞋底留意到砖瓦房、水泥砌造的台阶，相比木制门槛更结实、坚硬，与门槛连成一体。刘慧芳跨过门槛，告别李极花，粮食太金贵了，留着乔哥回来你们吃吧。刘慧芳的体贴里有一种识大体的格局，李极花更坚信自己的判断，不由得激起责任感，她要代替向敬岳留住刘慧芳。李极花跨出一步绕到刘慧芳身后拦住她。

日头还挂在天边，但隐隐的晚霞已经露出了头。李极花说，电灯就要亮了，你看了电灯再走！你看看电，你看看灯！电、电灯、电灯光并未介入，却拥有不可抵挡的说服力……刘慧芳退一步，退下了门槛，再一次站在砖瓦房里，她低着头，发现地面上的每块红砖似乎都很热情，带有吸引力。

先是盏盏路灯点亮了道路，刘慧芳很想收集起这些灯光，当她得知这些灯光会亮到天明，她心疼起看不见摸不着的电。在这些光明面前，夜色的黑是一种罪过。没有油烟，没有棉纱布的灯芯，但她们能看得更远、更清晰，在灯光下有更远的、光明的前途。刘慧芳在脑海中想象着灯光照射田野，蔓延至家门，山村里神奇的秘密都被揭开面纱……

石英喇叭响声大噪，紧急通知山上穿孔机器出了故障。李极花无心介绍喇叭，她立刻猜到了丈夫和向敬岳迟迟不入家门的原因。

钻机班每班 18 人，三班倒连续作业，就这样乔崇峻也情愿住在生产现场。她去过现场的住处，矿工们住在临时搭建的草棚里却个个干劲十足。李极花预测不到穿孔机的情绪，但乔崇峻和向敬岳的无常作息她已习惯了，这是一种常态。

矿场矿工们都守在现场，放高产竞赛，远远比生产队里的竞赛更有吸引力，也更震撼，她很想让刘慧芳看一看，但转念又想到穿孔机司机的工作场景。辛苦之外，矿工的形象往往并不高大，同时，穿孔机打孔的时候要带水作业，身上总是被溅得到处都是泥浆。李极花在见识过那场景后，心中盘桓过长久无法消逝的惊诧，她担心会吓退了眼前的农村姑娘！况且，前往采矿现场要翻越小翠山，小翠山虽然没有高度，却要高度提防，因无论白天夜间常有狂野的野狼、野猪出没。

2

事情没有办成之前心中总像有着一层褶皱，李极花迫不及待地要将其熨平。

李极花挽着刘慧芳前往职工浴池，浴池管理员证实了广播里的紧急通知，但他无法告知乔崇峻和向敬岳的去向。他说，广播一响，浴池里的人呼啦啦都跑光了，我弄不清都有谁啊！不过，他很快推断说，肯定上山了啊，能不去吗？不上山还能去哪啊？后来，李极花收到山上捎来的口信。两人原本已下山的，就在要进入职工浴室雾气腾腾的泡澡池时，闻听石英喇叭里的紧急通知，两人立刻跳出浴池，顾不得擦净身上的水珠，套上工作服便冲出浴室，向山上飞跑，与家的方向越来越远！浴池管理员行使了特权：今天星期六，女浴室开放，进去洗澡吧，你是矿工的后盾，我给你优惠。意外的馈赠让李极花惊喜，她借机挽留刘慧芳，一周就一次，你运气好！咱俩互相搓搓！香皂、毛巾、搪瓷脸盆……洗浴标配李极花早已置办妥当。家属证上没有照片，大家都彼此熟悉，表格上打个钩儿，排着队跟着进去。刘慧芳没有当着这么多人脱过衣服，李极花做着示范，她仍低着头，最终脸色通红地放弃排队得到的木格箱跑出了浴室。管理员追了出来，讨要她手腕上套着的存放衣物的木格箱钥匙。相比蓬勃的身体，她补丁摞补丁的内衣更羞于示人。

为了挽留刘慧芳，李极花进行下一步诱惑——灯光球场！

矿区在家属区的灯光球场放映电影，李极花笃信刘慧芳会被名称吸引。球场的前身是荒芜的山丘，被夷为平地后仍处于高地势，而分散在四周的矿山医院、阅览室、食堂、幼儿园……看上去错落有致。篮球架刷了蓝色的油漆，每当取得了高产，矿里便会举行篮球比赛，家属们也多少知晓篮球比赛的规则。而李极花本人因为乔崇峻并不热衷篮球运动，也认同为了一个圆球跑来跑去耗费体力并不值得的观点，她观看比赛只是看热闹。电影进驻之后，球场进行了扩张，能够容纳多少观众没有人能数得清，单看篮球场边栽种的法国梧桐树留下的攀爬痕迹，就可以想象电影放映时的盛况。李极花和盘托出矿区放映电影时的趣事，刘慧芳被诱惑捕获了，她跟着李极花参观了灯光球场、招待所、职工俱乐部、图书馆……这些新近竣工的建筑丰富了矿区文化生活，同时灯光在其间大放异彩。一路上，刘慧芳争抢着将乔志峰抱在怀里，一遍遍亲着孩子的脸颊，她的留恋之情显而易见。怎么样，嫁过来吧！我们做个伴。姐姐给你物色个好人。李极花适时提出了建议。她对自己的计划很满意。

这之后，李极花款待刘慧芳的到访就变得直接而干脆。向敬岳毫无准备，他像是并不在意自己的个人问题，而是更在意乔崇峻的想法。真要有个家吗？他在休息时询问乔崇峻。乔崇峻肯定地回答，这还用问吗？必须的啊！向敬岳沉默了，目光中带着疑虑与困惑。

向敬岳第一次见刘慧芳是在矿区放映电影《柳堡的故事》时。牵线的李极花识清了向敬岳听任生活安排的性情，她把牵的红线绕了一圈，声称刘慧芳是她的好朋友，委托他照顾。向敬岳满口答应，他那天早早去放映区放了两块红砖，占定位置。

电影放映期间，两个人的交往细节不得而知，向敬岳并未表现出守口如瓶，而刘慧芳所讲的话却令李极花困惑。刘慧芳说，我就跟那个向敬岳说羡慕嫂子你，他就问我愿不愿意结婚。仿佛他的婚姻只为成全女方成为矿工家属。半年后，向敬岳和刘慧芳结为夫妇。

向敬岳发扬风格，放弃了砖瓦结构的职工宿舍，选择了毛坯土房作为婚房。新房里，架子床的床板上铺了一层稻草，稻草是刘慧芳精心挑选的，向敬岳习惯了生产现场的篱笆床和铁架床，一时有些难以适应，床单是粉红色的。刘慧芳借来了一件没有补丁的上衣，向敬岳穿了一身簇新的蓝色帆布工作服。工友们送来了贺礼，暖瓶、搪瓷脸盆、毛巾……林矿长主持了婚礼，仪式简单却不失隆重，隆重在于林矿长发表了贺词。李极花站在人群里热热闹闹地分享喜糖，同时想到自己没有举行过婚礼又心生羡慕，因此追问乔崇峻何时兑现乘坐公交车前往市区的诺言，她的追问成为一种常态，因而期待愈发浓厚。

夜里，两位新人不约而同地脱了外褂，刘慧芳的外褂是借同村姐妹络萍的，这件大红色上衣是络萍在上海的叔叔送的，几乎成了周边生产队婚事专用礼服。脱下红色上衣的同时刘慧芳长舒一口气，上衣完成了使命，毕竟她也在众人面前体面过了。胳膊遇见胳膊，腿遇见了腿，却都非常矜持，室内的一切都像是僵立住了。灯绳一拉，两人完全进入了黑暗，他们的双手没有找到彼此的双手相握，就被墙外的窃窃私语打断。刘慧芳竖着耳朵，以沉默回应屋外墙根的听客，同时，她期望同在屋檐下的男人采取必要的行动，拒绝窃听，但渐渐地，她的耳朵接收到一种信号，是男人的鼾声，时断时续，不绝如缕地钻进她的耳朵，刘慧芳羞臊地拉住被角蒙住了头。

婚礼的第二天向敬岳就去了生产现场。走时，刘慧芳本想问他是不是在山上待一周，但她矜持地抿着嘴，最终没有开口。刘慧芳娘家向水村位于采矿现场5里之外，经常听到爆破的巨大声响以及挖掘机械的响声，她还看见运送矿石的车辆卷起的灰尘前仆后继，你追我赶，最后随风飘散，树木和庄稼的叶子上无法拒绝地蒙上厚厚的一层灰霾。后来，她留意到采场的那些庞然大物，忽然有了别样的情愫，对驾驭庞然大物的人更为好奇。现在，她和这样的人组建了家庭，她安抚自己，好奇心不必急于满足，毕竟，还有长长的一生相伴的时光。

一周后，向敬岳踏入家门。被称为家的空间里有了女人，向敬岳非常不适应，坐立不安的他仿佛是这处空间的"客人"。刘慧芳注意到，她送给向敬岳的钢笔并没别在他的上衣口袋里，心里有些失望，想起自己把手绢攥在手心里入睡，便从枕头下拿出手绢，像是要交出不属于她的贵重财产。她将向敬岳送给自己的手绢丢在三屉桌上，集体分发的家具，除了那张床，就是这张三屉桌最显眼，手绢旁是向敬岳的白茶缸。

刘慧芳拎起铁皮水桶去公共水池打水。矿区自来水实行的是一日三次定时供水，一个居民小区也就几个公用水龙头，一到供水时间，家家户户大盆小罐排队储水。队伍里，有人尖锐地说笑，有人默默排队，若是因抢水闹出纠纷就会上演各类戏目。刘慧芳静静地站在队伍里既不搭讪他人，也不参与纠纷。最初她曾好奇自来水的来处，顺着粗粗的铸铁水管判断水流的走向，最终断定水流源自娘家所在村庄的河流，那是汇入长江的支流，河流带给她底气！她不愿在丈夫面前露短，也没有讨教李极花，凭着眼力很快发现了矿区的水塔。白铁皮水桶接满水，她珍惜每一滴，回家的那段路程，她走得小心谨慎。

跨进家门，她稳稳搁下水桶，目光抢先寻找桌面上的手绢，手绢端端正正地守在原处，却已被展开，承托着两只金帅苹果，目光接触到苹果的瞬间，刘慧芳眼圈红了。我回来时在小街买的，你上次说没吃过，尝尝吧！刘慧芳的目光缓缓由苹果向上移，黄色的光芒中，向敬岳换上了藏青色上衣，口袋上别着钢笔，衣领上是纱线钩织的白色领子，他的装束表明了心迹。向敬岳说，这个是在屋里穿给你看的。他说出自己内心的语言，简单、直接、真挚。刘慧芳看着他的白色衣领，大胆地走上前，一粒一粒解开了他的衣扣。向敬岳呼吸急促，眼前的女人正勇敢地进入他的生活。他镇定地制止了女人的动作，弯腰掀开了床板，床板下是他从未说出的秘密。

刘慧芳收到了人生中第一笔巨款，整整56元，是向敬岳这几年来的所有积蓄。向敬岳说，本来有70元的，花了一些，买了喜糖和一些东西。一些东西是指床上的棉被、暖瓶、枕巾、脸盆，他单身一人时不需要如此完备，有了家这些就是必需品、日用品。委托嫂子李极花在矿上的供销社选购这些商品时他交代说，他想的是女人是需要这些的。他自己虽是孤儿，却非常关照刘慧芳的家人，他说，你回娘家这些钱都带回去。

刘慧芳伸手接过钞票，轻轻放在桌角。眼前这个男人的不同之处令她好奇。他们第一次看电影，她借着荧幕亮光偷偷打量他，对他皮肤的白皙心生不满，但周正的模样又令她产生难以割舍的感觉，当她在心里反复掂量感觉时，电影散场了。放映员收拾胶片时他夹在一群孩子中间观望，放映机前雪亮的灯光照出他目光中潜伏的静寂、孤单，让她内心蓦然升起一股柔情，想要保护他！他送她回家，她为自己家的寒酸感到羞愧。但回头看向敬岳，他是那种淡然的、追随的神态。她和向敬岳站在自家院门外，分别以熟悉和陌生的目光打量家门。院子里，经过岁月夯实的泥土地面清扫得很干净，几枚银杏落叶相依于墙角，那是村头的银杏，它的落叶遍布村庄。箙犁、锄头、镰刀……各种农具排列在土坯墙壁上，昭示着房屋的主人与土地的亲密关系。进来吧，她招呼他。向敬岳立在原地，他被那种对家的恐惧拖拽着，无法找到合适的词语形容。刘慧芳走了出来，她心里舒了一口气，礼节到了，她情愿把他的行为理解为体谅，体谅她的寒酸和自尊。

去田里吧，我爸肯定是下田了。刘慧芳的父亲刘稼禾白天参加生产队的劳动，长年客串生产队的饲养员。夜里，他去开垦花田，花田原本是一块山洼间的荒地，自从土地归农民所有，他断断续续开垦了好几块这种山间坳地。妻子患病离开后，他加长了与土地厮守的时间，甚至不愿辜负清朗的月光。

行走在洒满月光的田埂上，令刘慧芳沮丧的是，向敬岳的目光未曾追随她，她从他的脚步声感觉到，他的目光落在田野里，是那种流浪的目光。直到走近刘慧芳父亲，他才收回目光。刘慧芳的父亲刘稼禾守在山洼临时搭建的窝棚外，浑身披满月光，向敬岳看到了一幅难忘的图景，老人与土地相融相生，无法割舍！

向敬岳看着眼前的老人，从他微驼的脊背联想到他劳作的模样。老人打量他的眼神带给他河流流动的感觉，同时，老人眼神很安详，带给人的感觉就像群山见证过四季之后的沉稳。向敬岳忽然想到整个向山的、包括矿山的布局者，他相信眼前的老者对山的理解比矿工们具体、复杂得多。

来了？刘稼禾的目光落在向敬岳脸上，不是打量，而是在衡量他能否成为某个领域的能手。他说，慧芳说你采矿，开的是个大家伙，我看你太单薄了。最早我是渔夫，那时我天天在石彩河上、临溪河上划桨，再后来我抢锄头，哪一样都要出力，力气就练出来了！刘稼禾停顿了一下，你这样子，怎么弄得了石头？向敬岳在与矿石打交道的过程中练出了臂力，但他羞于展示，他想找出与老人共处的最理想的方式。见他讪讪笑着，刘稼禾递给他一把锄头，一起干吧！庄稼活都在等着，我们不能对不起这块地，也不能枉费了好时节。向敬岳跳过田埂，接过锄头。刘稼禾说，你轻点，这地也是认生的。这块地啊，生来就在这夹缝里，你看它多不容易，也不愿荒着，我想它之前一定风光过。刘慧芳嗔怪说，爸，你别说了！弄得神经兮兮的。向敬岳看着脚下的土地，他动了一下锄头，土壤之间的碎石块迟疑地露了出来，似带着天生于此的理直气壮。刘稼禾说，这些石块不含铁，就是普普通通的石块，但也不能瞧不起人家，毕竟是我们挪了人家的窝。向敬岳忽然对普通的石块心生敬畏。顺着老人的思路，他开始相信土壤与石块原本是一体，为了土壤生长粮食，石块不得不与其分开，这些石块显然具有奉献精神。

刘稼禾搬起石块垒在田埂上，拍拍石块就像敲击大地的肩膀，你看它是合适的垫脚石。老人再次定睛打量向敬岳，他说，不错，你是个懂得礼数的好后生，就是太单薄了。说到这里老人笑了起来，他的笑非常自信，向敬岳感觉像是相识已久，向敬岳想起来老宅里，穿越时光却依然鲜活的祖先的微笑。

向敬岳动手锄地，他掌心的老茧坦然接受锄柄，但锄头接触土壤不同于钢钎击打矿石，力道明显不同，他努力寻找规律。刘稼禾捡起一块土坷垃，挑剔地说，你这锄地的力道不行啊！放下土坷垃，刘稼禾指着丹青山的方向，那里，也有我爷爷平整过的地界。向敬岳顺着刘稼禾所指的方向望去，月光虽然清朗，却只照得清近处与土地朝夕相处的一些植物。

刘慧芳长长舒了口气，父亲允许向敬岳跨过他筑起的圩埂，显然父亲接受了眼前的男人。

这之后，向敬岳稍有空闲便会前往花田，很难说清他是去看望刘慧芳还是刘稼禾，又或是刘稼禾开垦土地的进度。向敬岳体会到了心连着心的牵挂，也理解了刘稼禾和这片土地紧密相连。

同时，向敬岳在向水村有了前所未有的家的感觉，因了这种感觉，他对这世间多了耐性与亲近。

站在这片土地上，那些孕育作物的土壤、夯实田埂的山石、远处流淌的河流、滑过脸庞的风都带给他珍贵的感觉，或者说被唤醒的感觉。

休息日，向敬岳一早起床，前往向水村。绕过采场，他沿着山路急匆匆地赶往目的地。到达向水村地界时，太阳升了起来，想起老人曾说，这个时间正是耕作的好时光，土地舒活筋骨。时值春季，时光更是金贵。途经刘家院门，栅栏门敞开着，院子里打扫得很干净，墙角仍有银杏叶。

在花田，凌乱的荒地一部分已归置出来，土壤已被细细翻搅，土壤与植物将进入最好的、适宜的状态。

表面上，刘稼禾对向敬岳的到来似乎并无触动，但向敬岳却觉得刘稼禾有强烈的喜怒哀乐，只是人们并不理解罢了。

我看我能干些什么。向敬岳说。在田野之间，他们之间的交流显然是丰富的，穿插其间的必然有风声、鸟鸣……人与人的语言却略显单薄。

能干什么？刘稼禾的回答非常轻微，似乎在为土地发声，并且非常清楚耕种者力气的去处。你可不能太下力，这可是庄稼地。刘稼禾说。刘稼禾让向敬岳搭把手，把角落里的石头搬到田埂上。接着，刘稼禾扔给向敬岳一把锄头。抡起锄头，尽管有些收敛，但是长久与矿石打交道，他的力道沿着惯性汹涌而出，锄头落下去，立刻刨出来了一个土坑。你这样是不行的，要轻一点，刘稼禾喊着，已经冲到向敬岳面前。你跟着我学一下，老人手把手示范。刘稼禾身上混合的植物与泥土的气味让向敬岳觉得很亲切，一种无尽的暖意立刻贯穿了全身，他从未有过这种体验。他跟着眼前老人的节奏，抡起锄头重新分配组合土壤，均匀而公平。

向敬岳很快掌握了合适的力度，锄头深入耕地，泥土在锄尖徐徐舒展，刘稼禾便夸赞他，就这样、就这样！除此之外，刘稼禾并无其他的词汇，一如脚下的泥土，静寂无声却拥有力量。

中午时，刘稼禾若不在牛棚就会从家里带来午饭。赭色瓦罐里盛着白米稀饭，米粒在汤水中游荡，腌豇豆，树叶包裹的薄饼微微发黑。是山芋粉！刘稼禾说，你不要嫌弃粗粮！这稀饭可以解渴的，如今不能喝那溪水了，水味道变了！刘稼禾指了指远处的小溪，望不见小溪的源头，其纵横于田间的气势并不屡弱。天空是耀眼的蓝，田野是晃眼的绿，他和老人可以尽情地享有，在这样的时刻，向敬岳并不在意食物的精粗，一种他从未体验过的暖流在他身体之中搅动，真诚的、善意的、信赖的、平和的……

令向敬岳心中滋生新的、神奇的力量。

　　这里有过古人的痕迹，很多年前吧。说着，刘稼禾指向远处。向敬岳望去，只见山峦缓缓地拉升视线，重峦叠嶂似乎为古老的传说增添了迷幻色彩。消失的建筑、河流、船舶以及包括人物在内的所有生灵，周而复始，土地间生长的有关向山的传说扑朔迷离，这其中矿石隐约现身。

　　刘稼禾接着以背诵的腔调说，早在三国时期，就有志书记载向山冶铁用于制造兵器，南朝史书上都有对向山"有铁"的记载……谈起这片土地的历史，刘稼禾完全成为一位拥有渊博知识的智者，他睿智的目光仿佛穿越了古老的时光。

　　向敬岳前往向水村，往往未与刘慧芳相遇，社员们都在农田里忙碌，他并不清楚农事，那一块块成熟的稻田，每个参加劳动的社员都有工分。

　　田地整出来之后，向敬岳再次出现在田边时，却见社员们在播种，刘稼禾把这块花田交给了生产队打理。他不否认自己的慷慨和自豪。

　　向敬岳挑选了刘稼禾转交花田的次日走进农家院落。他从矿区宿舍出发，绕道小街的供销社，在限量供应的商品间挑来拣去，最终选择了两罐麦乳精、两盒桃酥。他原本打算购买奶粉和白糖的，但询问这种奢侈品时遭到了营业员的白眼。营业员说，你可真敢问，那种金贵商品我都半年没见过了！营业员边说边擦拭门店的玻璃门，门楣上"国营"两个正楷大字闪着光。

　　从小街出发，脱离了矿区的石渣公路，步入乡村大路，经过风雨夯实的路面带给他踏实之感，没有硌脚，这让他想起新发的劳保皮鞋，橡胶底、翻毛皮的鞋面，假如穿上它，则会有一种违和感。

刘慧芳家低矮简陋的院落位于小村庄的寂寞角落。坐吧！在自家的院落里，刘稼禾俨然一副家长的架势，却又完全失去了在田地间的气势。他指了下土坯墙的墙基，这些石头就是我祖上从丹青山开采的，有年头了。刘稼禾在编制草鞋，经过细心挑选的稻草仍然不修边幅，有的茎秆已褪去外皮，有的已将外皮撕裂，全然忘却了在秧田间成长时彼此间的接力，但无一例外地散发着植物的气味，干燥的、蓬松的，稻草簇拥着老人，散发着清新而清幽的余香。

向敬岳开门见山，我是来提亲的！今后请把我当成您老的儿子。后一句话他说得慢，为了让语气中的郑重更为浓烈。刘稼禾仍然是那种表情，仿佛一切听命于生活的安排。稻草在苍老的手指和圆润的竹撑间沉默着穿梭，但老人打破了沉默，他拍了拍已见雏形的草鞋，说，慧芳太苦了，你要对她好点！

对向敬岳而言，与其说是迎来了婚姻，不如说是他安排了自己的人生，认下了父亲。

不知何时，刘慧芳踏进家门，她将屋檐下挂晒的甘草收起，向敬岳认出有一枝是地榆。忙碌之后，刘慧芳静静地站在门边，身上的碎花上衣、膝盖上的蓝色补丁都隐约表现出土地般的质朴。

向敬岳看出刘慧芳的笑意后面有一丝不安。他说，我会说到做到的，我们矿工都说话算话的。矿工身份是他人生最具价值的一部分，超出他所拥有的一切。刘慧芳腼腆一笑，我爸没有儿，我要给他养老的！因为矿工身份，向敬岳有了勇气和底气，他说，爸爸从此有儿子了。刘稼禾仍是那种面对土地的表情，超脱的、淡然的、安静的。向敬岳这天留下吃晚饭，他和刘稼禾父女坐在院落里喝着白稀饭，就着腌制的雪里蕻，他熟稔得仿佛在此生活了许多年。

3

刘慧芳出嫁时带来的小包裹里只有一条裤子、一件棉衣、一条毛巾。棉衣穿在身上时，胳膊肘处补了一块补丁，格外显眼。她把包裹摊开，在属于自己的婚房里，这几样东西却无处安放，她又将其收起，却还是不知放置在何处。向敬岳撬下门板上的一枚铁钉，将铁钉钉在门边的土墙上，铁钉客串成挂钩。尽管成了家，但向敬岳业余时间仍然会在采矿现场，他志愿加入修筑丹青山贮矿槽并参与由汽车运输改为火车转皮带运输施工。

这天，向敬岳下班进了家门，脱掉的工作服不再堆在墙角垒起的土台上，而是挂在墙面上，那枚铁钉多了几位伙伴。怎么会有铁钉？向敬岳注意到，门板上的裂缝也补齐了，白木条上的铁钉很醒目。我在废弃矿场捡的。刘慧芳接着展示了她其他的收获：带着锈迹的螺丝帽、一截扭曲的铁丝、几段颜色鲜艳的铜炮线……显然这都是公家的财产。她还曾撞见李极花将白毛巾改成了小汗衫，她也想拥有这份福利，但很快打消了念头，她认为洁白的毛巾汗衫应该是李极花一个不可泄露的秘密。

对于刘慧芳捡拾的零碎，向敬岳收起其中的铜炮线、螺丝帽，公家的财产要去交给公家。他说，废品也是公家的。但他对墙上的几枚铁钉做出了让步，因为铁钉已完全被铁锈侵蚀，这是他最大限度的妥协。刘慧芳对向敬岳的举动感到失望，但她的失望并没有流露出。

居住于矿区，刘慧芳对电灯的痴迷并没有持续，她在习以为常的灯光下学会了编织，两根竹针或者四根竹针她都很娴熟，竹针与纱线友好地游走于指间，她织出的衣物得到了赞誉。还有人进行染色，红色、藏青色的居多，出售染料的杂货店常常盘绕着女人们的笑声。纱线是李极花收集来的，她收集了乔崇峻、向敬岳以及所能收集的矿工淘汰下来的纱线手套手腕，拽出残留的纱线。

手套编织到一定数量，李极花带上刘慧芳，召集了一些矿工家属，去采矿现场赠送手套顺带送饭。采场有食堂，但家属们送到现场的饭菜毕竟有家的味道。同时，妇女们将在现场赠送编织的纱线手套，尽管每一副上都有针脚刻意压制的线头，但物资紧缺，劳动保护用品的发放也严格控制，家属们奉献的棉线手套一定程度上缓解了劳动保护用品紧张的局面。

家属们前往采场那天，石英小广播早已预报了暴风雨即将来临的消息，但这条预报没有成为家属们前往采场的阻碍。家属们都清楚采矿场的生产动向，小雨要干、大雨和中雨更要干，生产不会停止！家属们迫切地要与男人们一同接受挑战，迎接暴风雨的到来。半路上，雨先是一滴一滴的，雨点很大，带着试图打破家属们前行决心的力度。很快，雨不再以点滴的形式，而是形成了雨帘，但仍未阻挡家属们的脚步。

家属们到达采场时，风雨并未停止肆虐。在采矿作业面，家属们见识了惊心动魄的一幕。风雨合力制造出了大塌方，顽强的矿石混合在泥土中掩埋了正在作业的电铲。工人们从四面八方赶往塌方地点。远远的，即使雨帘遮蔽了视线，李极花也认出跑在最前面的是乔崇峻，李极花捂住嘴巴的瞬间，乔崇峻在她的视线中消失了。他已敏捷地钻到电铲的架头底下，挥动着铁锹铲着泥石。刘慧芳也从动作上辨别出紧随其后的向敬岳。家属们无法看清的细节是，乔崇峻挖着挖着，忽然手抵腹部试图阻止他身体的异常。乔崇峻脸色苍白，五官挤在一起，显然是在与身体的一种疼痛相抗衡。向敬岳试图搀扶乔崇峻，但他伸出的湿漉漉的手臂却被乔崇峻一把推开，雨水、泥水考验着矿工们的责任和使命。

　　雨，在顽强的矿工面前开始示弱，渐渐小了，电铲前方"架头"上的泥土和矿石也已清理干净，但新的险情却出现在大家眼前，电铲下几立方米的顽石顶住了电铲。好几名矿工毫不犹豫地拿起炸药准备钻到电铲之下，最终，点燃爆破顽石的工作被乔崇峻抢了下来。他拦住向敬岳、匡友富和其他几位工友，镇定自若地拍拍湿漉漉的胸脯。他猫腰钻到电铲下，导火线点燃的刹那，李极花再次紧张地闭上了眼睛，而向敬岳的眼角湿漉漉的，雨水混淆了他的泪水。在模糊的视线中，他看到乔崇峻紧紧咬着牙根，他相信乔崇峻在点燃爆破的同时也在抵制来自身体的疼痛。

　　险情排除之后，暴雨仿佛折服于矿工们的无畏，渐渐小了。向敬岳跟在乔崇峻身后执着于说服乔崇峻：你还是听上海女医生的话，去医院检查一下！乔崇峻无法理解向敬岳的絮絮叨叨，他对向敬岳的坚持表现出了厌烦，一边甩掉身上的泥浆，一边粗声粗气地嚷道：你烦不烦？你看，我不好好的吗！乔崇峻适时展现出平日操纵钻孔机或者安置炸药时在众人面前的神采奕奕，但这恰恰增加了向敬岳的不安。刚才大雨……向敬岳试图还原乔崇峻的身体为疼痛所袭的场景，乔崇峻却丢下他，笑盈盈地走向李极花。

　　向敬岳和刘慧芳站在伞下，食物的香气充斥其间。刘慧芳支撑着油布伞，看着浑身泥水的向敬岳不知说什么。她带来的午饭是西红柿炒鸡蛋和米饭，向敬岳吃了一半，说，留着给你！矿工们劳动辛苦，刘慧芳正为并不丰盛的午饭感到歉疚，向敬岳的这句话更加触动了她。透过雨帘，她望向矿场之外，雨水渐渐沥沥，在广阔天地间又开始施展拳脚，她说，下了雨不好挖矿，可庄稼地里就出粮食了。你快吃了，我有办法管饱。说罢，她神秘地笑了笑。

　　家属们编织手套的事迹在小广播里广为传播，刘慧芳和李极花获得了赞誉，加深了友谊，也成为她们发光发热的动力。作为矿工家属，刘慧芳已拥有资格加入妇女们捡矿的队伍。凭着勤劳与聪慧，刘慧芳很快能够识别出矿石，尽管有些矿石黑着脸，试图欺骗所有人，刘慧芳也能识破石头的本来面目。家属们常常在荒弃的鸡窝矿捡拾矿石，刘慧芳观察到，在土层覆盖之处野草长势茂盛，灰灰菜、野苋菜、野薄荷……她一一认出它们，在矿石之外的土壤间看到新的希望，她打算把在农村积累的经验毫无保留地应用在被遗弃的荒山上。

　　最初，刘慧芳说服了李极花开垦荒地，将蹒跚走路的乔志峰送去矿上新开办的幼儿园。两人扛着锄头，在娇小的女人的肩头，锄头成了笨拙的锄头，钟情它的主人却浑身散发着跃跃欲试的活力。她们特意选择铁路边的荒地，以此守望远方，同时牵引大部队的视线。除了平坦的荒地，铁路沿线还有连绵的山岗，尽管野狼出没得少了，但防备不能松懈，况且，妇女们设下的夹子只能猎到野兔或者野鸡。沉寂多年的土地被彻底惊醒。

　　开垦的土地已完成翻土，选择播种的作物品种时，李极花出乎意料地拿来了她珍藏的葡萄籽。她脸上的红晕被刘慧芳忽略了，也没有追问李极花青睐葡萄的缘由。缺少粮食的年景，刘慧芳钟情能填饱肚子的农作物。葡萄籽不行，不能当饭吃！她说。

　　刘慧芳以矿工家属的身份闯进与矿山一山之隔的塘村。塘村是个自然村，村里几户人家的房前屋后都栽有不同的农作物，黄豆、花生、蚕豆……尽管这些作物无一例外地与堆积的石头进行着长久的抗衡，仍显出蓬勃的生机，正是这无所不在的生机给了刘慧芳启发。刘慧芳向农户们赊欠种子，擅自以矿山职工家属的身份许诺丰收时成倍归还。

刘慧芳立志开发出不同于农户们的种植作物。向水村的小姐妹在田间劳作时，她从田埂上走过，粉色的上衣招惹了蝴蝶围绕着她。嫁给向敬岳之后，她已经实现了拥有白色的回力鞋和粉色的的确良上衣的愿望。此外，她还成了债主，一些村民欠着她的钱，其实是欠着向敬岳的工资，她都记在一个红色塑料皮的小本上。虽然她不识字，但向敬岳主动教会她简单的计数方法，初步教她写出她的名字。刘慧芳笃信，向敬岳尊重妇女的美德没有哪个男人能与之媲美，尽管丹青铁矿乃至向山地区的男人她熟识得不多，但她凭着直觉笃信这一点。刘慧芳还从娘家讨来种子，并不是为自己谋利而是为了集体。

刘慧芳将她和李极花开垦出的田地命名为香坊果园。尽管荒地上栽种的是耐旱的南瓜、马铃薯、红薯，并未栽种果木，但李极花坚持称之为果园，那是她的愿望。香坊果园之外有大片的荒地，在极为广阔的天地间，在未来，总会有新的果实。

为了吸引更多的家属加入垦荒，刘慧芳策划了一次锄地比赛。比赛并未设定规则，看上去就是将农活掺入了游戏的成分。凡是熟稔农活的家属都可以拿起锄头在荒地上劳作，看谁坚持到最后。刘慧芳拿出了在乡村练出的本领，奉陪每一位参赛者。她手中的铁镐在田里又快又准地击碎土坷垃，她锄过的田地，土质细腻，地面平整。这场劳动竞赛最重要的意义在于，使家属们在劳动中对这片荒地有更深的了解。

刘慧芳奉献出一条珍贵的毛巾作为奖品。李极花站在参赛者的对面，怀里抱着乔志峰，贴身的衣兜里揣着葡萄籽，尽管刘慧芳已选定了粮种，但栽种葡萄依然是她的执念。出人意料的是，颁奖时林矿长来到了现场，不仅赞扬了刘慧芳，还鼓励家属们养鸡、养猪，生产蘑菇、木耳，除开荒种地荒山造林外，还要在荒山上开辟果园。

林矿长的支持是一份意外的收获。到了秋季，香坊果园收获时，大家兴致勃勃地围聚在一起，每个人的眼睛里都放着光。家属们主动将收获的南瓜、山芋奉献给矿山职工食堂。刘慧芳倡导家属们发扬风格的好人好事被写成报道，通过石英喇叭传播。她听着广播员在喇叭里将她的名字洪亮地讲出，油然升起了自豪。

在这之后，刘慧芳从矿区的每一处角落寻找谋取收入的可能。从装卸车到修马路、翻砂、开机器，刘慧芳认为自己都能够胜任，缝纫、理发她都不认为有难度。刘慧芳找到林矿长，建议在矿工家属中组建小分厂，明确表示她愿意付出劳动。她号召了一些家属维护修建的家属区的绿化，泥土路面经过夯实，与村庄道路区别开，并在气派的矿区办公大楼前栽种下冬青树、针叶松。植物显得尊贵，也衬托住所的富贵，这是她们追求更好生活的见证。

家属小分队的谋划得到了矿领导的支持，刘慧芳的号召赢得了家属们的拥护，振奋了家属们的雄心！

作为家庭妇女，刘慧芳包容丈夫时时流露出的孩子气，已成了生活的一部分，她甚至发现了丈夫可爱的一面。当她意识到身体中孕育了新生命时，她以平静的语气对向敬岳说，我怀孕了。并没有喜悦和夸张，她担心吓到他，但向敬岳还是露出了受惊的表情。向敬岳听到这个消息时，仿佛接住了一个烫手的山芋，他

连连摆手，怎么会这样？怎么会这样？怎么办？怎么办？显然，
向敬岳对做好一个丈夫还没有任何规划，便要接受一个新身份，
他对这一现状怀着恐惧。当然要生下来了！刘慧芳语气平静地
说，我们是夫妻，自然要生孩子。

　　向敬岳和刘慧芳的孩子出生时，刘慧芳正在荒地间劳作，来
自身体的悸动痉挛迅速蔓延，她很快被大家送到了矿山职工医
院。顺产生下孩子后，刘慧芳躺在床上，望见窗外的蓝天、灰色
屋顶……一切都是那么的井井有条，刘慧芳的心中充满着温暖的
柔情。

　　矿山食堂的采购员上山时带去孩子出生的消息，向敬岳停下
手中操纵的穿孔机，眼睛瞪得大大的，他紧张地将目光中的惶惑
跳向远处起伏的山峦。收回目光后，他才渐渐感觉内心的喜悦喷
薄欲出。孩子满月后，他给孩子起名刘岩。向敬岳教会刘慧芳书
写。在能熟练写下孩子的名字后，刘慧芳将儿子的生日一笔一画
地在家庭记事簿上，依照农历历法，为 1963 年五月十六，但向
敬岳备注了阳历日期。从此，她的人生多了一个节日，而她期待
今后不断增加这样的节日。她还在家中的门面、门楣上用石头刻
下数字，很多矿工都是这样记录重要的事情，带着对矿石原始
的、亲切的依赖与信赖。

　　刘岩出生这一年，向敬岳举家搬到分配的矿山家属区砖瓦房
里。家属区修筑了宽阔的公路贯通小街。小街上新增了国营粮
店、国营副食品店，所有街道边的店铺墙基由政府进行了加固维
护。刘慧芳看着这种由砖瓦房、玻璃窗、电线串起的更宽、更广
的生活图景，她感觉周围的气氛都是欣欣向荣的，她所拥有的那
一部分也在其中。

　　每次踏进家门，向敬岳的眼神里都带着深深的迷茫，而似乎

666

666

6666

666

666

66666

那些他离开家在山上工作的日子才是有意义的日子。只有回到向水村，他才有尝试另一种身份的举动，他抱着孩子，僵硬地伸长了胳膊，或者远远地观望刘岩与村里的孩童嬉戏。

刘稼禾显然对孩子的姓氏非常在意，孩子姓刘你没有意见可是真的？没有！向敬岳说。岳父显然经过了长久的深思熟虑，还是姓向吧！看得出，岳父做出这个决定是艰难的。向敬岳并没有坦言自己的真实姓氏，拥有了新中国矿工的身份，他一度对过往感到恍惚，如今这都不重要了。他在为孩子登记户口时坚持孩子跟随母亲的姓氏，登记的过程很简单却难以更改，户口簿上也写明他的身份：父亲，职业：矿工，登记在册的身份和职业带给他明确的重生之感。名册之外，他要求自己除了要做好一名合格的矿工，还要以工作成绩争取评选为先进个人和劳动模范。

偶尔，向敬岳跟随岳父前往村后的赭黄山，在山的西北坡有一块老人新开垦的坡地，这是继花田之后老人的新发现。刘稼禾总是能从纵横交错的田埂间走进山丘，指出他的新发现，很明显，他对那些受困于山地夹缝中的土地心怀敬意。

这里也有矿石。岳父指着赭黄山旁的一处高地，向他透露新发现。我没有再开垦，它啊，也许会成为一条路，用来运输矿石。很明显，老人并不为自己的预见感到高兴，他对山有着两种难以割舍的情感。向敬岳折服于老人的智慧，又钦佩老人的远见。向水村也要让路的，让出一条从山里走出来的道路。听说花田那里要征用了，到那个时候，很多都会发生变化。岳父刘稼禾接着说。向敬岳清楚是矿上正在打通采场到排土场的通道，车间领导、技术员、电铲工段、穿孔机班组都有人员参与。他不知对

060

于这件事，在这片土地上土生土长的老人会有什么样的感受，但对于矿山开采和城市发展显然这又是最佳的方案。而对丹青山二期工程即将开工，丹青山选矿厂土建即将开工，向敬岳没有提及。

明天可以插秧。刘稼禾抬头望向远处，他的目光仿佛已看透天边翻卷的云彩以及未来。而向敬岳在岳父的眼睛里发现了他所熟悉的那朵丹青山山顶的云。

4

这天，在采矿作业现场，穿孔机打出一定定尺后，要用取渣桶把孔里的渣子取出来。一桶又一桶渣水吊出来倒渣时，一阵逆风吹来，污泥浊水劈头盖脸浇了乔崇峻满身。向敬岳将蓑衣让给乔崇峻，却发现乔崇峻咬着牙紧皱眉头，右手紧紧抵着腹部。你怎么了？向敬岳一喊，乔崇峻猛然松开了右手，快干活。他说。

清完了渣，乔崇峻迅速登上穿孔机驾驶室，钻头一下一下，磕头似的向地面冲击。丹青山矿的品位高，含铁量70%左右，能直接进高炉炼钢。每次冲击，乔崇峻就像汽车驾驶员扶着方向盘一样控制着操纵杆，一刻都未曾撒手，也不能撒手。尽管事先规定每台机布六个孔，但全矿的穿孔机都在暗暗竞赛，不仅要完成指标，还要创造穿孔机单班进尺纪录。现场生产你追我赶，很快又出现等孔放炮的局面，穿孔紧张，向敬岳也登上穿孔机驾驶室，但他心里似乎总有个不安的阴影。

钎头磨损超过20毫米，趁着换钎，向敬岳走出驾驶室，见乔崇峻也走出驾驶室，刚想开口，乔崇峻却忙着用小葫芦吊起来半吨重的钎头，9米多高、1吨重的钻杆也吊在了空中。拧动钻杆丝扣时，要使出浑身的力气，钻杆一圈一圈转动缓缓贴近钎头。向敬岳双臂铆足了劲，偶然瞥见乔崇峻右手紧抵腹部，左手拿着40斤重的扳手用劲，额头上布满汗珠。哥，你肚子疼？向敬岳问。乔崇峻没有说话，只是摇摇头。那你歇一会儿。向敬岳建议说。开什么玩笑？乔崇峻严肃地说。

一个孔打完了，穿孔机移位，去拖拽有杯口粗、几十米长的大电缆。向敬岳紧挨着乔崇峻，这次，他做了决定。我看你是不舒服，我去替你请个假。我怎么了？你怎么想的？你这在拼命啊！不行！乔崇峻腾出右手，双手拖拽着电缆。他说，让你拖电缆，你怎么拖我的后腿！说着和向敬岳拉开了距离。向敬岳却不肯落下，紧追着乔崇峻。

为穿孔机担水时，向敬岳主动和乔崇峻组成一组。挑水需下到几百米外的山下大水池里，一个班要挑二三十担水，这和拖电缆、扳丝扣、清渣水一样都要花力气。路上，向敬岳留心观察，果然发现用力时乔崇峻脸色煞白。向敬岳放下水桶，拽住乔崇峻，见他脸上挤出的笑容顷刻间被篡改了。尽管无法焕发神采，乔崇峻依然坚持说，别歇着，加油干！向敬岳却拽下乔崇峻肩头的水桶，两个人面对面。你看看你的脸色，向敬岳说。光秃秃的山坡上陡然卷起一阵风沙，模糊了彼此的视线。你总是拖我后腿，你干什么？乔崇峻担起水桶，粗声粗气地驳斥向敬岳。他的脸色因气愤渐渐有了血色。向敬岳站在原地，眉头渐渐堆积了担忧。无奈地抬头看天，发现天上的云层陡然增厚，铅色的云堆积成一堵墙。像是要下雨，去接雨水到元宝车斗里备用。乔崇峻喊着，挑起水桶向前冲，豆大的雨点应声而落。

雨，渐渐大了，形成了雨帘。等到元宝车盛满了水，乔崇峻和向敬岳才去了现场食堂。食堂是在生产现场盖的草房子，屋顶是竹篱笆搭建而成的，上铺稻草，室内也是竹篱笆客串了桌椅。大家围坐在竹篱笆上，前段时间接连干旱，担心雨量大会使生产出现滑坡。乔崇峻和向敬岳虽坐在一起，却各自闷头吸烟。能感觉到竹篱笆上铺的稻草吸了潮气。

雨，渐渐小了，大家都松了一口气，眼看着天边的云层变得稀薄，室内也亮堂起来，采矿场上的钻孔机器重新发动起来。

林矿长走进食堂，工作服上的泥浆白色的、赭色的深浅不一，向敬岳注意到安全帽没有完全遮住他的鬓角的白发。他为了展示健硕似的，挽起了袖子。

大家本想站成一排，迎接领导在现场指导工作，但矿长却挥了一下手，走进矿工，融入其间。他和每位矿工握手，然后挥挥手，同志们，辛苦了！他喊道。任务紧，雨天作业注意安全，尤其注意滑坡。

林矿长走到向敬岳身边，拍了拍向敬岳的肩膀，又捶了一拳乔崇峻，加油干吧！向敬岳想起第一次从他手里接过崭新的工作服的情景，每次见到都会想起，这成了记忆中值得珍藏的一部分。他还是使用了当时实行的军事化管理的称呼，连长好！

矿长紧握向敬岳的双手，你好，向老师！被称为"老师"的向敬岳面颊腾地红了。矿长对夜校代课记忆犹新，仿佛就发生在昨天。矿长亲切地握住向敬岳的双手，你的爱人刘慧芳，为贯彻中央一手抓生产、一手抓生活的方针，成立副业办公室，各车间成立副业生产队，开展农副业生产，并号召个人开展副业活动。她带了个好头。家属受到表扬，向敬岳深感光荣，他满脸通红，不知该说什么，林矿长搂住他的肩膀来到屋外。

林矿长的脚尖踢起一块泥土，泥土中掺杂着细碎的矿石。向敬岳想着为乔崇峻请个假，话到嘴边，性格中的胆怯却使他犹豫了。

你有文化，我先给你通通气。林矿长说着，从口袋里拿出了一份表格，汽车驾驶培训。向敬岳没料到机遇砸中了他，一时难以置信。他问道，就我一个吗？林矿长说，是的，你有文化，是合适的人选，我先征求你的想法，你拿回去填一下吧，时间紧，后天就去培训队。

向敬岳揣着表格，一路上推翻了几种想法，临近生产现场，远远看见乔崇峻正在操纵穿孔机，机头的冲击力度极大，一下一下，他左臂套着的安全员的红袖章格外显眼。乔崇峻皱着眉，向敬岳猜想是乔崇峻隐瞒的疼痛在暗处发威。向敬岳转身走向与食堂连成一体的宿舍，草棚里空无一人。向敬岳端起土坯台上的搪瓷茶缸，吹去浮尘，猛灌了几口，抹了一把唇边水渍。他将表格掏出摊在稻草铺上，拿出安全记录的钢笔，拧开笔帽，笔尖轻轻地戳了下指尖，留下小小的墨点。向敬岳没有落笔，而是又套上了笔帽，将表格叠好放进贴身的口袋里。

后半夜，临时宿舍里鼾声四起，夜班现场强烈的灯光使月光相形见绌。向敬岳悄悄起身，套上工作服，穿上一双轻便的解放胶鞋，那双钢包头的劳保鞋蛰伏在黑暗中，对他的外出置若罔闻。轻便的鞋底无声地落在夜色之中，渐渐远离大家。

向敬岳来到了作业面背面的坝头，尽管离作业面并不远，但这里却很寂寥。远处山林间不断传来野生动物的各种动静，薄薄的月光静静地照拂着这片大地，夜班钻机的声音隐隐约约。向敬岳试探着向深处走，渐渐接近一片农田，土地向他呈现出另一种生命的状态。向敬岳突然渴望了解农作物与矿石这两者之间的隐秘联系，越往稻田深处，这种渴望越发强烈！

放眼望去，月光下，他眼前是一块圆形的土地，由东向西形成了小小的坡度，向敬岳拎起田边撂着的铁锹，一铁锹下去，铁锹并没有被泥土接受，很明显下方是一块石头。

他捡起一块石头轻轻抚摸，随后手掌稍一用力，石头的棱角便劈向向敬岳的脚面，单薄的解放胶鞋毫无防备地爆裂了，剧痛迅速传遍了他的全身，向敬岳长长地舒了一口气。

向敬岳忍着痛，掏出一直放在贴身口袋里的表格，摊开，借着月光在姓名一栏填上了乔崇峻的名字，端端正正的楷书，蓝色墨水落在白净的纸面上格外清爽、分明。

第二天，接班之前，向敬岳找到林矿长，在办公室的红砖地面上亮出脚伤，笨拙地演示两步，恳求道，虽然有脚伤，但我可以不受约束地操纵"磕头"机，而去学驾驶却不行啊。我留下，换乔崇峻去学习汽车驾驶技术，他是我教的，文化程度超过高小了。向敬岳一口气说完，脸涨得通红。林矿长说，你再回去想一想，毕竟你有文化！向敬岳说，要说有文化，乔崇峻是我教的，我最清楚他的程度！林矿长说，我清楚你和乔崇峻的关系，但机会难得，你再回去考虑考虑。向敬岳额头上满是汗水，他有无数个理由谦让给乔崇峻却又不知如何说出，目光几经试探，向敬岳忽然瞥见领导案头上摆着的草拟的下乡名单，念头于一瞬间产生，将名额让给乔崇峻的理由，为矿长解难，立刻都有了出路。我去支援农村建设，向敬岳说，我的脚能够应付庄稼活。他说，我决定去农村！

林矿长显然很意外，稍一犹豫说，这项工作也很重要，目前，既要抓工业，也要狠抓粮食生产，大办农业、大办粮食，各行各业支援农业！我正在物色人选去支援农村建设，难取舍啊，你们个个都是好职工，但总要有人去！向敬岳打断林矿长说，我去！林矿长张着嘴，吞下尚未说出口的话，以目光征询向敬岳，你想好了？向敬岳点头，我想好了，只要您同意换乔崇峻去学习驾驶，我愿意下乡。

你的觉悟高，我们敲锣打鼓送你，到时候也敲锣打鼓迎接你！林矿长说。

5

当向敬岳将搬离丹青矿、支援农村建设的决定告诉刘慧芳时，刘慧芳吃惊地瞪大了眼睛问，为什么？她相信向敬岳清楚务工与务农是两种截然不同的生活，虽然其本质都是为了生存。向敬岳没有回答她。显然，他没有"为什么"能够提供给妻子。他说，这是领导的信任，我提出去向水村，你不想回到娘家吗？刘慧芳撇撇嘴没有表示什么，她接着忙活手里的活计，把收集的野蘑菇摊开在簸箕里，晒在阳光下，蘑菇缺失了水分，看上去个个闷闷不乐。刘慧芳拨拉着蘑菇蓦然想起，昨天在碧金山采野蘑菇时，几个家属还约定成立家属厂开辟蘑菇种植。想着想着，刘慧芳鼻尖一酸咽了下嘴，继而哭出了声，哭声乍然响起，像是忍受了长久的无情和悲伤。刘慧芳在哭声中数落自己顺带发泄对向敬岳的不满：我这是图个什么呀？我怎么就没法明白你这样的男人啊！刘慧芳提高了声调，以便以高分贝维护自己的颜面。丈夫的决定令她崩溃，她说，你个闷葫芦，你为一家人做决定，你问过我们吗？你让我们这一家子奔着什么去啊，我没法明白你！她丢下野蘑菇，扑上来揪打向敬岳，双手的力度表明她从心底是不肯放过向敬岳的，也不肯放过这个决定。瘦弱的刘慧芳的哭诉声嘶力竭，穿透了矿区家属房的壁墙，家门外很快围拢了看客，有几个亲密的邻居拉扯开刘慧芳。向敬岳的决定传播得很快，但仍有很多人在明知故问，这是怎么了？怎么了？向敬岳面无表情，低头察看脚伤，创面上的纱布正在一点点渗出液体，混杂着丝丝血迹，那滚动的液体给人一种肌肤流泪的错觉，同时也无声地触动了刘慧芳。她的双拳颓然垂了下来，戛然停止了哭腔，蹲下身子察看创面，见伤口并没有扩张的趋势，她长舒一口气，眼里再次涌起泪水。她抽噎着取下挂在墙面上的草编袋，翻出一截青风藤，藤草带着浓烈的气味，强烈地刺激着人的嗅觉。刘慧芳将藤草敷在向敬岳的创面上。铺平草药的过程中她渐渐止住了哭腔。敷好创面，刘慧芳起身挥散围观的邻居，并没有解释两口子闹矛盾的原因。

刘慧芳驱散众人，冲到竹竿撑起的晾衣绳下，用力拽下她晾晒的衣服，做出收拾行囊的样子，纱线衫清清爽爽，她一触摸，便为自己的鲁莽感到愧疚。刘慧芳鼻尖发酸，但她忍住了眼窝里的泪水。

你告诉我，到底怎么回事？李极花赶来时，刘慧芳正在床角抹去不肯示人的泪水，她的眼睛已微微肿起。她坐在加宽的大床上，有了孩子后，房间里虽没有像样的家具，但零零碎碎地填满了空间。

没有谁比她更清楚娘家向水村的苦楚，错落的山岗、起伏的丘陵占去了大片耕地，村庄散落在丘陵间，而村里人的贫瘠、渴望、穷苦同样散落其间。坡地上几户人家都有劳力的社员，但即使有力气也无处使。

刘慧芳丝毫不掩饰对几里之外家乡的复杂情感，为了声讨丈夫的决定，她不顾忌李极花，毫不掩饰地说，我宁愿留在丹青矿讨饭，也不回去！她凄戚地搂过懵懂的刘岩，颤抖的手和颤动的胸怀给向敬岳留下了深刻的印象。向敬岳坐在母子二人的对面，坐在窄窄的木板凳上，夕阳照进一道光，与一家人一同度过这个百感交集的傍晚。

李极花怂恿刘慧芳去找乔崇峻，让乔崇峻去改变向敬岳的决定。她也只有这个办法了，两个男人在石彩河边结为兄弟，这一点，丹青山铁矿尽人皆知。李极花拉着刘慧芳找到乔崇峻，刚走近，就闻到浓烈的烟味，乔崇峻脚下夯实的黄泥地面上横七竖八地散落着的烟头陈述着他的某种困扰。刘慧芳无暇关心乔崇峻紧锁的眉头，她只想解决自己家的问题。

我正琢磨向敬岳这家伙打的什么算盘，我肯定要让他给我说清楚！乔崇峻说，他想离开，没门！

刘慧芳拉着李极花的手，低头看脚上的解放鞋，一股委屈涌上来，她说，我不知道今后还能不能在家属队上班了。

孩子们还在屋外丢石子，在矿区，即使是孩子们的玩具，也多与石头有关联，铁轨、矿区的金属有别于村庄。

刘岩悄悄溜出了家门与乔志峰会合，他只看见母亲的哭诉，却并不明白那难以掩饰的悲伤。玩游戏时刘岩紧紧抓牢乔志峰的衣摆，他因为信赖乔志峰而依赖他。两个孩子并没有意识到他们的生活将发生改变，一家人的生活将发生改变。乔志峰带着刘岩前往与丹青山相邻的浅绛山，山顶是孩子们的乐园，除了可以采摘树莓、野葡萄等野果，站在浅绛山山顶还可以远眺丹青采场。那些大型机械，乔志峰能一一叫出名字，钻孔机、电铲……都在干着惊天动地的事业。乔志峰还教授刘岩，双手上下比画着操纵无形的操纵杆。

6

钻机班的作业如火如荼，坚守最后一班岗的向敬岳脚还不太利索。乔崇峻找到向敬岳时，还未发问，向敬岳便抢先说，我做了个决定！穿孔机、电铲作业的响声，使乔崇峻的听力有些受阻碍。你说什么，你再说一遍。向敬岳从白色帆布工具包里掏出夜校授课时的纸笔，摊开，膝盖为面，一笔一画地写下，我要下乡，总要有人去的。当向敬岳再次举笔要将他的决定落在白纸黑字上时，乔崇峻索性夺下了钢笔，笔尖的蓝墨水甩在纸面上。你这是干什么？你非要这样吗？换班后，当着工友的面，乔崇峻压低了声音，你跟我走。两人绕过采剥作业面，来到山的一侧，乔崇峻指着远处的碧金山，又指了指花青山和赭石山，说道，你忘记了？你要忘记这些？向敬岳摇摇头，那你为啥呢？没啥，就是想这么干！向敬岳说，都一样的，你看丹青山，从哪面不都是能到达山顶嘛。向敬岳拽下领口挡灰的毛巾，拍打着毛巾上灰黑的粉尘，你也清楚向山是我俩的福地！他说。下乡支援，没什么不对吧？也不是离开这儿了。向敬岳说，都是为人民服务！

　　乔崇峻不知该说什么，他厌嫌向敬岳的语气，对他擅自做决定的行为也很不满，很明显他是在拉开距离，是在推开他。

　　你忘了咱俩的交情了？你忘了这最初是什么？乔崇峻蹲下身，捡起一块山石，赭色的，含有铁，你知道现在这里需要我们。向敬岳说，这些矿石当初要了我们的命，现在救了我们，我当然记得最初的这里，我怎么会忘呢！向敬岳说，其实我们都是在生产粮食，不过是两种粮食。向敬岳答非所问，乔崇峻很不满，表情愠怒地说，你到底是个识字的人，说话尽让人闹不明白，可有意思？向敬岳不说话了，只是笑，带着得逞后的欣慰。

　　收到驾驶培训通知后，乔崇峻似乎明白了什么，去找林矿长，得知林矿长吃住在赭石山。为确保丹青山采场年产矿石400吨，必须打通赭石山，开通采场到排土场的道路。车间主任、电铲工段长、穿孔机班长和技术员研究了最佳方案，先用 1 立方电铲剥离然后人工爆破，把山头拓成平台再用钻孔机打眼进行中孔爆破。山道崎岖，雨后泥泞不堪。乔崇峻找到林矿长时，林矿长正在石块垒起的灶台前蒸米饭，但饭蒸出来却是黑的。林矿长挑去上面一层说，这山上的水看着清澈，却是硫黄水，将就着用吧。

乔崇峻当下要下山去抬水，林矿长阻止说，钻孔机也在等着用水，刚刚四人抬一个汽油桶装水上山，摔得鼻青脸肿。显然，林矿长清楚乔崇峻上山的用意，他说，生产骨干都派去学习，回来以后电铲、大黄车、电机车都有人开，设备动起来，有了路，眼前的困难就解决了。林矿长说罢拍了拍乔崇峻的肩膀，掸掉一些碎石粉尘，仿佛穿上这身工作服，乔崇峻便担起了前所未有的使命。你们两个真有意思，我们当初考虑向敬岳有文化，让他去，可向敬岳弄伤了脚，不过劳动没有高低之分，都是为人民服务，向敬岳有觉悟主动要求下乡，这是我们要学习的。乔崇峻不满地嘟着嘴巴，不知说什么，像是从一开始他就没有理由说服任何人，而眼前的局面是，他已被领导所说的觉悟说服。

回去时，乔崇峻抄近路沿着斜坡横穿赭石山。赭石山海拔只有 130 多米，在连绵的山岗间带着内敛之韵。行至山脚，乔崇峻看到沿着山坡有一条新修的坡道，这里原本并没有路。抬眼望去，远处，丹青山采场已经形成了台阶。钻孔机、电铲、大黄车……以各自的方式体现着劳动的价值。他捡起一块石头，用力在地面上砸出一个坑。向敬岳，你居然要离开采场！乔崇峻喃喃说道，他无法控制心中的怅惘。带着一种无法言说的复杂情感，心头渐渐发沉。

乔崇峻找到向敬岳时，他正在准备搬家所用的草绳，算着捆绑家什所用的长度。乔崇峻一把抢过草绳，用力很猛，似乎要阻止向敬岳已做出的决定，你白瞎了放炮手艺还有穿孔机技术。向敬岳说，手艺学到手了，怎么会白瞎呢？

你是不是故意把学习驾驶的机会让给我的？乔崇峻紧盯着向敬岳受伤的脚。没有，向敬岳说，领导安排的，副业也很重要，不过，他很快地尴尬一笑说，今后是我的主业了。谁都知道学开车多么了不起，你回来就是汽车司机了，驾驶员啊。

你说，你的脚怎么受伤的？向敬岳走了两步，站稳时打了个趔趄，他说，我的脚受伤跟这些事都没有关系！

乔崇峻紧盯着向敬岳，希望寻出端倪，他看到向敬岳脸上泛起了潮红，懊恼中有一丝难为情，我走路摔倒了，向敬岳说。乔崇峻拿出表格，这签名怎么是你的笔迹？是我的！向敬岳表情真诚坦然。他说，我脚受伤了，领导让我把机会让给你！向敬岳脸上的表情很决绝，像是对另一种安排很满意，他说，哥！你趁着去学习一定抽空去医院检查一下身体，要说私心，这就是我的私心，我愿意给你争取到这个机会，我想只有这样你才能抽空去医院。乔崇峻忽然红了眼眶说，那你也不用离开矿山啊！向敬岳不多解释，憨厚一笑说，你不能反对我啊，你是我哥，应该明白我的觉悟！乔崇峻一时语塞，沉默许久后邀请说，同心岩不在了，哪天我们去走山吧，我们那夜逃生的路还都在呢！向敬岳应道，一定！但你一定要答应我去医院看看。乔崇峻立刻回复道，我答应你，但我相信我没事！

向敬岳将备好的草绳背回家时，遭到了刘慧芳的抵触。

双人木床和三屉桌，以及二十平方米的里外两间房留下来，属于公家的归还给公家。刘慧芳拉着李极花的手，她已不再倾诉不满，只是叮嘱李极花不要放弃开荒。她用力踢着向敬岳领回家的一卷草绳，迟迟不愿打包家什。她对自家男人充满怨懑，她怨丈夫不和自己商量，擅自做了一家人的主，做主了孩子的人生以及她的人生；她也怨恨自己无法做主自己的人生，她失去了矿工家属的身份，在家属队开展的活动不得不戛然而止。

第三章　双抢

1

　　全家最值钱的家当是板车上的一只木箱。刘岩坐在板车车尾，手里紧攥着一个用树枝编制的挖机模型，那是乔志峰送给他的告别礼物。向敬岳尚未痊愈的脚伤使得他走起路来略有蹒跚。他将更换下的工具包和工作服收起来，很郑重地和铁锤一起包在麻袋包里，这是他个人最珍贵的行李。向敬岳感到欣慰的是，并非独自一人而是全家一同走在了建立新家的道路上，他很感激，在世间和他们及它们在一起。

　　搬离矿山的日期向敬岳事先没有向任何人透露，包括乔崇峻夫妇。昨天，他完成了一天的工作与匡友富交班时，心里被沉重的不舍拖拽着。爆破班钻孔机一个台班通常为 15 到 30 米，这天他所在班组开展的师徒间的竞赛突破了上个月的台班纪录，达到近 40 米。虽然逊于匡友富带领的穿孔机小组 45 米的纪录，并且远远低于工友创下的 80 米全国纪录，但圆满地完成了一天的工作，向敬岳心满意足。

矿上调派的解放汽车，向敬岳以道路逼仄为由婉拒。向敬岳原本想与林矿长告别，却被告知为打通排土场通道，林矿长带着队伍吃住都在赭石山。他以端正的楷书写了一张便条，包着安置费用200元，悄悄留于林矿长的办公桌上。

路途不长，其中很长一段是上坡路，凭着耐性，坡度带来的阻力不断地被消除。在毫不吝啬力气这一点上，一家人是一致的。夫妻两人一前一后，隔着板车，保持着距离。

丹青山往南5里地便是向水村，村子依着赭黄山坡而建，百十户人家散落于丘陵之间。在浅山的褶皱间定居的村民多数姓刘，村西有刘家祠堂，因地基干燥、宽敞明亮、空气流通设立为校舍，成为坝头小学。远远地，向敬岳打量向水村的目光比以往多了一些审视和柔情。从高处看，整个村庄像是伴随着田野生长，所有这些都带给向敬岳心安的感觉。他与村庄对视，彼此已被打动。村头有银杏以及古井，井口用大麻石砌成，直径约1米，井圈高约50厘米，井口上有很多岁月刻下的绳痕。

一家人刚踏上向水村的土地，向敬岳熟悉的声响便追了上来，来自远处，却又贯穿了脚下的土地以及山林、田野，他敏感地判断出自己听到了采场爆破的炮声。他抬头仰望，那朵坚守的云彩毫无异样。在采场工作时，每天上午都有隆隆的炮声，即便他不在现场也明白生产顺利，没有任何环节脱节。在此处，炮声带来的震颤虽逊于采矿现场，但依然带给向敬岳顺利抵达终点的欢欣。他凭着听觉判断威力，同时判别出孔眼的合格率。他心里想着，昨天打孔时地形复杂、岩石硬，打孔的合格率仍然保持领先。他亲手打过数以千计的爆破孔。近期作业点岩石软，穿孔机也在暗暗竞赛。穿孔机进尺达到50米，甚至70米，也许会诞生新的丹青山铁矿穿孔机单班进尺纪录。

他想起，丹青山二期工程开工，设计能力为年产 400 万吨，丹青山选矿厂土建开工，设计能力为年处理 350 万吨。这些巨大的数值曾和他紧密相连，尽管他只是一个渺小的存在，但他的人生却经此铸造出另一种秉性。

在炮声的余音中，一家人缓缓地、淡定地走上了土坡。坡下是一片水田，社员们分布在稻田间。向敬岳从未想过以农民的身份出现在社员面前。他们一家人与向水村的村民面对面，在余颤之中，安静的田园间飘荡着无数不被接受的"音符"。社员们对噪音的反感，是扩散着的，带着敌意的。向敬岳注意到有几位田间村妇紧紧捂着耳朵和鼻子来对抗炮震、粉尘带来的烦扰。隔着碧绿的稻田，一家人牵引了大家的视线。直到余音消匿，村庄和田野才恢复了鸟语花香，不安的犬吠相继传出。

刘慧芳加快了脚步，抵御目光，拒绝寒暄，嘴里宣泄着不满，真倒霉，偏偏是这个时间嫁给了矿上的工人，当初在村上有多风光，现在就有多落寞。之前，出嫁的刘慧芳回娘家常常说到矿上，还有社员借故去矿上长见识，去过的还想再去，忽然就没着落了，让人没法接受。她听清窸窸窣窣的议论声中有小姐妹络萍的惊呼，慧芳，你还真的回来了？刘慧芳曾承诺络萍，在矿上为络萍物色优秀青工介绍对象，现在，她对络萍的喊声充耳不闻，低着头只顾走路。从田埂到村头仅有 500 米，却过得格外艰难，络萍并没有介意刘慧芳的淡漠，而是穿过田埂追了上来，喊声渐渐逼近，刘慧芳停住脚步，猛地回过头，她没有迎接络萍，而是远远地逼视着社员中的一位中年男人。刘慧芳大声喊，肖队长，我家男人是支援农村建设的，你这生产队队长在做什么？刘慧芳没有指出什么，她也并不清楚她需要什么，喊完她转头对络萍说，我们回来，还要回去的。她判定的前景令向敬岳暗自吃惊，但见刘慧芳神情笃定，不免讪笑配合。

刘慧芳以喊声惊动的中年男人慢慢走出稻田,脚腕上牵牵绊绊地拖着一撮泥草,穿过田埂边走边吆喝社员,别看西洋景了,赶快干活!直到与一家人面对面,他敷衍地搓了下掌心的泥巴,握住向敬岳的双手,欢迎、欢迎。他说,我是队长肖发高。生产队刚接到通知,我还没召集社员研究,你们就到了。肖队长打量向敬岳,突然有了发现,他揶揄道,看你既不像是矿工也不像是农民,倒觉得你应该是个书生!经过矿山劳作的磨炼,向敬岳确实仍具有无法褪尽的斯文之相。尽管队长也并不壮硕,他仍评价向敬岳:不是个壮劳力!话锋一转,队长反问道,你这身板能支持我们什么建设?生产队队长的质疑立刻激起了刘慧芳的回击,掌钎、抡锤,再硬的石头都能打出孔,现在开的钻孔机,那么大的铁家伙比拖拉机大几倍,你能比吗?刘慧芳还要继续亮出自家男人的赫赫战绩,向敬岳摆摆手制止了她。

肖队长说,我的个乖乖,这么个人物住哪儿呢?生产队里也没材料盖房子,村里唯一有砖瓦的就是祠堂。他的视线顺着祠堂拓展,最终停了下来,他抬起手指了一块倒塌的土坯墙,那儿慧芳你知道吧,就在那儿吧!咱村原来的牛棚。刘慧芳的视线没有跟随队长,但她显然没有明确的目标,她的目光兜了一圈,回到起点。

向敬岳只是敷衍地扫了一眼便说,蛮好、蛮好!说着停好板车,开始动手解捆绑木箱的麻绳,他的动作很麻利。肖队长,你做什么要欺负人!刘慧芳忽然厉声喝道,她带出不肯屈服的倔强乡音,这段时间压抑的委屈喷涌而出。向敬岳很吃惊于刘慧芳的泼悍。肖队长受到抢白,似乎并未受到打击,而是放声大笑,田埂上的社员也哄笑起来。刘慧芳也在哄笑声中挽紧络萍,我们家去!刘慧芳带着一种豪迈之气。向敬岳觉得刘慧芳在生养她的土地上有一种底气,这种底气在她双脚落在这片泥土上时便生发出来，势不可挡。他跟着刘慧芳的脚步变得笃定而踏实。

家里院门敞开着，向敬岳只要看到这院门就有心安的感觉。板车推入院内，一个家，家里的成员在，家就在。

向敬岳这次踏入家门，有一种不同于以往的心安的感觉，岳父站在家门外迎接他们，刘稼禾脸上是喜悦的、收获的表情。向敬岳被这表情鼓舞道，爸，我们回来了！

刘稼禾的欣喜不可言说，他有三个女儿，一直想找人入赘，并将这个希望寄托在最小的女儿慧芳身上。但慧芳一直竭力拒绝父亲这个想法，她认为那是生活的一个桎梏，她不会身陷其中。

女婿下乡支援农业生产，刘稼禾认为是种天意，在他看来，女儿一家回到村里不啻一桩喜事降临。他对向敬岳说，回来就好，我们就留在这里，哪儿也不去了！刘稼禾老汉在生产队牛圈边有个简易住所，他将铺盖卷搬过去，留出三间土坯房迎接女儿一家的归来。他的目光黏在女婿身上，女婿的到来满足了他长久以来的夙愿。

来吧！他迫不及待地将手边打磨好锄尖的锄头扔给向敬岳，这个留给你用！刘稼禾兼修生产队的农具，利用特权挑选了一把七成新的锄头留给女婿，他将这件农具锋刃磨得铮亮，因而使女儿一家的归来拥有了朴素的仪式感。

进村落户第一顿饭，刘慧芳本想弄得丰盛一些，但当她拿出从矿山带来的粮食，想起了向敬岳今后不再享有矿山职工的待遇，她也没有机会再享有定期发放的粮票、油票、副食票……内心又是一阵惆怅，又将粮食放了回去。她退出矿山生活的圈子，回归乡村，但矿山生活的光景毕竟存在过、美好过，注定无法退出生活的记忆。

午饭是米汤配以紫红色薄饼。刘慧芳说，这是野高粱做的。

　　向敬岳咬了一口，惊诧于一种毫不起眼的田边野物竟具有如此神奇的味道。这有什么。刘稼禾指了一下房梁，房梁那根积满岁月尘垢的原木整齐有序地排列了一些不知名的甘草。刘稼禾说，我收集了很多野生作物，都可以充饥的，大山中是没有杂草的，我们人啊，不明白的太多了。显然，自然的智慧早已征服了刘稼禾，也正是这种折服的心态让一家人的每顿饭都能填饱肚子。

　　刘稼禾侍弄耕牛时，向敬岳站在围栏边，怀着一种复杂的心情。除了乘坐马车，他从未近距离接触过牲畜，现在，他面对耕牛，目光中充满信赖，眼见着岳父对耕牛的情感甚至超越了对亲人。耕牛的深色粪便以及嘴边的泡沫并未成为向敬岳无法逾越的障碍，他克制着呼吸，渐渐适应了牛棚中的气味，最终跨过了牛栏。贴近耕牛，他注意到耕牛的目光祥和而安静，向敬岳试着模仿岳父的动作，伸出手掌，轻轻落在耕牛的脊背上，那一刻，耕牛似乎将他的思绪带入了更深邃、更辽远之处。

　　你既然是长工的儿子，你应该懂得耕牛的。刘稼禾说。老人并没有怀疑向敬岳杜撰的身世，而是毫无戒备地接纳他。爸，其实我……向敬岳不知该从哪里开始澄清有关身世的谎言，刘稼禾却像是洞悉了岁月更迭中的某种真相，他打断向敬岳，你就本本分分做你的农民！天底下，和泥土打交道最简单！

　　刘稼禾说，既然种田，就要摸清田地的品性，我们这地方的土地有我们这的脾气！没有办法动摇的。刘稼禾像是在传授一种古老的匠艺，庄稼、节气、耕牛参与其中，共同经历一场古老的旅行，而他正在加入其中。向敬岳觉得自己再次成长，相比在矿山的成长完全不同，他已做出了 14 岁之前彻底的改变。耕牛的体温仿佛通过手掌渗透了他的身躯，他忍不住亲近它，接纳那种来自耕牛的气味。

　　你会是个好农民的。岳父说，你看你一下子就和牲口合了脾气。人和牲口一样，有好有孬，有的人不如牲口，是因为还没做好人，只有真做了人，才懂得牲口。说到底，善待牲口，牲口有福气，人才有福气。刘稼禾说完，细细梳理耕牛的皮毛。

向敬岳望向岳父，心里觉得踏实，有了在世间幸福的感觉、心安的感觉。

肖队长登门打了照面，回忆起刘慧芳小时候曾用砍刀误伤过他，他不记仇，却记着脚腕上那道疤。说着将裤腿挽得高高的，露出疤痕，疤痕呈肉红色，凸起在肤色之上，像是始终处于被激怒的状态。刘慧芳犀利地指出他怠慢一家的到来就是打击报复。肖队长没有搭理刘慧芳，而是声称自己还兼任民兵班长，有责任检查一家人的行李。悉数翻看后，唯一令他不满的是衣服上竟然没有补丁，而有件他拎起打量的衬衫质地是的确良，他指着身上黄色仿军衣里的白衬衫领子说，我这件也是的确良的。一家人纷纷点头，大家都认识昂贵的的确良。可我这只是个假领子。他在眼前比画出巴掌大的范围说。他接着调侃，矿上的工人老大哥就是不一样啊，我这个农民伯伯没法比！一家人都报以沉默。

临出门，他说，社员也有社员的规矩，出工才有工分的。向敬岳说，我是来支援农村建设的，当然出力。肖队长仍抢白道，那得看你是否真出力！

队长走后，刘慧芳开始打扫屋子，扫除尘土，挑破蛛网，动作缓慢。向敬岳理解她，她正在回归曾试图逃离的一切，这一点，她比他承受的要多。想到这里，向敬岳心中陡然升起不一样的情愫，柔声说，慧芳，我们好好干，会过上好日子。他第一次有了说出这句话的勇气，在这个村庄之中，他不是孤零零的一个人，他是家庭的一家之长，与眼前的妻子和孩子是一个整体。他对此心存感激。

土里刨食，总是这样的日子。刘慧芳抹了一把额头的汗水，很实在地说，能吃饱肚子，住个有玻璃窗户的红砖房子，用上电灯我就知足了！她几乎是在讲述矿山的生活，她曾经在村民间描述过的生活，言语间掩饰不住的优越，这一次变成了失落。她拾掇起需要洗涤的床单、衣服，放进木盆里，拿起棒槌，去塘边浣洗。她脚步凝滞，回身对望着她的向敬岳说，能过上有自来水的生活我也知足。那些她曾经拥有过的，太过遥远似的，她望着远处的山峦，苦笑说，恐怕是这辈子的痴心妄想！说着丢给向敬岳一个怨懑的眼神。在她这里，昨天和今天的生活有天地之别。她说，现在我就图你个真心了！

直到太阳坠入山谷，刘慧芳才去塘边洗衣服，塘边只有生产队的两头耕牛。这阵子没有刮来的风，塘水清澈，池塘中的鱼苗已经长大，在池中游来游去。

这一晚，向敬岳体会了一种乡村的夜，他极力回想幼年时季家庄的夜，将安静进行对比，将风声进行对比。即使在夜色最深的时刻，他依然难以入眠，稻草的清香、棉被的暖意都无法抚慰，他倾听夜色中乡村爬虫的足音，并没有因此变得迷糊而是渐渐清醒。他离开了采场，远离了器械所发出的金属的韵律，直到他的听觉隐隐约约寻觅到钻孔机声、电铲声……本不该属于乡村的节奏，他找到了失眠的原因。

2

早晨，村庄苏醒的响动覆盖了这处若隐若现的动静，但刘稼禾洞察到了向敬岳的倦态，他说，村子夜里的动静确实不小，时间长了，我都忘记早些年的安静了。他问向敬岳，你还会回去吧？回去放炮，回到矿上弄出惊天动地的动静？不待向敬岳回答，刘稼禾又转移了话题。他说，丹青山掏空之后就安静了，但我恐怕等不到了。刘慧芳以嗔怪打断了父亲，这讲的是什么话？

上工的钟声敲响之后，社员会聚于打谷场，向敬岳和刘慧芳站在人群的边缘。络萍喊慧芳，她笑一笑，挥挥手，想把那喊声压下去，不被他人注意。村庄几十户人家，她回来落户的新闻被反复传播，就成了大新闻，其他生产队里就会得到消息。向敬岳注意到，岳父晾晒完饲料，正牵着耕牛走在村道上，向他投来友好的一瞥。

这天肖队长派分的活计多是除草、锄豆……向敬岳完全可以充当一个农田的好把式，他会尽心尽力掌握其中的技巧。他与刘慧芳并排站在社员中，站姿保持一致。刘慧芳显然拒绝进入角色，站在社员间，她的姿势带着绝不妥协的倔强，一半是针对现实，一半是针对向敬岳。

队长给社员们派了工，妇女们去豆田锄草，男社员分成两队，一队挖水井，一队去敲石子以备清理沟渠。向敬岳自觉地站到敲石子的队伍，但队长拦住了他，他说，你不能去，你脚上有伤，去了就是混大家的工分，我们这里工分金贵。向敬岳走了两步示意说，我不能闲着啊，闲着浑身难受。队长却不听他的解释，提议说，那你就不闲着，你看你能干什么。他撇着嘴毫不掩饰对向敬岳的蔑视，向敬岳不想针锋相对，他自认为拥有矿工的修养。

没有派到活计的向敬岳慢慢踱回家去，通往家门的一小段路程变得十分漫长，每走一步他都掂量着落脚。刚下过雨，乡村道路上坑坑洼洼，一些人及牲畜的脚印、车辙印仍很完整，清晰可辨。牛蹄印、鸡爪印、鸭蹼印……向敬岳辨认着，渐渐忽略了人的脚印。相比矿山生活，眼前的乡村展现出的是另一个世界。村路边的菜地是零碎的，黄瓜和豇豆搭起的架子给人局促之感，还有一些向敬岳并不认识的顺着藤蔓攀爬的蔬菜，但他很钦佩这些植物拓展上升空间的智慧与勇气。他内心的敬意，由坚硬的矿石抵达柔嫩的植物，在他看来，相比人类，目之所及的作物更精通生存之道。

怀揣着这份敬意，他再次来到牛圈。塘边饮水归来的耕牛嘴边蠕动着，边反刍边对他友好示意。

刘稼禾正在清理牛粪，在一连串的活计面前，向敬岳的清闲像是一种罪过。刘稼禾说，你要是个真正的社员，你就没法闲着了！向敬岳眼里没有活计，刘稼禾认为他还怀揣着一名矿工对采矿场和矿石以及挖机这些坚硬物质的念想。数里开外的丹青山矿偶尔会传来爆破的余声，每每这时，他的双手不由自主地握紧。刘稼禾并没有吩咐向敬岳清理牛圈，虽然在之后这成了他的惯常劳作。离开岳父，向敬岳心里开始发慌，他对自己的清闲生出了轻微的恼怒。

到家时，黄胶鞋底上沾满泥土，这些泥土有黏性，区别于采矿场的泥土。刘岩跑了回来，他手上拎着布鞋，脚上同样沾满了泥巴。他刚去了祠堂边上村里的小学，不去矿小，我不去上学了！刘岩噘着嘴说。向敬岳这才注意到，孩子长高了，他每次面对自己的孩子都有种陌生感。这种陌生是他对自己成为父亲这一事实的陌生。

虽然对父亲这个身份感到陌生，但他想认真地完成这一使命。他与孩子相处总是小心翼翼地掩饰自己性格中的胆怯、谨慎、多虑。

　　怎么了？他问，他跟自己的孩子说话，语气同样是小心翼翼的，他也弄不懂这是为什么。村小不是学校，矿小才是学校！刘岩已去看了学校，在矿区，他玩耍的区域就包括矿小校园。现在，他对着湿黏的泥土发怒，跺着脚说，脏、太脏了！胡说什么！向敬岳呵斥道，他发自内心地维护泥土。他说，泥土是最干净的。他试图进一步解释，但他发现自己和孩子交流非常别扭，他在孩子面前同样没有找到自己的位置。他试着向孩子伸出手臂拥抱他，但孩子蹲下身捡起树枝试图刮尽脚底的泥巴，嘴里嘟囔着，村小跟矿小没法比，没有课桌！那是学校吗？向敬岳的拥抱落了空。

　　向敬岳后来去了学校。学校的教室是以石块做房基的，木格窗户上没有镶嵌玻璃，板材做的黑板并不平整，教室里的课桌一部分是学生从家里带来的，还有一部分是垒起的土坯，参差不齐。向敬岳注意到板书上有一个错别字，便拿起笔头订正。接着特意找到学校的老师，老师是个消瘦的中年男人，单从穿着上可以和社员区别开，整齐的黄上衣，前襟上有两个口袋，其中一个口袋别着一支钢笔。向敬岳说，老师，课桌不能太矮，小孩子在长身体。老师呵呵笑了两声，露出暗黄色的牙垢，你自己垒，想多高就多高。老师站在高高低低的课桌间说，与向敬岳拉开距离。老师也是村上的社员，显然清楚向敬岳的来历，好心地提醒说，家里没有桌椅，可以去北坡挖些黏土石头，垒得牢固些！向敬岳没有听取老师的建议，他对刘岩说，我给你做个木头课桌，保证你上学时用上像矿小一样的课桌。我要在课桌上刻上一辆汽车做记号！刘岩说。离开矿山的前一天下午，乔志峰带着刘岩出现在矿小幼儿园，刘岩清楚那已不是他的学校了，他发现曾经属于自己的课桌前端坐了一位女生，是班上的文艺委员，这才稍感安慰，放弃了冲进教室的念头。等到同学们发现他时，他已跑出了幼儿园大门，他的泪水准时报道了。乔志峰本来还想带他去矿山俱乐部，但刘岩拒绝了。临近住处，他拒绝送他回家的乔志峰踏进家门，你走吧，这里就要不是我的家了！他草率地挥挥手，脚步跌跌撞撞的，发泄着稚嫩的不满。

下工归来的刘慧芳带着憋屈踏进家门，她的憋屈从回归村庄起越聚越多，她控诉姐妹们对她的态度发生了转变，怠慢、厌嫌、嘲笑……组合成焦虑，她和自己的焦虑对抗，但又要极力掩饰。她不认为自己的运气用完了，何况她和向敬岳还有力气，在任何广阔天地都能够过上好的生活。

见向敬岳笨拙地安慰孩子，刘慧芳恼怒于生活没有带给她安慰，她说，你娶了我，又要了孩子，你做啥事了？一张课桌和矿小能比吗？向敬岳明白这是在责怪他，但他乐于接受，他笨拙地安慰她说，一切都会好起来的，矿上的生活我们也会过上的！刘慧芳撇了一下嘴角又抿了一下嘴角，表示她没有看出什么征兆。刘岩倚在房门外，偶尔探头室内，他短短的视线被父亲走来走去的身影不时打断。

房间里并没有多余的摆设，一张床、一张凭着墙角和石头垒起的台面在室内作为饭桌，家就落成了。

向敬岳去找肖队长申请木材，提出要做课桌，肖队长嗤笑说，不就是识得几个字吗，还要木材，没有！向敬岳拿着斧头站在田边，豆田锄草的社员们嘻嘻笑着，在他们看来，这个工人提出来的要求很滑稽，要木材做个饭桌也是好的，做个课桌很荒唐。刘慧芳站出来打圆场，她说，我们家是要做饭桌，你给不给？我们是支援农村来的，是为国家。她说话的口吻带着震慑力。肖队长立刻更正说，我没说没有，我是说要有合适的理由！

木材下来后，夫妻两人再次起了争执，刘慧芳是从心眼里轻视课桌的，这是向敬岳无法容忍的。在饭桌与课桌的抉择中，向敬岳最后做出了让步。接下来，刘慧芳出面邀请木匠上门，几个自然村就一个刘木匠拥有手艺。刘木匠得到刘慧芳托人捎来的口信，显然对向敬岳并无热情，回话说，活计要排队，排到半年之后。

遭到怠慢，向敬岳决定自己动手。尽管单调贫乏的生活经历与木匠没有过交集，但作为一名矿工磨炼出来的动手、动脑能力却有力地帮助了他。

向敬岳上山收集了一些枯树，刨去树皮，被利用起来的枯树没有被当成劈柴扔进灶膛里化为灰烬，而是在向敬岳的手下有了另一种存在的意义。向敬岳给予这些边角料尊严，它们经由他的双手获得了重生，这也让刘岩在教室里拥有了一席之地。

当课桌出现在刘岩面前时，他以稚嫩的目光打量它，虽然见证了课桌曲折的面世经历，但尚未成熟的情感难以对其付之热情。最后，他跳出家门，迈着细碎的脚步奔向母亲刘慧芳。他说，妈妈，我不要课桌，我要去矿小上学。

那天，向敬岳走出家门，阳光耀眼，脚下的震感传来，他清楚是矿山采场的爆破。他沿着道路走出村庄，沿着向水村依傍的赭黄山，怀着一种复杂的情感攀至山顶望向丹青山。前些天他还参与劳动的采矿现场，穿孔机正在作业，钻头敲击着山体，他仿佛置身丹青山爆破班。风帽、笆斗帽把头捂得严严实实的，粉尘呛人，而他惦记着乔崇峻身体检查的闪念又将他拉回至现实中。

归去时，天已经完全黑了，夜色犹如厚重的帷幕，平和而深沉地拥抱了他。向敬岳走在山路间，凭借着来时的印象辨清脚下的路。

进家门前，他在山沟间徒手耙了些松毛，又拾捡了一块腐朽道木。离开矿山，断了煤球供应，家里需要捡拾柴火。

3

乔崇峻培训归来，特意换了一身干净衣服去向水村。外套虽已褪色，肩膀上补了补丁，但前襟印着的鲜红的"先进生产者"荣耀依然鲜明。他带了一套新近发放的工作服、一件雨衣，准备赠送给向敬岳，还携带着李极花特意从食堂购买的昂贵的油炸带鱼。她委托乔崇峻转告刘慧芳，她忙于家属队的垦荒工作，而刘慧芳计划的绿化工作正在开展，矿里已组织了垦荒分队。乔崇峻想起他和向敬岳在食堂第一次吃油炸带鱼，两人对这稀奇的海鲜惊奇不已，那段时间他们的奢侈享受就是点一份油炸带鱼。路上，乔崇峻忽然想起向敬岳的身世，虽然是孤儿，但人总是有来路的，总不能沉入无边之海。

而今从矿区前往向水村是一条拓宽的土路，前一段平铺于田野之中，后一段开辟于山洼之间，道路两旁的山峦袒露出的岩石呈现出生命之初的本色。夯实的路面上有漫长的岁月痕迹，坑坑洼洼之间似有道不尽的人间之事，有些相隔甚远，有些近在眼前。

乔崇峻走到山道末端时，突然听到山林间传来婴儿的啼哭。乔崇峻循声走近，只见一个鲜红的包裹丢于碎草之间。喊了几声见无人应答，乔崇峻慢慢走近，挑起包裹一角发现竟是婴儿的襁褓。襁褓中的婴儿大张着嘴巴，哭声时高时低，再细看，竟是个豁嘴婴儿。乔崇峻心下一沉，判断这是惨遭遗弃的婴儿，缘由也许就是这生理的缺陷，不由得心生怜悯。乔崇峻抱起婴儿，徒劳地喊了几声，林间前后并无应答，便退到山道上，四周仍未见人影。天地之间只有脚下的路与路边的岩石明白发生了什么，但它们将一切交给了乔崇峻。

远远地，看到向水村在群山的掩映中，像是并不真实。乔崇峻心里再次感到不是滋味，他和向敬岳两人一个在矿场，一个支援农村。他为高炉生产"粮食"，向敬岳却在广阔天地种植粮食，两者都很重要，但有轻重，在各自内心的天平之上。脱离山道，渐渐接近向水村的田埂大道，田埂边农田间的水稻进入抽穗期，齐齐望向他。

乔崇峻注意到稻田边的沟渠挖得很深。视线沿着沟渠延伸，看到几名挖渠的社员。社员纷纷停下手中的活计，杵着铁锹望着他。唯有一名社员在埋头挖土，是向敬岳！他仍然穿着矿山的工作服，肩上配了披肩。向敬岳与乔崇峻相见，婴儿成了焦点，也成了一道风景，即便乔崇峻一遍遍原原本本道出简单的原委，人们仍不认为这是件简单的事情，不断有人抛出疑点。大家在田野间抖落那红色褓褓，却没有找到只言片语。这时候，乔崇峻捡到弃婴的新闻已经传遍田间地头。刘慧芳赶来后接过婴儿，仔仔细细地观察了五官，脸上的疑云久久不曾散去。可怜的孩子。她说，我先抱回去喂点吃的。

刘慧芳抱着孩子离开后，乔崇峻看着向敬岳手上的铁锹，心里有一种抢夺的欲望，两人有一会儿没有说话。哥！向敬岳喊了一声。乔崇峻咧了一下嘴，心里涌上来一种无力之感，他听出来向敬岳言语中潜藏的落寞。你去医院了？去了，去了！没毛病！乔崇峻拍拍胸脯，医生说了，就是干活用力过头了，没事的！两人嘿嘿笑了，向敬岳面露轻松之色，又问，你没骗我吧？怎么会！乔崇峻立刻接了话。向敬岳眉头舒展，脸上的笑容也因此更加绚烂。向敬岳，叹了一口气，再次发出了忠告，没事就好，你去看了医生我才放心！

　　置身向敬岳新落就的家，看着土坎上的煤油灯，乔崇峻有一种愧疚之感，仿佛他的优越是有基础的，来自眼前的兄弟，这让他无法忍受。门口池塘边生产队的鸭子正在水里扑腾，乔崇峻对田园风光不感兴趣。

　　在乔崇峻面前，刘慧芳虽然没有表现对向敬岳支援农村建设的不满，但她抱怨这里的柴油灯，遗憾用不上自来水，然后指着向敬岳，说她相中向敬岳之前相中的是矿区的自来水和电灯，他却把她带回到原来的生活。末了，她问起李极花，语气满是羡慕，嫂子是在忙家属队的工作吧？乔崇峻敷衍地点点头，掏出带鱼，打开牛皮纸，油渍沁入纸张的纹理，汇成对向敬岳一家来说不可多见的奢侈图案。乔崇峻说你们尝尝，是鲜货。向敬岳说，你现在每月工资29元，每个月寄家里10元，你得吃一个月5分钱4两饭，5分钱一份麻婆豆腐，1毛钱一份炒肉丝，多出的饭票加上粮票才能买了这份带鱼。

　　刘慧芳一手抱着婴儿，一手在家里翻找，最终翻出收藏在瓦罐里的半斤稻米，这是从嘴里节省下来的，取出一小把生火熬汤。那婴儿静悄悄的，没有啼哭，似乎深谙自己的命运，这更让刘慧芳心生爱怜。她很慎重地问，这孩子该怎么办？我养啊！乔崇峻立刻回答，我回去说服极花！说到这里，蓦然脸色一红，吞吞吐吐地说，有了志峰，我们还想造一个的，也不知为什么一直都没戏。刘慧芳给婴儿喂饱米汤，她说，留在这儿吧，我想了个名字，向嵘，因为是个女娃。我还有工资，我带着孩子。乔崇峻说，这孩子的嘴巴要做手术，既然遇到了，就是天意。他留意到向敬岳面露窘色，退一步说，就起名叫乔向嵘吧，孩子要做手术，我有工资我多负担些，算是我们两家的孩子，我们一起养着。

那婴儿喝了米汤，安静地酣睡着。乔崇峻借机问向敬岳，黄浦江你见过的，你说说！向敬岳却只是笑笑，转移话题说，我在乡下，矿上的爆破我都能听得到，我也算出来了最近的产量。向敬岳的关切神态令乔崇峻动容，他仿佛看到农田在山坳间焕发出生机，秧田的社员赤脚在阳光下，他感觉眼前的一切都发生了变化，某种不可言说的力量正在这片家园破土而出，取代他记忆之中的穷苦。乔崇峻收回目光落在向敬岳的赤脚上，脚背上的泥土黝黑，他的眼角有些湿润。乔崇峻没有继续分享他作为一名汽车司机获得的艳羡，也未提及他还出过差，走出了矿山，最远的行程是抵达首都北京。他为自己代表向敬岳去见了世面心生愧疚。

乔崇峻告诉向敬岳，他以钻孔机司机的身份与匡友富进行了一场竞赛。这次竞赛乔崇峻班产第一名，但他并不满意，没有刷新对手匡友富穿孔机班产纪录。丹青山采场扩建正式动工了！他说。向敬岳静静地听着乔崇峻描述丹青山采场的进度，没有告诉乔崇峻自己曾登顶赭黄山，辨别出丹青山的位置。他还远眺鼓舞人心的生产现场，推测现场正等孔放炮，车间的计划已经出来，他虽没有资格弄清这次计划的炮孔数，但他看得出来现场在争抢时间，在暗暗竞赛。乔崇峻还告诉向敬岳，今后，骨干都去学习，回来后，电铲、大黄车、电机车都有人开，都动起来，而且，要调整工资了。

乔崇峻离开向水村前，两人沿着村后的赭黄山山坡登上山顶，远眺丹青山采场大型机械作业。乔崇峻介绍说，你看，140米台阶设立了指挥部，丹青山要成立自营工程队了，继而4立方米电铲在丹青山安装使用，80吨电机车投入生产。乔崇峻接着说，年底，丹青山采场扩建工程就要完工了。他边说边挥手在空中画出一个个弧度。

向敬岳从工作服口袋里掏出了一张纸，是写了"仙"与"仁"的那张纸。他嘴角展现了笑容，乔哥，这是你练的字。向敬岳手中的牛皮纸有摩挲之后的柔软，展开，纸面上是突兀的曲线，但陡峭的线条表明那是山脉，而空白处留下了无数的谜语，对于他、对于丹青山、对于未知……你收着，下次咱还接着学。乔崇峻说。因为生命中意外出现的女婴乔向嵘，乔崇峻急着赶回家去，他相信襁褓中的女婴是生活带给他的慰藉，尽管这意味着将要付出爱与责任。

乔崇峻离开后，向敬岳沿着山路回向水村，几种情绪在内心交织着。回到家，向敬岳不知将那纸片放在何处，目光在狭窄的空间中逡巡，最后，他将纸片细心地包裹起来悬于高高的房梁。

掌灯时分，向敬岳去料理牛棚。这天，岳父刘稼禾外出售卖亲手编织的草鞋，向敬岳意识到，岳父作为一个地道的农民，有更多的时间与田野相处，是最接近土地的庄稼人，他没有用上电灯，也没有乘坐过汽车，始终行走在摆脱贫困的道路上。从一出生就在乡村，刘稼禾平和的目光仿佛看穿了终点，已经先于生命接受了未来的一切。

身在向水村，向敬岳很快就在农活中领悟了生存的意义，而与庄稼接触同样唤醒了他与自然深厚的情感，并在之后经历双抢，他才领悟到自然的定律。他很庆幸，无论是在收割还是播种的庄稼地里昂首仰望，流连于丹青山山顶的那朵云彩从未缺席。

4

转眼到了 7 月，进入双抢。酷暑给耕种者带来严峻的考验，仿佛在阐明一个浅显的道理：劳有所获。

向敬岳虽是人生第一次经历双抢，但他竭力在岳父、妻子和所有生产队的社员面前表现淡然，他担心出现差池。他曾尝试坦白自己的身世，但几乎都是开了头便转移了话题。他亲密接触的岳父和妻子没有追究过他放弃的开头，勤于耕种的人更关心庄稼和收成。

从 5 月以来，在深入地与庄稼、土地的接触中，向敬岳渐渐领悟了节气、风向、雨水、阳光的规律，而作物对雨的潮湿、风向的飘摇、风力的强弱的感知，都比人要敏感。

完全凭借双手仿佛是对成熟庄稼最好的款待。双抢时节，社员们在天边的亮色刚掀开一角就下田，伴随着田野里尚未消停的蛙鸣，手握镰刀以适当的高度弯腰，便会迎来等待收割的稻谷的翘首相望。割稻是力气活，但向敬岳拥有劳动者的思路，他将镰刀与手指在力度上寻找一种契合，使之成为一项技术活并且掌握它。

太阳越升越高，阳光致敬土地，收割者弯腰致敬果实。弯腰、收割……重复的动作里，汗水落在土壤之中很快被吸收。

向敬岳收割的稻子堆成了垛，他成功地表现出农民的本色。偶尔，向敬岳会在收割的队伍中与戴着白毛巾遮阳的刘慧芳相遇，他在这一垄，她在那一垄。向敬岳一边抓握割倒的禾稻，一边将刘慧芳那边割好的禾稻迅速扎成捆。

间隔半天，肖队长要挑选几名壮劳力抬打稻机，他允许向敬岳参与搬抬打稻机。当 200 斤重的打稻机抵达水田时，肖队长立刻走上前拨拉开向敬岳。装上盖板之后，他指挥社员用力踩上踏板，脱落的稻谷落在木桶中。

向敬岳在肖队长离开的间隙，主动替换社员参与踩踏打稻机，尽管他的身体频繁发出疲累的信号，但他的心总是跃跃欲试。他是男劳力，他必须参与这种消耗体力的轮流踩踏。汗水鲁莽地浸透他的汗衫，而炫目的日头漫不经心地在每个人的面庞上炙烤。他看到刘慧芳在稻田间弯腰、收割，抬头时，对他会心一笑，炙热的阳光在稻田间闪闪发光。

谷粒经由打稻机的无情操纵跌入箩筐，一筐筐黄灿灿的谷物，奔赴晒谷坪。扁担落在肩头的刹那，向敬岳觉得肩头并非一副重担，而是一群稻谷以一种方式开启了另一段旅程，他有幸参与其中。

在立秋前，早稻收割后的稻田要经过打滚、犁耙、平整后立即插上二季稻。早晨清凉，社员们集中在晚稻秧田里扯秧，以便下午插苗。晚稻秧苗比早稻秧苗长且粗，刘慧芳将扎秧草放在屁股下的秧马上。向敬岳在翻耕早稻田时，瞥见刘慧芳不断地弯腰拔起秧苗，一小把一小把，拔起的秧苗很快汇成一束，众多的秧把在她的身后站立，齐刷刷的。看得出来，秧田多位于池塘周边，是背阴的坡子田。太阳升高后，秧田里有蚂蟥吸附在社员的腿肚上，向敬岳担心刘慧芳双脚长期泡在水田里会溃烂，却又找不到合适的机会提醒她。歇晌时，刘慧芳上了田埂，拍打着腿肚，接着找根树枝对着脚下一阵鼓捣。向敬岳忙走近一看，刘慧芳是将树枝插进蚂蟥体内，她想让蚂蟥在阳光下化成水。向敬岳不理解，刘慧芳说，不碎尸是能复活的，你干过长工不懂吗？她丢下一个嗔怒的眼神，接着走进稻田，边走边说，离开矿山回来种田，也是难为了你。

在向敬岳看来，在翻耕过的早稻田插晚稻秧仍是个技术活，并且是项古老的技术。疏密适度、横竖对齐、分秧均匀、深浅得当。起初，他因一时掌握不了其中的诀窍，只能去挑秧、送水。肖队长本想以向敬岳只能胜任杂活加以讥讽，却见刘慧芳将向敬岳拉进稻田与她并排，她分给他秧苗，带着他插秧，带起的水流拉出道道弧线，哗哗作响。很快，夫妻二人步调一致，每插完一行稻后退一步。

直到太阳落山，炙热削弱了威力，天色渐黑，社员们才从田间收工。向敬岳和刘慧芳去池塘边洗涮，池塘边挤满了人，洗衣服的、洗农具的、饮牛的、取水的……刘岩和一群孩子戏水游泳，潜入水底又浮上来，池塘里的水变得浑浊，也引来了一些嬉笑怒骂。

从入伏至立秋，收割、打谷、挑谷、犁田、耙田、插秧……向敬岳处在青壮劳动力的行列。他凭着扎实的农活技能收获了刘慧芳的赞许。他认为乐观积极的态度会使生活的上坡路减少难度。

而在次年的双抢尾声，在矿区的震颤中，尾矿的尘埃席卷了乡村。好在，暴雨频繁而至，洗刷掉粉尘，并且随着雨水混入田间泥土中……

这年，早在年前，刘稼禾观察村口银杏树上的燕子窝就预判说，燕子窝里垫草多，今年雨水特别多。果然，到了双抢时节，雨水时时掺杂其间。双抢过后，一天午后，刘稼禾见牛棚里的蚊虫极恶，又见云层几乎要罩住赭黄山，走到井边见水浑浊不堪，便催促肖队长组织社员去稻谷场上快速收稻谷，并用塑料薄膜盖在团成一堆的稻谷上。刘慧芳和所有社员一样，担心淋过雨的稻谷被粮站的收粮员嫌弃，担心验粮时那空心铁杆插进麻袋，检验员捏几粒丢进嘴里后给出拒收的结局。大家还在犹疑不决时，她已率先和向敬岳抢收起稻谷，肖队长带着社员们加入时，两人已收拾了半个打谷场。而收好了稻谷，大家在屋檐下望向雨帘时，刘慧芳的笑容却没有从嘴角流出来，而是惊恐地张开了一个圆，双腿间的一股热流让她意识到腹中孕育的生命正在流逝。她慌忙蹲下，却束手无策。后来，刘慧芳因此落下了病根，在任何一个瞬间，疼痛都有可能集中在腰部发作。这次意外流产让刘慧芳变得寡言而羸弱。

在这之后，向敬岳对一年中的双抢格外重视又心存芥蒂，他认为双抢是自然对人类的考验，又是人类与自然的一场博弈。

向敬岳经历第六个双抢前夕，乔崇峻来看望他。几年来，每次见面，有一部分交流内容是必须保留的。首先是乔向嵘，收养两年后，乔崇峻带她做了一次唇部矫正手术，欠了债，却并无负债之重。虽然还需二次手术，但两家人从未提及放弃的想法，而乔崇峻更是打消了再要一个孩子的念头，他对爱人李极花的安抚花了不少心思。其次，乔崇峻会带给向敬岳有关矿山的消息，生产上那一定是振奋人心的，矿山 4 立方米的电铲安装使用，80 吨的电机车投入使用……从乔崇峻这里，向敬岳清楚地了解到，丹青山的生产能力达到 400 万吨，丹青山选矿 456 系列建成投产。

起初，是乔崇峻主动来探望，他体谅向敬岳要挣工分，渐渐地便形成了固定的模式。为了节省向敬岳的家庭开支，乔崇峻拒绝向敬岳招待他，他们一同走山是保留的项目。多数时间两人会登上赭黄山，一次，向敬岳提议去花青山。他们离开村庄，穿过田野，登上花青山，昔日的鸡窝矿沦为丹青山排土场的一部分。目之所及，采矿和排土吞噬了先前顽强生长的植被，成了不毛之地，显然，这违背了这块土地的初衷。一部分坡地因酸性水污染和尾矿外溢淤积而形成沟壑。当年，刘慧芳曾试图开荒播种的桑田蓝图无奈地变成了沙田，途经此处的石彩河段挣扎着保留下河道，而河水却并无畅流之态，与远处雾气下山峦显出的青翠风光形成了反差。向敬岳蹲下身子，以农民的眼光打量地表，发现些零星的种子，尽管弱小，却紧紧地顽强地贴于土壤，像是承载了巨大的使命。向敬岳忽然说道，田好靠泥，稻好靠水。听上去有些不合时宜，乔崇峻露出了困惑之色，他指着石彩河说，你是说河水变了？向敬岳没有回答乔崇峻，他蹲坐在泥土之上，想着泥土与矿石有着不同的身份，年复一年，被深挖、培土，在反复中创新，他为泥土感动却又为泥土感到疲惫。他从排土场的土壤中嗅出某种不安，却又不知如何说起。乔崇峻并没有意识到，长久与矿石打交道的自己对耕种、农作物有了生疏之感。向敬岳指着远处的雾气说，看上去要下雨。作为社员，向敬岳仍格外关注天气，不放过任何出现暴雨的预兆，观察山间雾气是他掌握预判天气的土方法。乔崇峻也担心雨天影响生产进度，甚至导致采场出现滑坡，于是两人匆忙挥手道别。

　　夕阳短暂冲破雾气，天边出现一抹瞬间的红，接着沉沉的雾气完全盘踞于高低起伏的山峦，而覆盖下来的暮色像是铺展在天地之间的无限的帘幕。天完全黑下来时，雨也降临了。

5

　　雨，以一种倾泻的方式整整下了七天，双抢时遇到雨天，社员们心情烦躁。每天早晨，刘稼禾观察云端，他期待天上出现瓦块云，但近期的天气不如人意，他往往在失望之余又去眺望赭黄山，见山色发白，便再加上一声叹息，唉，雨还是停不下来！而屋檐下，割稻的镰刀、捆垛的麻绳、打稻的连枷，连同台阶上的苔藓看上去都忧心忡忡。

第七天傍晚，雨水开始收敛，见村后赭黄山山色发青，刘稼禾不免面带喜色，他说，天要晴了！刘稼禾久久没有移开视线，他捕捉到山色中有一抹异样的晦暗之色，疑惑之余想以古老的经验加以判断，却以徒劳告终。

掌灯时分，雨水渐渐停歇，当人们在煤油灯的光晕中话家常时，牛栏中的耕牛突然挣脱了缰绳，刘稼禾紧随其后。乡间土路虽夯实过，但被雨水浸泡后彻底松懈，泥泞拖拽着他的脚步，而牛蹄却轻易地踏入、拔出，不为泥泞左右为难。耕牛选择了一条通向村后山崖的路。刘稼禾赶到时，蹄印已模糊不清，他凭着隐约传来的窸窣之声判断方向，大声劝告耕牛：你别再跑了，我这就带你回去，有什么不明白的讲开了！刘稼禾说着探身向山崖下看，崖下有个缓坡，并不陡峭，耕牛站在坡顶抬头望向刘稼禾，目光里流动着水波，波痕里带有暗示，但刘稼禾并未留意。他急着牵住耕牛的缰绳，刚伸出手，耕牛发出长长的叫声，带有警醒的意味。刘稼禾脚下的土突然松动，他从岩崖处跌落在耕牛旁。

耕牛发出的哞哞叫声打破了山岗的宁静，最终吸引来了村民。

当大家赶到崖下时，被掩埋在泥土下的刘稼禾已停止了呼吸，而他僵硬的手指指向崖下的水田。稻田被一种浑浊的液体淹没，沉甸甸的谷穗仰躺其间，作物挣扎的表情被固定下来。

事情就是这样猝不及防地发生的，矿山排土场流淌而至的酸水倾泻于老人开拓、耕耘的花田。他留给世间的悲怆姿势，是否在为田地嘶喊？将是他留于世间的不解之谜。向敬岳忍着悲伤，跳入泥浆中，稳稳托住了老人的躯体。

酸水肆意之后，庄稼并未在这场劫难之后迎来重生。酷暑的骄阳，使水稻成片枯死，紧接着，池塘鱼苗泛起白肚皮。

丹青采矿外溢的酸水，据统计危及 2 个乡，10 个大队，80 亩稻田，200 亩鱼塘，损失 200 万元，使农民并不宏大的梦想濒临崩溃。

夫妻二人收拾老人的遗物，一双补底黄胶鞋、一双布鞋对襟老棉袄、中山装外套、一件蓑衣和一顶草帽，没有袜子和棉帽子。向敬岳赶往乡集，怀着愧疚去做一种孝心的弥补，他对孝心刚刚有了理解却再没有机会去表达。

老人居住的东厢房里最显眼的就是农具，经过常年汗水浸润，手柄处都泛着光泽。他们在田头焚烧了老人的衣物，一阵风吹过，一缕青烟飘向空中与这片土地告别。

从此，向敬岳与房间里留下的农具形影不离，有了这些农具，他犹如战士拥有了武器。

在生产队的牛圈里面对耕牛，向敬岳内心复杂，但渐渐地，向敬岳忽然觉得内心的恐惧被驱散了，他似乎获得了岳父那般坦然面对生活的勇气，他因此泪流满面。

向敬岳在枯水稻田边找到肖队长。肖队长正对着失去生机的农田神情沮丧。向敬岳站在肖队长身旁，以比沉重更低更沉的语气说，我接替岳父担任生产队饲养员。你同意也要同意，不同意也要同意。

肖队长起初并不同意，但僵持了两天，却主动找上门。因没有社员能驯服突然改变习性的耕牛，那耕牛不肯进食，并且突然以牛角顶撞试图靠近它的每一个社员。肖队长只好尝试让向敬岳接触耕牛，毕竟他和刘稼禾是一家人，耕牛显然只认定刘稼禾一家人的气味。肖队长说，只有你了，试试看。向敬岳走近耕牛时，大家屏住呼吸，向敬岳轻抚耕牛的脖颈，耕牛舔舐着向敬岳的手掌，接着，咀嚼起他掌心的饲料。

在这之后，向水村的村民常常会看到这样一幅图景，向敬岳牵着缰绳，耕牛在后，刘慧芳在侧，总是有鸡鸭或者柴犬相跟。

村庄笼罩在怅惘与期待之中，秧田和池塘被黄色液体淹没，漂浮的鱼苗与枯秧并不是唯一需要解决的问题，这是一场很难说清是自然还是人为挑起的事端。双抢时节的错位，社员们显然束手无策，大家无法估量损失，但所有的努力都被浸透流逝了，这是一种令人崩溃的打击。在这之前，大家从未意识到这种艰难，即便如此，他们仍眷恋土地，不会放弃它。

丹青矿和公社领导来到向水村，却被堵在家家户户门外。在打谷场上，肖队长带着社员将一群人团团围住。说了半天，村民们都已弄清楚，侵蚀庄稼的是酸水，这种酸水主要来源于排土场的天然汇水，排土场中的废弃岩石中含碱，平均含量为5%至6%，这些岩石在排土场经过长期风化和雨水侵蚀……肖队长带领社员打断了解释，他说，大家想好好做个农民，养鱼、种稻……但农作物都受到了尾砂矿和排土场破坏，这就不行！别说这些我们不懂的。你就说这事谁负责？这怎么办？这个损失怎么弥补？

向敬岳站在人群外围，他很排斥生产队长带着责备的口气说话，但是，他又觉得责备得非常合理。这一片土地并未得到善待，即使是无意的，也无可推脱！并且这种情况决不能再次发生！而这涉及丹青铁矿，又让他心情复杂。

下午，社员们前往丹青铁矿协商补偿，向敬岳以社员的身份来到了丹青铁矿。

几年间，矿区发生了变化，单从新的建筑向敬岳就看出，改变和前进的步伐是一致的。

向敬岳强烈地感觉到，他和矿山关联的那根线虽变得纤细，却不会断裂，这令他处在悲楚和欣喜之间。社员们和矿山协商补偿方式，他却比任何时候都想前往采矿现场，他对矿石、钻机都饱含真挚的情感，它们并没有过错。途经家属区，院门前空荡荡的，孩子们在学校，职工们在工作岗位，他并未与昔日的领导、同事相逢。瞥见家属区修建了花坛，想到刘慧芳当年成立绿化队的愿望变为了现实，他感到欣慰又辛酸。

向敬岳跟在大家身后，没有加入社员们的讨论中。大家关心赔偿，在意赔偿金额或能否解决家庭成员工作，但向敬岳更关心土地及山岗，关心粮食，在意田地的未来。酸水与土地不能共存，今后怎么办？接待社员的矿山领导是个陌生面孔，他说，正在研究解决办法。没有人给出答案，这让他心里发空。

回到村庄时，向敬岳脱离了队伍，登上赭黄山眺望丹青山。丹青山已没有了山的形状，而是被推平成了作业台面，失去了山的突出的一部分。这一次，向敬岳的目光在与丹青山相连的山间流连，正面的、侧面的，高的、矮的……他想给每一座无名的沉默的山丘起一个名字，都与色彩有关。

6

乔崇峻赶来向水村时，白果树下生产队的钟声刚好敲响，向敬岳正在赭黄山坡下牧牛。乔崇峻带了牛皮纸的皮夹子，是两家人给乔向嵘存下的二次手术费用。虽然向敬岳提供的数额非常有限，但他有满满的心意。乔崇峻想以此弥补向敬岳的损失，以渡过眼下难关，但向敬岳断然拒绝。

矿上夺高产，兄弟的农田却遭了殃，乔崇峻内心乱糟糟的，但他仍给向敬岳带来了一个喜讯，丹青山采场扩建正式动工，4

立方米电铲在丹青山安装使用，成效喜人。矿山开始试验生产铵油炸药，一年后全矿使用自制铵油炸药……这是一个令人振奋的好消息，但乔崇峻并没有看到向敬岳脸上流露出惊喜，对于他，那像是遥远的事情，乔崇峻想打破向敬岳的沉默，紧接着把最后一则好消息分享出来。他说，矿上要建酸水站了，有了酸水站，酸水就会得到治理，也能避免污染庄稼。向敬岳仍然沉默不语。乔崇峻看着向敬岳一点一点地刷着耕牛的细毛，他并不知道，刘稼禾离开之后，这动作成了向敬岳表达缅怀的一种方式。一滴泪珠从耕牛的眼窝流出来，颤颤地缀挂在眼窝下，最后亮闪闪地坠落，毫无声息。

经历长久的沉默，乔崇峻索性直接问道，你是不是因为酸水事故，对咱们丹青矿不亲了，连我都不想理了？这不是谁的过错。向敬岳终于打破了沉默，摇摇头说，这个我清楚，能怪谁呢？

我真后悔没提醒矿上。乔崇峻说。酸水主要源于排土场的天然汇水，排土场的废弃岩石经过长期风化和雨水侵蚀，在自然降水溶滤、氧化作用下，形成了硫酸盐含量较高的酸性水，一般pH值在2.5，有很强的腐蚀性。

向敬岳默默听着，他看上去憔悴而无助，被生活中的两种失去所带来的悲伤交缠，一个是亲人，一个是庄稼，这让他无所依靠。

六七月份丰水期，存放两百万立方米的酸水，乔崇峻说，这些情况我清楚的。他加重了自责的语气，我怎么大意了，而且，酸水外漏时我在家呢，我怎么就没想到呢。乔崇峻最后以长长的叹息吐露懊恼。向敬岳说，不是你一个人的事儿！向敬岳依然维护乔崇峻，接着，两人重又陷入沉默之中。耕牛在旁，温顺地咀嚼草料，以尾巴娴熟地驱赶牛虻，牛虻遭到驱逐却始终徘徊于周边，偶尔闯入两人的沉默之中。向敬岳走近耕牛，伸手梳理牛毛，他迈出的这一步拉开了与乔崇峻的距离。乔崇峻将话题转到了乔志峰，这小子做的模型像真的一样，向嵝和他处得也好。他试图转移话题，接着说道，铁城建设中的高炉铸炼的钢铁，听说质量很受欢迎。向敬岳听罢却并无喜色，显然他仍然沉湎在对一位老人的缅怀中不能自拔。

和向敬岳有一搭没一搭地聊了一阵，乔崇峻转身踏上归程。中途，他久久伫立在田野之间，仰躺下去，又缓缓起身，在田野之间看着云，他觉得自己带有某种过错，是有罪的，尽管他毫无私欲。

这之后，乔崇峻养成了一种习惯，工作之余主动去排土场巡查，他不仅带着对向敬岳的愧意，还带着对向敬岳所居住的村庄、村庄中的池塘以及村民们耕种的土地的愧意。无论生产多忙，乔崇峻都会去排土场检查酸水沟。常常，站在酸水站的选址点，乔崇峻才会暂时放弃谴责自己。

除了关注广播里的天气预报，乔崇峻还收集了民间预测气象的土方，将其记录在采矿场攻关的记录本上，每一页都学着向敬岳的笔法描摹了丹青山。而在丹青山一隅有一条鲜明的曲线，笔墨凝重，他说这是留给排土场的。这年5月，丰水期来临之际，他给向敬岳展示了记录本。他指着一处位置说，是给酸水站留的位置。矿里已经决定在入梅之前成立酸水站，酸水站也在等到你回到咱们的队伍中！然而，酸水站建设动工之际，乔崇峻落于纸端的笔触就此停滞，成为绝笔。

出事那天，雨像是提前预知了不测，又像是不幸的同谋，持续了整整一天。上午，乔崇峻在采场接雨水存在元宝车里备用，他腹部的绞痛猝然造访，但很快便平复。这段时间以来，乔崇峻投身4月尾矿管线大会战刚刚结束，又参加了全市人民支援丹青山会战的准备工作。尽管矿山已有40辆汽车，1000余人加入前期工作，但乔崇峻驾驶的T20大黄车，有执照愿意上山驾驶的人却很有限，大车工段运输任务重。为了创高产，乔崇峻早上山，晚下山，一车又一车，已连续一周在现场运输。这天傍晚，乔崇峻走出驾驶室，见天边的乌云又压了下来，他踏上凹凸不平的山路来到排土场。

孤寂的排土场上，泥土与砂石经过雨水的洗礼，湿漉漉的。巡查了一周，见雨水没有汹涌之意，乔崇峻松了一口气，腹部的疼痛却猛烈来袭，是一种前所未有的力度。他不得不弯下腰，最后蜷缩在排土场的土地之上。被剥离的、被运输的、被安置的寂寞的山石与土壤承托起疼痛之躯。伙计，这疼得要命啊！他诙谐地说，并且友好地对眼前的土地、天空和远处的山峦挤出一丝笑容。好了，我忍一忍，你总会好的。他最后说。

乔崇峻最后的微笑凝固成了永恒。天空飘来一团薄薄的铅灰色云朵，雨水已经抽干了，轻飘飘的云朵渐渐地淡了，天空出现一道奇异的横跨十里长山的彩虹桥。矿工寻遍各地，最终在排土场发现了他。他仍然贴紧大地，保持着躬身劳作的姿势，微笑着，面对苍穹，没人清楚他最后的目光中有彩虹之桥。

第四章　1978年的翡翠赌石

1

接到消息，向敬岳赶到丹青山铁矿时，在矿工居民区路口远远望见乔志峰。他蹲在碎石搭建的台阶上，背对通往家门的水泥路，左手攒着用树枝编制的手工制品，是一辆已见雏形的矿山机车。乔志峰瞥了一眼走近的向敬岳，接着目光涣散地投向远处。看得出，他竭力以少年青涩的成熟掩饰恐惧并压抑着悲伤，拒绝接受眼前的现实。

从向水村到丹青山铁矿的这段距离，向敬岳和刘慧芳走走停停，这是一段艰难跋涉的路程，此后也成为艰苦的心路。

向敬岳去过排土场，他守在出事地点，隐约感觉这块土地还留有乔崇峻的体温，他将手掌按于地面一寸寸摩挲。掌心里磨出的黄茧有许多记忆，有关铁锤、操纵杆……都唤醒昔日时光。

向敬岳跟生产队请假时，肖队长摒弃了对矿山的怨怼，对乔崇峻遭遇不测表达了同情。他说，那真是个好人，他瞒着你拜托我关照你，坦白说，他请我吃过一次红烧肉，还给过我食堂的大肉包。他送到医院会抢救过来吧。乔崇峻是疼痛导致昏迷溺水，送到医院时女医生为他合上眼睑，哽咽着说，他一直躲着我不愿检查身体，他心疼矿、心疼庄稼，唯独不心疼自己。向敬岳自责轻信了乔崇峻，后悔没有留在矿山盯着他，甚至认为自己在培训表上签上乔崇峻的名字就是一个错误。

向敬岳一路说服自己这是一条虚假的传言，并凭着这一信念踏进乔崇峻的家门。

李极花坐在床边哭诉，乔崇峻走出家门时没有与她打声招呼，他总是这样，什么都埋在心里，自己扛。她毫不掩饰对丈夫的嗔怨，她的怨言充满了悲伤和遗憾，她的哭泣之声跌跌撞撞，在场的每个人都感到被哭声击打的疼痛，围着她的女人们都忍不住掉眼泪。而情谊深厚的刘慧芳显然被李极花的哭声打得痛彻心扉，瘫坐在李极花脚边，不停地拍打双腿。乔向嵘偎依在她们的身边，低着头，这是她的习惯动作，借以掩饰自己的缺陷。李极花忽然擦干泪水，逼视着向敬岳，你们两人不是形影不离吗？当初，你为什么把他留在这里？现在，你为什么把他丢在排土场？你快去把他找回来！她的腔调失去理智。她缓缓站起来，推开刘慧芳，拨开攥紧她衣襟的向嵘，走开，你走开！乔向嵘哆哆嗦嗦，低着头一次又一次伸出双手，不肯舍弃李极花的衣襟。都怪你，都怪你！李极花忽然摆脱了哭腔，语气缓慢。要不是为你手术存钱，他早就去看病了，他是有胃病的呀……在众人的错愕中刘慧芳抱住李极花，李极花却挣脱了拥抱，举起双手，扑向向敬岳，除了为这丫头花钱，他还接济你了吧？粮票都在你那吧，你交出来，还给他！你去找他啊，还给他，你是他兄弟啊！你知道不知道他一下雨就去排土场看酸水？……刘慧芳遮挡住李极花的视线，示意向敬岳退出房门，同时轻轻拍打李极花的后背，俯身与她相偎。在幽暗的光线中李极花紧紧抓住她，又恢复了脆弱，只信任被传递的温暖。都走吧，赶快走吧。李极花喃喃地说。在短暂的平静中，乔向嵫弓着腰试图再次贴近李极花，李极花一双手拉起她，将她拉出门外，是乔志峰，给了乔向嵫及时的庇护。

　　向敬岳垂头退出房门，耳朵里嗡嗡作响，他仍无法接受世间已无乔崇峻！他在屋外墙角平复内心，两只手互相安慰着慢慢摩挲，内心的悲伤混淆着茫然。他始终认为，他欠乔崇峻的还有一份坦诚。他的大哥从未获悉他的真实身世，他想与他一同追忆他过去的时光，但一直没有找到默契及合适的时间，也一直在寻找情感真挚的表达方式。现在，他为此感到悲恸，并且无力制止悲恸蔓延，因他无法承受永远的错过。

　　围观者都在议论这件轰动矿山的大事件，人们纷纷发表各种见解，而悲伤被淡化了。关于疼痛、关于求医，乔崇峻并非欺骗向敬岳，他不过是轻视自己的身体。

　　向敬岳渐渐远离了人群，他的心没有方向，脚步却有了去处。沿着家属区新近修建的柏油路，向敬岳来到了小街。

　　向敬岳踏进昔日常光顾的杂货店，这让他重温了往日，脑海中出现曾和乔崇峻站在柜台前你推我让，购买一瓶白酒的情景。杂货店已变身为国营的百货商店，新职工并不熟悉。向敬岳隔着烟酒柜台，怔怔地注视着一瓶标价最贵的酒，一点一点将口袋掏空，嘴里喃喃地说，哥，你别跟我抢着付钱，每次都是你付钱，这次一定让我付钱。向敬岳颤抖着掏光了口袋里仅有的钞票，这些钱是家里仅有的积蓄，如果用来购买食盐可以维持到年底。这是他有生以来买得最贵的一瓶酒，在售货员诧异的目光里，他拎着白酒跨过门槛，在街上慢吞吞地边走边说，哥，终于有空对饮

了，没想到奢望一下就实现了！向敬岳在街边拐角站住，对着墙
角的红砖和苔藓说，这里就挺好，哥，我说过很多次要提升酒
量，没想到这么简单的承诺终于要兑现了。向敬岳将酒瓶举起，
停滞在半空，说，好，我听哥的，先喝一口！向敬岳在现实和脑
海里同时上演一出戏，而乔崇峻从他一出场就进场了，他们在心
里看得见彼此。

　　拎着酒瓶再次出现时，在场的人都认为向敬岳的举动荒
唐，但又纷纷原谅他的荒唐。房间里，乔崇峻的胞弟乔崇海刚刚
赶来。

　　乔崇海坐在房间里唯一的一把白茬木座椅上，屈着腿。他并
未对向敬岳表示什么，只是平静地看着门外，收回目光时瞥了一
眼南墙。乔崇海刚和到场的相关领导讨价还价，因为事情发生在
休息时间，双方出现了争执。为什么不是为了工作？怎么会不在
工作岗位上？那是个什么鬼地方，能要了人的命！乔崇海一直在
抱怨，悲伤远远低于愤怒。医生已经明确出事是源于严重的胃
病，关于身体的疾病，乔崇峻隐瞒了所有人，使之成了隐疾。他
是如何避开职工体检，以及承受所驾驶的 T20 矿车在山路上的颠
簸，成为充满疑惑的话题。向敬岳脑子里嗡嗡作响，他曾经签下
乔崇峻的姓名，间接地断送了乔崇峻的性命，他居然改变了好友
的命运，他不愿接受这一令人恐惧的真相。向敬岳额头上、脊背
上都在冒冷汗，汗水似在源源不断地盘问他，为什么，为什么。
向敬岳不断地摇着头，泪水涌上来，粗糙的手掌拂过额头的汗
水，他不安地闭上眼睛。

　　乔崇峻他一直隐瞒病情。李极花反复念叨，他不要命了，他
丢下我们了……李极花止住了哭泣，但她嘟嘟囔囔的，无法从悲
伤中恢复神志。刘慧芳坐在她的身边，拉着她的手劝慰她，这些

都不要想了。也许联想到心酸事，她忽然恸哭起来，悲伤无法抑制。

　　乔志峰坐在门外的土墩上，没有哭泣，但他瞳孔中的童年的幸福色彩被掠夺了，取而代之的是浩劫后的荒凉，而且不堪重负。乔向嵘瑟缩起单薄的肩膀，从角落里挤过来抱住乔志峰。向敬岳走过去，轻轻拍拍孩子们的肩膀，孩子们带着从恍惚中惊醒的表情扑向他，紧接着，哇地哭了起来。孩子一哭，向敬岳松了一口气，他搂紧了孩子，希望自己走进他们，挤走他们内心的孤独和无助。

　　匡友富走过来，将两个孩子揽入怀里，又伸出手拥抱向敬岳，在孩子面前，两人都掩藏了泪水。匡友富拍着向敬岳的肩膀，因悲伤找不出合适的语言。长久与矿石打交道，矿工之间的语言也改变了质地，并非变得硬了，而是更接近本真。一夜之间匡友富的脸庞和肩膀消瘦了，他带给同事的喜感被痛苦浸染成了伤感。生产任务紧，这是一种常态，匡友富说，原本我和乔师傅还想着竞赛呢。匡友富抬头对着暮色渐起的天空说，老乔，夜班上班了开工了！又对向敬岳说，政策一旦允许了，你赶快回矿上来，参加丹青山会战，咱们钢铁公司党委成立会战丹青山指挥部，目标是，三年内实现铁矿石700万吨，生铁300万吨。我们开足马力还得竞赛。他的语气低下来说，生产干得好乔哥也安心！匡友富与向敬岳告别时没有迈出带风的步伐，步伐是沉闷的，悲伤被路过的晚风拖拽着尾随。

　　这天夜里，李极花在悲伤中醒来，踏出房门，在坚守夜色的路灯之下迈着轻盈的脚步。伴着月光，李极花来到了小街东的向铁铁路。铁路是丹青矿通往钢铁厂的专用铁路，属于丹青山的矿石由此开启冶炼之旅。李极花踏上了整齐的枕木。

2

接连数天，寻找李极花的人们遍寻矿山的角角落落，仍未见其踪迹。向敬岳、刘慧芳带着悲痛的心走遍他们曾经走过的路，并沿着矿山通往外界的水路、陆路、铁路延伸寻找。

乔崇海做主操持了乔崇峻的葬礼，便急着离开，他笃信李极花会回到丹青矿，我嫂子她只有这一个家，她会回来的。向敬岳得知，乔崇海作为家属代表已和矿上达成了抚恤协议，矿上照顾李极花，为她安排了工作，乔崇海领取了慰问金。他将这个家的希望寄托在李极花身上，他说，我哥的家，也是我嫂子的家。我还要强忍悲痛隐瞒老母亲，并解释说家里困难，因为一直是我哥寄钱回去。我乔崇海相信大家珍视我哥哥生前的情分，寻找我嫂子这件事就郑重地拜托给大家！说着缓缓起身。他站起身的那一刻，向敬岳再次体谅了他。乔崇海患有先天性腿疾，站立时因为要保持平衡，双肩无奈地形成了斜度，看上去整个躯干不堪重负。他极力维持着平衡，牵起乔向嵥的小手说，我哥为了她没有再要孩子，我也要把她养大。向敬岳忽然意识到这是一种告别，而眼前这些人都曾是乔崇峻生活的一部分，他应该承担起来。

志峰和向嵥留下来吧。他说，他们都留下来！向敬岳主动提出来，言辞恳切并且亮出了身份，我是乔崇峻过命的兄弟，他的担子就是我的担子！

向敬岳牵着乔崇峻的一双儿女前往向水村，刘慧芳默默跟在身后，四处扫视，不放弃寻找李极花。他们离开时，乔志峰坚持将乔家大门虚掩上，留给没有携带钥匙的母亲。我晚上就回来亮起灯，让我妈妈一回来就看到我和妹妹在等她。孩子们不再在众人面前流泪，但向敬岳能够感受到孩子们的悲伤。尤其是乔志峰，他超出年龄的冷静带给向敬岳支撑下去的信念。他牵住乔志峰的手，然后蹲下身，让乔向嵘伏在他的后背上。

接近向水村时，向敬岳带着两个孩子登上赭黄山，他指给孩子们看丹青山。丹青山已完全没有了山的状貌，向敬岳曾工作过的 160 米处的台阶也已消失，掠过的风里有一种浑厚之音，采矿场的石头仿佛都在歌唱。远处的石彩河仍然奔流不息，一如既往地展示着过往又演绎着未来。

寻找李极花的途中，向敬岳带乔志峰去最初的休息室。草棚早已消失，原址上建有丹青山职工食堂、生产调度室。这里是我和你父亲相识的地方！乔志峰并没有见识过丹青山最初的模样，那时他还在襁褓之中，没有目睹父亲与丹青山之间的故事，但他清楚父亲对那些时光十分珍惜，在平常的生活、琐碎的日子里，这些内容充溢其间。

采矿场传来的爆破声带给向敬岳恍惚之感，仿佛乔崇峻仍站在他的身旁，而那些无法遗忘的时光正静静倒流，使他贴近并且融入，等待着一些事情的发生。

我爸爸以前说过，一切都有可能改变的，他说过，他做不完还有我的，我有点明白了。乔志峰说，我爸爸是让我参与矿山建设，现在，他肯定是希望将来能弥补排土场所造成的损失。向敬岳非常感激眼前这个小小少年道出的心声。他们相伴着走完从采场到向水村的那段路，途经昔日的鸡窝矿，一部分山体经过开垦已恢复绿色，断断续续的，像一条绿色的纽带连起排土场。

傍晚，乔志峰坚持不待在向水村，也拒绝向敬岳一家人的陪伴，他坚持守在家里，在夜幕降临时亮起电灯等待母亲。15岁了，他坚持以自己的方式将生活变故的打击镀上坚硬的壳。房间里突然变空了，即使夜色相拥入驻，仍然很空，但乔志峰清楚自己应该做什么。早晨，他领着寸步不离的乔向嵘点起煤炉，让烟火气在家里家外弥漫。

因为寻找李极花，向敬岳对耕牛心怀愧疚，早晨起来出厩、打扫牛栏、夜里添加饲料他都要跟耕牛念叨，边念叨边梳理耕牛的皮毛，端详着耕牛慢慢咀嚼，寻找李极花的焦躁就会平息下来。他相信李极花仅仅是外出而并非出走，她会在见过她想见到的事物之后回到向山。向敬岳有时也在咀嚼，尽管跟不上耕牛的速度，他吃一些野草用以果腹，把粮食节省下来，让三个孩子吃得饱。他没有多余的钱，但他仍决定让孩子们继续念书。在牛棚的角落里，有很多他漫山寻找来的药材，可以出售给中药铺。

3

8月初，肖队长找到向敬岳去交公粮。交公粮虽是个苦差事，但也是件光荣的事，必须由生产队的佼佼者去做——无论是在干农活还是为人处事方面。天还没有亮，他和肖队长便出发了，田野中新栽的稻秧齐刷刷的、绿油油的，令人慰藉。

你不容易。肖队长说，一下子多了两个孩子。那个大的可以让他干点活了。肖队长为向敬岳出主意。向敬岳笑笑，直到粮管所，他才说出了打算，我得让他上学。交粮的排了长队，肖队长交代向敬岳看护粮车，他贴着墙边挤进了院子，但很快就出来了，面露沮丧。二把手不在，他说，哥们儿不在只有等吧！向敬岳并不清楚二把手是谁，他也并不询问，自知不善交流，他习惯保持沉默。乔崇峻离开后，他更倾心沉默。太阳升高后，炎热像是爆裂而出。肖队长再次挤到大门边，躲进门边槐树的阴凉。向敬岳蹲在车轴边，中午已过，他空着肚子。直到下午才轮到交粮，而肖队长也适时出现。回去时，太阳已经偏了西。路上，肖队长突然想起问道，你中午吃什么了？向敬岳没有回答只是笑笑，他空着肚子，习惯了肠胃在腹腔内掐架。

赶在 9 月开学之前，向敬岳悄悄去了县城医院卖血，他没有前往市区医院，是因为县城医院抽血后，会赠送给献血者两个肉包子。

刘岩、乔向嵘以及乔志峰三个孩子并排站在向敬岳面前，他将学费交给孩子们，拿出珍贵的肉包子让孩子们自己分配，并告知这是对他们求学的一种奖励。乔志峰主动让出了包子。刘岩和乔向嵘品尝美味时，乔志峰跟着向敬岳站在牛栏旁。想说什么就说吧。有那么一会儿，向敬岳恍惚以为是乔崇峻站在身旁。乔志峰说，我知道上学要花钱，可是我想学到毕业，争取推荐到矿业学校，我会报恩的。向敬岳伸手拍拍乔志峰的肩膀，乔志峰的话令他感到欣慰。

乔志峰来到向水村，虽然掌握了很多农活技巧，但他的心不属于这里。当他努力做好每一件事情时，代替刘慧芳出工或者打扫牛舍时，能看出他只不过是在分担并不属于他的生活重担，他的目光里有更远的前途。现在，他告诉向敬岳，只有矿上的事情、矿石的事情，是他已打定主意要做的"事业"。

开学那天，向敬岳破天荒找肖队长借来自行车，他以隆重的形式护送乔志峰和乔向嵘进入校园，以此让孩子们明白学习非常重要。出发前，向敬岳宽慰刘岩，爸爸心疼你们三个，但你可以自己去学校。刘岩很不服气，他嘟着嘴，却没有找出反驳的理由。他跟在自行车车轮后跑了一段路，直到望不见父亲的身影才慢慢转身。刘岩在公社中学读书，设施条件仍然无法与矿山中学相比，但他已不关注这些了，他在意的是还有多长时间能够走出乡村，他坚信那并非遥远的事情。

耕牛食欲不振，向敬岳在牛棚准备饲料时添加了辅料，辅料是将山间野果打磨成粉，是岳父摸索出的。刘稼禾去世前几年，夫妻二人都避免触碰这个话题。现在，刘慧芳闻到那辅料散发植物的清香，深深叹了一口气。她整理向敬岳设在牛圈的铺盖，拍打草屑。向敬岳买来的膏药使她腰部的疼痛收敛，刘慧芳便挺直了腰杆，看起来她身体里面有顽强的毅力。煤油灯光撞来撞去，将人影反复放大。加完了辅料，刘慧芳走近向敬岳，她抓起他的手说，你想不想再要个孩子，家里多一个劳动力？向敬岳扳起她的手指，1个、2个、3个，乔志峰、乔向嵘、刘岩都是我们的孩子。一下子有了3个子女。刘慧芳说，我告诉你，加上肚里的，一共4个了。向敬岳又惊又喜，你怎么不说呢？说了你会让我出工吗？我也不能不去下田，我也不能不去找极花嫂子呀！刘慧芳娇嗔地说。

刘慧芳寻找李极花的路线几乎是她在矿山生活的轨迹，她从每一盏路灯下走过，丹青山矿生活区的道路已加宽，路灯也更加明亮。她去香源果园，果园已扩大了规模，品种与管理都很成熟。腰伤限制了她的寻找，但又不甘于放弃，她决定蹲守在乔崇峻出事的花青排土场，期待在茫茫的排土场有新的发现。
花青山被定义为鸡窝矿之后就搁置了，刘慧芳因想起她在矿山生活的时光，曾试图在此垦荒。蹲守数日，一天雨后，她在花青山碎石间发现了一株幼苗，并不在被规划为排土场的区域。娇嫩的绿色叶茎上覆盖有浅浅的绒毛，刘慧芳担心幼苗因无法承受恶劣的环境而夭折，她蹲下身，挪走幼苗周边的碎石，让碎石下的土壤完全袒露在阳光下。刘慧芳想起李极花和自己最初的设想，更加坚信李极花会出现在这里，而她眼前的幼苗似乎比她还要期待李极花的呵护。

在刘慧芳完全失去寻找李极花的方向时，幼苗给出了方向。

刘慧芳在幼苗周边开辟出土壤，从荷塘挖出淤泥覆盖在土层上，将石块细致地分开，像父亲打造花田一般垒砌田坝。当蝴蝶飞来时因绿苗短暂停留，她停下来不愿惊动它忧伤的翅膀。

李极花就是在蝴蝶飞走之后出现在刘慧芳眼前的。刘慧芳诧异地张大了嘴巴，先是笑出了声，接着流出了滚烫的泪水。

除了跋涉之后的疲惫之色，李极花的脸上并无悲伤，她的脸上带有微笑，是愿望实现后满意的微笑。极花，你去哪儿了？刘慧芳浅显地将李极花的微笑理解成悲伤的延续。你不要难过了，想哭就哭出来！她说，不要再让人找不到了！

是远了点，是难了点！李极花说，但乔崇峻陪着我，就不累了！李极花自顾自地说着走近幼苗，我就说吧，你要在这里发芽生根，你果然来了，还赶在我的前面！仿佛幼苗是她行程的旅伴，而花青山是她和幼苗共同的目的地。我们要好好地活下去！李极花嘱咐幼苗，微风吹来，幼苗颤动着枝叶，似在以自己的方式回答她。李极花完全领会了植物的细语，她说，你答应我了，你说话算话！

刘慧芳内心诧异，却又不敢惊扰李极花，轻轻走近后，刘慧芳发现李极花双手握在一起反复做着一个动作，那是几粒葡萄籽，被反复摩挲而变得通体发亮。

在向水村，乔向嵘和乔志峰奔向李极花时，并没有出现团圆的喜悦场景。李极花指着乔向嵊说，你走开，都是你，我们崇峻才不舍得花钱看病，都是你害了我男人。乔向嵊怯怯地退后几步，慢慢退出人群，眼窝里噙满了泪水却并未滴落。向敬岳跟在身后安慰她，她说，我清楚我是捡来的，我哪都不去！

早晨，李极花起床后，看着身边的刘慧芳，轻轻摇醒她，慧芳，我要去花青山了。刘慧芳面对眼前的李极花轻轻点头。一整天，刘慧芳陪李极花先前往家属队，刘慧芳离开后成立的家属队已成了矿山集体单位，李极花的工作在绿化队，鉴于李极花的特殊情况，队里领导满足了李极花的诉求，安排她去排土场进行绿化。李极花望着前方，终于说出她的内心所恋，他走时没有看到的，我会让他看到。

从家属队出来，两人前往花青山。接近山坡时，李极花突然用力挣脱刘慧芳的手，连退数步。被她用力甩开的刘慧芳踉跄几步摔倒在地，极花嫂，你等等！刘慧芳嘴里喊着，却没有爬起来，左腿一阵钻心的疼痛将她拴牢在原地，而腰部的疼痛迅速蔓延，在腹部几乎形成了一个旋涡，剥离了她孕育中的新生命。李极花在她视线中成了一股迅疾的旋风，向花青山奔去。

4

付出腿部骨折及流产的代价，刘慧芳摸出了规律：李极花的混沌会在接近花青山的那一刻降临。于是此后，刘慧芳陪她走过村道及崎岖山路，接近花青山时便停住脚步。李极花显然对她的默契感到欣慰，她面露欣喜，挥手、转身，脚步轻快地奔向花青山排土场那株幼苗。

除了关注花青山的幼苗，李极花还热衷前往石彩河。从她的只言片语中推断，李极花是沿着铁轨从市区走回向山的，她混沌的脑海中有一条清晰的铁轨，我走啊走，好心人收留我，想到种子该发芽了我就回来了，心就不乱了。她说。而花青山像是起点又像是终点，这条路是她心灵的救赎之路。

向敬岳带着乔志峰去铜陵，并排站在江轮甲板上时，向敬岳忽然发现，乔志峰的个头仿佛是一夜之间蹿出来的，高出他半个头，与乔崇峻相当。他侧脸打量乔志峰，他脸上带着孩子特有的朝气，又时时露出深沉的凝眉之态，俨然乔崇峻的化身。

下了船，两人踏上乡间小路。望着脚下的羊肠小道，目光一点一点向前挪。每逢节假日，乔崇峻回家探望母亲走的都是这条路，想到这里，向敬岳似乎仍然能感受到乔崇峻的足迹。面对乔崇峻母亲时，向敬岳是小心翼翼的。乔崇峻的母亲瘦瘦的，脸上的皱纹里有时光之影，老人嘴唇一直在颤抖，显然她已得知真相，悲伤已经不足以概括她内心的情愫。向敬岳走上前，站在老人身边，希望能分担一些老人的悲伤，但他已然无法承受自己的悲伤，肩膀一耸，止不住抽泣起来。老人伸出手为他擦去泪水，那手掌粗粝却温润潮湿。

乔妈妈。他这样称呼老人。他说，我接您去向山和我一起生活。老人很感激他的提议，但却表示了拒绝，她没有出过远门，再说，她在大儿子生活过的环境里只能守着孩子的影子，而丢弃了念想，她并不认为她的孩子永远离开了她，而是仍在远方。

回到向水村，村口的银杏树下，游走于乡村的铁匠支起了炉子，刘岩在帮铁匠拉风箱，一招一式有模有样，看上去火势把控得很有分寸。铁匠正在铁砧上轮番捶打，刘岩冲着他俩笑了一下，手里晃动着树枝模型，哥，等我有了本领，我做个铁家伙。

向敬岳苦笑，摇摇头，刘岩的身高快要超过向敬岳了，但他对矿山设备的理解还止于表象。铁做的也还是空壳！还浪费铁。乔志峰矫正了刘岩的想法又沉默了，也许受到触动被唤出某种情绪，乔志峰突然加快脚步，奔向村西的池塘，毫不在意塘水的冏测，纵身跃入。塘水混淆了他的泪水，也承接了他所迸发的悲伤，他遮掩的泪水毫无戒备地流淌。起初，向敬岳只当他是下塘游泳，但当看他一个猛子下去，同时在水波间落下一个人字形的阴影时，向敬岳心里被揪了一下。向敬岳不识水性，但他顾不了这些，沿着塘边下了水将湿漉漉的乔志峰拉上了岸。他紧紧抓住乔志峰的胳膊，孩子，你有什么心事，尽管讲出来！

乔志峰仍没有言语，他脸上水珠遍布，默默地流泪。你讲呀！向敬岳上前抹了一把乔志峰脸上的水珠。叔，学校通知我，我没被推荐上矿业学校，我真没用！我想像我爸一样的！乔志峰的最后一句话压低了腔调，分明是为了压抑拖泥带水的哭腔。闻声跑来的乔向嵘却先哭出了声，她捂着嘴巴，泪水汹涌而出。

向敬岳愣怔许久，他叮嘱乔志峰，你答应你爸爸的，你一定会到矿山继承他的事业。他没头没尾地念叨，希望乔志峰心里得到宽慰。

两人一前一后走向农家院落，李极花坐在屋檐下，远远地挥手，她身下的竹椅发出吱吱呀呀的倦意。在向水村住了一段时间，她身上带了村中质朴的气息，说话的腔调也带上了乐感，夹杂着方言。家来了？哪个去花青山？见没有人搭腔，她便自己做了决定，还我一个人就是喽，没什么不放心的！她站起身，朝院外走去。

嫂子，你等等我，我陪着你。刘慧芳叫住李极花。两个人这样的拉锯一天上演多次。往往李极花会做出妥协，我等你好起来再过去，而刘慧芳总是会满足她，只要能够挪动，她都会忍着疼痛，挪出家门。稍有空闲，向敬岳也会前往花青山，他用板车推着刘慧芳。

向敬岳望着李极花的背影，若有所思。向嵝，你陪着哥哥。向敬岳交代乔向嵝。他信任这个年幼的女孩，他从她的眼神里看出了与年龄不相配的成熟。

向爸爸，你快去跟上我妈妈！我来陪着哥哥。乔向嵝抬起头。虽然她已经知道自己被遗弃的身世，但她以异乎寻常的平静接受了自己的身世，对李极花的排斥也显出惊人的承受力。

临出门，向敬岳仍然在鼓励乔志峰，会有办法的，别灰心！叔叔帮你想办法。

5

向敬岳收到了回矿通知。最早是匡友富透露的消息，那天他正在牛圈铡草，匡友富来探望李极花和乔志峰，带来很多慰问品以及李极花的工资。乍一听到消息，向敬岳感到无法接受，眼前的一切，铡刀、牛钗、饲料……已完全融入他的生活，现在，他的生活完全建立在耕牛身上。

乔哥走时，丹青山二期工程开工，设计能力为年产400万吨，丹青山选矿厂土建开工，设计能力为年处理370万吨，现在，都实现了。今后45米堑沟穿孔，会战丹青山500万吨，我们一起干。匡友富说，你回去选个工种或者还干老本行！还有个工作安排就是去酸水站，矿山基本实现了机械化，但酸水站还有很多难题。匡友富又介绍说，酸水站建立后，酸水治理最早用的是土办法，把石灰直接倒进酸水沟，今后还要改进，还会成立酸水车间。乔哥要是知道这些，会欣慰的！

　　收到书面通知，向敬岳并未张扬，他将那张改变一家人命运的公函小心翼翼地收在白衬衫贴身的口袋里。深思熟虑了两天，向敬岳去找匡友富。走在矿区宽阔的柏油大道上，与之擦肩而过的都是陌生面孔，矿山已有6000名职工，很难认清每一张面孔。

　　见到匡友富，向敬岳开门见山地说，你是革委会主任，管事的，我有个请求！向敬岳面向窗外，远处矗立的选矿车间的厂房牢牢吸引了他的视线。他说，我话少，就直说了，这是我这辈子第一次求人，还有一年乔志峰就18岁了。我愿意替换，让乔志峰来上班，让他成为矿山职工。他说得很快，很清晰。说完，长长舒了一口气。一连串的开场白，匡友富听得明明白白，他略一思忖说，这不符合规章制度，李极花嫂子已经享受自然减员家属的待遇了。他嗓子里似乎有什么东西在阻挡发声，吐字含含糊糊的，我特别理解你，我也想帮助乔哥！向敬岳说，那你想想办法，你明白我这样做的用意。向敬岳强调说，不要让孩子知道真相！

　　还有件事情，你的祖籍是哪里？有人来寻亲。匡友富说，是找一个叫季祥业的。向敬岳依旧表情平淡，昔日的季家田宅在他脑海里闪了一下，是一片废墟的景象。他说，我从一出生就叫向敬岳。这个季祥业矿上都没有，向水村就更没有了，从没听说过！

6

　　18岁那年，正在稻田里收割稻谷的乔志峰收到了丹青矿的入职通知。办理手续时，工作人员解释说，是照顾自然减员职工家属。他虽然认为自己的这份工作和母亲并不相同，但在当时，有关入职的种种疑惑完全被喜悦取代了。

　　向敬岳向村长借了自行车，以隆重的方式护送乔志峰前往丹青山铁矿办理入职手续。朝阳照在俩人身上，他们走到哪儿，霞光就跟到哪儿。

　　我会干什么工种？乔志峰问向敬岳，他其实是给向敬岳暗示，我还是不愿去一个地方！慢慢来，叔相信你！自行车车轮碾压在柏油路面上，小街两旁仿佛为了装饰而栽种了法国梧桐。街面上铺设了人行道，国营照相馆、国营新华书店、国营副食品商店、理发店等伫立在街面，小街成为繁华的街道。

　　这都是矿石的功劳！向敬岳说，这些矿石就像对社会有贡献的普通人，非常了不起！他指着远处的造矿车间对乔志峰说，从那里运出去的矿粉也非常了不起！

　　每间办公室都房门紧闭。劳资科门外，向敬岳忽然觉得自己特意穿着的一身过时的工作服很不合时宜，而他因劳作而微驼的脊背适时地对身上的工作服发出抵触之意，显然，过时的工作服桎梏着他。

　　向敬岳站住，嘱咐乔志峰，你长大了，你自己进去。
　　乔志峰点点头，没有任何犹豫，他对成为父亲的接班人向往已久。
　　矿山建成的办公大楼二楼，办公室窗明几净，向敬岳看着乔志峰走过长长的走廊，敲开了门。起初，他嘴角带着笑容，渐渐地笑容变成了怅惘，沿着脸颊向上爬，最终惹湿了他的双眼。
　　离开矿办公楼，向敬岳独自去了采矿现场。采矿区到生活区的路段新近开通了电机通行车，笔直的铁轨、绿皮的车厢向远方延伸。原本脚印叠加的道路淹没在草丛之间，但它仍属于开拓者。向敬岳带着缅怀之意，在草丛间感受道路最初的坚实。走过采矿区，向敬岳前往排土场，在排土场的碎石间行走。他看到 4 立方米电铲正进入排土场排土，代替了耙犁。酸水站的墙基已见雏形。一路上，他看到曾被酸水侵犯过的石彩河水潺潺而流，裹挟着不息的希望一路向前。

石彩河到丹青矿生活区的生活用水管道铺设正在举行会战，400 毫米的管道已铺设入槽，向敬岳估摸总长度有 16 公里，等到正式供水，会结束丹青矿饮用被排土场酸性水污染的石彩河水的历史。

归来接近向水村时，远远地，向敬岳看到刘岩蹲在村口大道土坡上，暮色使之形成一个孤单的剪影。我也想成为一名矿山职工。向敬岳走近时，刘岩说道。刘岩绕到向敬岳对面，望着向敬岳，暮色在他眼中清楚地流出梦想的色彩，既宏大又渺小。爸，你什么时候回到矿上？等我有了城市户口，我就能招工成为矿山工人了吧？嗯！向敬岳胡乱点点头，直奔牛圈，边走边说，你也不小了，也可以去挣半个工分！他巧妙地掩饰了内心的亏欠，他意识到自己成全了乔志峰，却从某种层面上剥夺了刘岩的梦想。我们什么时候回到矿上？我毕业时能回去吗？刘岩追问道。刘岩这年初三毕业，他对是否升入高中学习处于矛盾之中。我想上高中，但我更想挣钱，有了工资就好了！刘岩说，我想挣工资！他再次抛出内心的纠结，尽管父亲向敬岳已为他做出继续读书的规划。你还是要读书，没钱也要读书！向敬岳说，他隔着牛圈轻轻摇摇头。他还没有想好如何道出真相，那将是一种打击，不能草率道出。我读书，学费怎么解决？读了书就有机会成为矿山职工了？刘岩眼睛里的暮色流动着光。向敬岳点起煤油灯，并不回答他。

　　乔志峰在傍晚时赶回了向水村，他先将借来的自行车上的浮尘擦净，交给向敬岳还给主人。他并没有表现出疲惫，而是沉浸在兴奋中。累吗？向敬岳问，他注意到乔志峰戴了一副雪白的帆布手套，遮蔽了他干农活时手掌心上磨出的黄茧。

　　我没有去检修班，也没去学电工。乔志峰轻轻揉搓着手套，掩饰着说，匡叔说，现在的酸水站将来要扩展成酸水车间，需要人，我……乔志峰脸色涨得通红，我没有去，我不是不想去……他回避了真实的内心，那里有他试图尘封的脆弱。他甚至没有勇气说出"排土场"三个字。我选择爆破，今后我可能选择做一名电铲司机、卡车司机，那也许更有意思。显然他选择了继续走父亲的道路。向敬岳看出他还有其他的想法没有表达，这个年轻人总是有所保留。乔向嵘一直在等着乔志峰，满脸崇拜的神情。向嵘，等哥挣了钱……乔志峰不知想要承诺什么，但他总是用不会食言的语气，这一次仍不例外。乔向嵘点点头，下意识地捂住嘴唇，把自己的笑容也掩藏起来。

　　向敬岳留意到乔志峰脸色暗沉，头发虽梳理过，但留有粉尘。去了采场吗？向敬岳问。嗯，匡叔还教我试了一下穿孔机！不仅是穿孔机，你今后还要去开电铲、运输车……向敬岳说。操控那些设备也是本事！我都可以学，我会的！乔志峰说。嗓音像极了当年的乔崇峻，带给向敬岳恍惚之感。

　　当乔志峰身穿工装出现在李极花面前时，李极花说出了一句清醒的话，她说，崇峻，志峰他也是一名矿山工人了！并且做了一个决定，似乎李极花的"混沌"时期已经过去了。她说，我该清醒了，我不能总是拖累你们。接着她开始谋划回到矿山自己的家。志峰，我们回家吧，回到丹青铁矿，就我们两个人。她一如既往地以明显的态度排斥乔向嵘，而乔向嵘乖巧地躲在院子里的阴影处。

乔志峰并没有说出第一次在采矿现场看到的细节。他目睹了两次爆破，连续的暴雨使采场北部出现滑坡，几十立方米的大块矿石悬架在滑坡上，稍有强度的震动便有滚向坑底的可能。在坑底作业的大型采掘设备撤离，而大块矿石上方的电网十万千伏。他目睹矿工们利用铁锹、洋镐，花了半天时间，硬是挖通了一条通往塌方区的道路。在爆破过程中，他还见识了首次将微差爆破技术使用在裸露爆破的作业中。他当时就从中学习了这种爆破技术的优势，能够分散药量，既破坏了大块矿石，又降低了爆破产生的冲击波的破坏力。他没有将这些详细地说给向敬岳，在他看来，只是他人生的一次震撼，一种新奇的人生体验。

7

农闲时节，社员们也并不悠闲，需要开展清淤河道等工作。秋收冬种之后，当年需耕牛耕作的农活便基本结束了，向敬岳注重冬季的饲养，不仅储备了早稻草，还在耕牛的饲料里加了麦麸，算是一种犒劳，麦麸是野麦，是他平日里积攒的。向敬岳走出村庄，突然记起他和乔崇峻当年逃跑时曾经途经于此，那曾在黎明前最黑暗的时刻瑟缩于山岗一隅的村落，如今安然于霞光之中，落落大方地与四季相处。现在，向敬岳以故地重游的目光打量村庄，它们也以兴趣十足的目光注视着他。

归途中，他的脚步很轻，不曾惊扰寂静的山岗，也未打扰安静的田野。他脚下的震颤虽极其轻微，毫无疑问来自采矿现场。

这天下班后，乔志峰没有前往矿区分配的单身宿舍，而是冲进了家门。他进家门时，初春的寒意在他的工装上覆盖了一层薄霜。他穿着崭新的蓝色工作服，脚上是翻毛劳保鞋，这是他的冬季工作服。他的兴奋之情难以掩饰，我赶上了丹青山大会战！他说，干爸，能参加大会战太幸运了！

工作之后，乔志峰有了明显的变化，他原本的乐观性格渐渐恢复，尤其乐于分享工作内容，矿山疏通了他的心结。乔志峰的工作内容是一家人最关注的，这次，乔志峰为他带来了令人振奋的消息。向敬岳郑重其事地要求乔志峰，好好干！

第二天，向敬岳将牛圈交给刘慧芳，加入挑河的社员队伍。挑河挑的是石彩河，实质是河道清淤。石彩河的淤泥清理得频繁，但是水质却越来越浑浊，即使在枯水期也呈现出混沌的状态。肖队长从公社回来，站在河堤边，以手掌相合对着嘴巴，宣告了一个通知：社员们，向水村得到通知，丹青山大会战开始了，一切为丹青山500万吨让路。如今丹青山东面公路需要占地600亩，公社要求我们社员参加地表树木清理工作。他歇了一口气，不容社员发出不同的质疑，接着喊，会战需要什么就支持什么，全市有30万人为会战出力，我们不能拖后腿！

但他的通知显然触碰了社员们的某种别样的情感，毕竟，所遭遇的炮震、酸水所侵蚀的农田还存在着，亩产歉收的事实摆在眼前。

肖队长，我报名！向敬岳报了名。你算一个！肖队长很满意他打破了缄默的僵局。他接着对河岸边施肥的社员喊，都要支持国家建设，都要支持矿山建设，不许拖后腿！肖队长接着说，还有个通知，酸水的破坏加上丹青山公路的修建，咱们向水村必须要搬迁！肖队长显然预知了这简短的几句话将产生的反响。天要下雨啦，收工！他丢下一句话率先离开了河岸。

天空灰蒙蒙的，云层却分出清晰的层次，从地面仰望会觉得每一丝云挪动起来都很费力。雨夹杂着雪花落下来时，向敬岳急急地跑回了家。乔志峰站在院子里。干爸。他喊了一声，嗓音听着被冷风呛住了。

乔志峰的沮丧之情难以掩饰，他说，干爸，今天倒塌的泥沙埋住了电铲，天不好，我想在现场锻炼的……乔志峰声音低了下来，班长让我准时下班，他们留下来加班，我先回来很不甘心。大伙儿是照顾你！向敬岳宽慰乔志峰。但这是一种轻视，我爸要是还在会小看我的。乔志峰的话触动了向敬岳，他意识到乔志峰应该守在采矿现场，但他又不能为他下决心。

屋外的雨声越来越大了，向敬岳起身，拿出当年乔崇峻送给他的那件珍贵的雨衣。雨衣被折叠收起来了，保留了崭新的痕迹，乔志峰并不清楚这件雨衣的来历，但他意识到这件雨衣的珍贵。他说，干爸，我决定回去加班，我穿蓑衣吧，免得弄脏了雨衣。向敬岳说，你去矿场怎么能穿蓑衣呢？他用尊敬的语气提到矿场，仿佛乔志峰前往之途也是一种荣耀之程。

乔志峰出门后，向敬岳穿上蓑衣走入雨中，他身上的蓑衣带给人沧桑之感。他登上了雨中的赭黄山。山中水汽浓重，雨水遮蔽了视线，远处的丹青山只有一个隐约的轮廓，他惯常站的位置虽被雨水浸泡过，却并无疲沓松软的迹象。向敬岳清楚，如今采场的每次挖掘都成了一种探索和挑战。采场已形成了45米的台阶，塌方、电铲被埋也该是那个位置，他在心中演绎冲下的岩土掩埋机械设备抢险大战的场景。是记忆中他和乔崇峻抢险的场景，天、地、风、雨是相似的背景。他感到欣慰的是乔志峰成了接班人，他脸上湿漉漉的，分不清哪一滴是雨水，哪一滴是泪水。

直到次日凌晨，现场才排除了险情。抢险过程中，倒塌下来的泥石像一座小山埋住了大电铲。架头上面裂开了一条六七寸的大沟，随时有崩垮的危险。矿工们钻到架头下，挥动铁锹，铲净泥土后，电铲下一块近 5 立方米的顽石仍岿然不动。采取爆破时，爆破工毫不犹豫地拿起炸药钻到电铲下，这一行为深深地震撼了乔志峰。当爆破工从电铲下迅速爬出来时，他想到了父亲乔崇峻。顽石破碎的瞬间，人群发出惊呼，他感到胆怯与懦弱在他的胸前碎裂了。经历了一次生产抢险，他仿佛结束了一段遥远的来自另一个世界的旅程，在一夜之间拥有了成年人的成熟。

　　丹青山大会战誓师大会那天，肖队长一早就带着社员到达现场。红旗招展的十里采场布满了来自各单位的队伍，全市各行各业有近 6 万人参加。主席台上的发言鼓舞人心，向敬岳没记住发言人的职务，但他记住了发言人的宣言：丹青山大会战，将先后开拓 59 米、45 米、30 米三条嵌沟，打开丹青山采场 500 万吨生产能力的空间，同时也打开一个崭新的时代，赋予丹青采矿人矿业报国的伟大梦想！

　　肖队长站在队伍的最前方，向敬岳站在向水村所在的位置。向敬岳清楚，会战指挥部曾是最早的休息处，那棵雪松可以为证。

　　大型机械进场，他认出了钻机，想挤到近处仔细端详，但这个念头很快被排列入场的队伍打消了。领导们入场之后，在大型机械近旁发表了简短的讲话，大型机械被列为主力军，而其操纵者站在队伍里。向敬岳看到匡友富站在前方，在他身后是穿爆工段开拓先锋队。简单的仪式之后，向敬岳扛起铁锹离开会场，他隐约听到矿工在议论穿孔进尺的好成绩，但并未听清具体的数字。他在密密麻麻的人群中寻找乔志峰的身影，即使他有鲜明的身高仍很难辨别得出。向敬岳走在社员队伍的最后，远处穿孔机的声音传来，他听出久违的韵律，依然是生动的，他的内心被搅动得汹涌澎湃。

两天时间，由各生产队组成的社员分队便将 600 亩地表树木清理完毕。撤离现场前，向敬岳沿着山坡爬到了丹青山 40 多米的高度，置身于熟悉的采矿现场，他没有将自己的感受说出来，也无法找到合适的倾听者。

下坡时，向敬岳找到了乔志峰。乔志峰正在 45 米堑沟穿孔作业，他从穿孔机驾驶室走出来，表情凝重，干爸，打了 23 个孔，17 个不合格。向敬岳顺着孔眼望去，判断出孔眼不合格的原因，一方面是由于地形复杂、岩石过硬，另一方面天寒地冻，采场的供水管道难免冻结爆炸，无法保证供水，也会影响穿孔。望着操纵杆，向敬岳涌起操纵的欲望。但他攥起乔志峰的双手，志峰，操纵杆掌握在你的手中，加油干！干爸帮你保证供水！乔志峰上了穿孔机，启动操纵杆，向敬岳在附近地上挖了一个大坑，将积雪填到大坑里，并从供水点挑来水注入坑内。

离开时，向敬岳走在丹青山的采场通道，他以特有的方式告慰乔崇峻，乔志峰继承了他的穿孔技术。

8

开春后，李极花频繁地前往花青山。那棵幼苗已经爆了藤，当她确认那是一棵葡萄时，她蹲在秧苗旁任由泪水肆意流淌。

李极花已经接受了现实，错位的记忆也正在回归正常，同时勉强接受了乔向嵘的不断示好。偶尔，她固执地在脑海中安排时光倒流，并且打乱事情发生的秩序，目光迷离地对乔向嵘说，如果你没有出现，不需要做唇部手术，志峰爸爸就不会为了省钱不去看病，他会一直和我一起活着。而在清醒时，她要求乔向嵝肩负起某种使命，并且告诫她，既然你换了志峰爸爸的命，你就好好替他活着。

刘慧芳一直在等待回矿的通知，那也是她所期待的。

偶尔，她会满心期待地追问向敬岳，借以消弭内心的急切，但向敬岳往往以淡漠回应。直到村里挨家挨户传达动迁消息，刘慧芳催促他去矿上打探，向敬岳仍然认为这不是一件重要的事情而予以拒绝。

刘慧芳抢夺下向敬岳手中的牛饲料，严肃地质问道，你告诉我，你不打算回矿山是不是？到底是为什么？向敬岳重新拿起一把饲料添入食槽，接着拿起铁锹清理牛栏里的粪便，庄稼需要这些珍贵的肥料水。刘慧芳必须索要一个答案，她不能不明不白地放弃一种更好的幸福生活。

刘慧芳问道，你是不是把工作让给了乔志峰？向敬岳立刻点点头，他并不是刻意隐瞒她，而是不知该如何说出来。他清楚刘慧芳在静静等他给出理由。他说，我没理由的，乔志峰也是我们的孩子！刘慧芳长长松了口气，她看到拴牛的缰绳打了结，缓缓走过去边解开缰绳边遗憾地说，你做了好事，不该瞒着我的！缰绳解开后，刘慧芳转身慢慢挪开，腰伤留下的隐痛制约她使出全身的力气，这阵子她把抓药的钱省下为李极花治疗，这一点她和向敬岳达成了一致。

立春后，向敬岳一家人加入搬迁的行列。

搬迁意味着抛下老宅，村民们离开，就几乎搬空了所有。

向水村源于丹青山脉的墙基、村口的古老水井、年轮密匝的银杏目送村民一一离去。水塘守在原地，映射着离去的背影，流水泛着涟漪，从此岸到彼岸。

村庄留在原处，村民们开始了翻山越岭的征程。

通往安居点向宇村的道路崎岖不平，山坡间开满了红艳艳的杜鹃花，野蔷薇夹杂其间，毛竹以绝对的高度抢足了风头。村民们无暇关注风景，只专注于寻找那些珍贵的野生食材。一路上，村民采摘蕨菜和蘑菇，追捕野兔或者山鸡，越来越多的山麻雀在头顶盘旋。碍于腰部的疼痛，刘慧芳坐在板车上，颠颠簸簸的行程中眼圈红红的，她心底的不舍一路尾随。当村舍、古井、打谷场、银杏树、池塘……在视线中消失，她开始想念它们！她从一出生就在向水村茅草屋，记事后，向水村是她的世界，矿区生活是个插曲，即便很难接受，但她也已认定回归村庄是人生的结局。她想起父亲常在劳作时允诺她，会带她去翻过山见识山外的世界。直到成年后，她才明白，其实父亲也并未见识山外的世界，那只是他的愿望，一个古老的愿望。现在，她翻越了山坡，下坡拐过一片东高西低的坡地，向宇村展现在眼前。一处坐落在丘陵平地上的村落，规模较向水村更大，搬迁来的村民被安排在村西。

向水村村民入住向宇村后，住房因为有了补助而有所改善，家家户户住进了砖瓦房。向敬岳在搭建牛棚时遵循要领，地势要高、通风干燥、背风向阳，排水在低处，他还考虑汛期不会积水以及冬季利于防寒等因素。

最初入住的几天，向敬岳总觉得缺少了什么，他确定有些东西被留在了向水村，留在原址。后来在端起牛饲料时没有等到那种震动，才意识到是爆破声被山峦阻隔，心中升起别离的失落。

被卷到这种缺失感中的还有刘岩，他在搬离时反复琢磨、确定，走出向宇村的道路，没有找到铁匠的踪迹！

整个搬迁过程，刘岩担负起家庭主力的使命，他抢先将所有家什物件搬上板车，在重新划分的宅居点夯实地基，在架设房梁时，他站在最高点不停地向远处眺望。向宇村的布局与向水村相似，依傍的山是藤黄山，村中有塘，村外仍有石彩河潺潺流过，那河流恰似一条多情的纽带。向敬岳、刘慧芳诧异于刘岩的力气，并不清楚刘岩内心的落差，向宇村村口夯实的土坡没有铁匠的痕迹。

后来，得知打铁师傅入编进了农机站，刘岩外出寻找打铁师傅。他由向宇村出发，途经向水村到达丹青矿，并未搭乘矿山的运矿车或者通勤车，而是沿着铁轨走到57米处，这里是丹青铁矿的铁运转运站。水泥台阶上不再是清爽的水泥灰，而是覆盖了一层成分复杂的灰色与黄色的混合色，火车缓缓停下来，站台上躁动着等车人的兴奋。刘岩远远地看着，拒绝加入人群，火车发出出发的长鸣后，他克制着因孤单而想要哭泣的欲望，独自沿着轨道向前，渐渐远离丹青矿而接近铁轨两旁的村庄。他并不清楚当年他的父亲和乔崇峻为了寻求活路曾途经于此，而他母亲刘慧芳曾在铁轨旁的山洼间展开过一场别开生面的劳动竞赛。他只是凭着热情想走出一条属于自己的路。这一年，他读高二，却愈发被更多的迷茫所困扰。

途经山村果园时，刘岩看到林间分散的社员，有的在修树枝，有的在除草，棵棵果树怡然自得地享受光照。刘岩跨上土坡，攀越过护基台阶，对一位穿着粉色衣服的女青年说道，老乡，有水吗？说话间有意扯开上衣前襟，露出他父亲珍惜的白色汗衫，鲜红的"劳动模范"字样露出。每次外出，他都将这件背心偷偷贴身穿上，白色背心为他的外出增添了勇气。一阵风吹过，军绿外套适时掀起衣襟，"劳动模范"四个大字尽显姿彩。粉色衣服的青年低着头没有接话。刘岩发现她有些委顿，于是问道，你怎么了？没什么！对方回答。刘岩说，我听出来了，你是上海知青吧？你想家了？想离开这里？你迟早会走的。女青年摇摇头，终于抬起头友好地递出自己的目光。她说，我是上海知青，叫梁淑媛，不过这里很好，我没有想要离开。刘岩指着女孩怀里的石头问道，这是什么？上海知青想了一下，说，石头！1978年的翡翠赌石！她仿佛唤醒了他沉睡的内心，他红着脸，慌忙跳下了土坡，跳进护基，隔着距离问道，石头还会出生吗？还是明年的石头，石头还有生辰？没有得到回应，他转而喊道，你说得对，这里很好的。

他站在铁轨上，感觉到身体中的一种力量在膨胀，这一切源于那一抹猝然闯进他生活的粉红和真诚的目光。他鼓起勇气对着果林喊，我叫刘岩！喊完，他沿着来时的路向前。

后来，刘岩无数次从向宇村出发，在出走中收获，发现新事物、新世界。

9

这年，向宇村生产队接到公社分配的交公粮指标数，喇叭通知后，社员们满腹愁苦。尤其是迁来后，向水村村民发现，种的坡梁地有十年九旱的劣势，得靠老天爷吃饭。生产队一交粮，自己便不够吃了，虽是如此，仍得先把公粮交了。好粮交公粮，差粮分口粮。

肖队长喊上向敬岳交公粮，这次向敬岳自带了干粮，是把沙蓬灰菜之类的野菜晒干后磨面充饥。

粮站没有变化，只是贴了新标语：积极交售爱国粮！每个字都是簇新的。各队的缴粮车提前排成几排等司磅员、质检员、会计等人开磅。这次，肖队长见粮站院里进不去，便翻墙进了粮库大院，肖队长转出粮库走到验粮处一看能加塞，便喊上向敬岳背着装满稻谷的稻箩，踏上架在粮堆的跳板。检验员并未较真，直接进入检验、过秤、入库三道手续。一根很长的内空铁钎从麻袋外捅进去，带出了稻谷。肖队长说，我们是从向水村搬迁的，地不肥，扣完各项提留不余什么钱的，还想着要借稻谷养活一家人，也许 7 月就断粮了。向敬岳附和地点点头，但他并没有想好去哪里借来糊口的粮食。质检员怔了怔，捏捏稻谷，挥了挥手便通过了。

空车而回，途经向水村地界，昔日的村庄守望在原处，大型机械正在缓缓地夷平村舍，久经岁月的村舍羸弱不堪。

向敬岳说，田地需要找到适合的作物，其实我们一直想着顺产、丰收，却没有想着该种什么。他接着献计说，你是队长，应该说服公社，凑出钱，买些鱼苗，利用河塘养些鱼，换点钱，还有，生产队那地产量低不适合种稻子。肖队长却撇嘴嘲笑说，你今天话还真多嘞，你虽然成了个干农活的好把式，但这也不是什么本事。咱们农民一直都是这么种田的，你嫌产量低，你能把那田怎么样？向敬岳说，土不变，田不变，种子可以变啊！也许耕种更适合的作物，会收获得更多。肖队长望着渐渐远离的向水村并不搭腔。

第五章　接班人

1

出门之前，向敬岳打开纸钱包，空瘪了这么多年，钱包内部终于有了钞票，是乔志峰工作后交给向敬岳的部分收入。面额最大的是 10 元，其次是 5 元，乔志峰贴补家用的心意都在这里了。向敬岳取出一张攥在手心，手心即刻汗津津的。向敬岳最终还是将钞票放回了纸钱包，两手空空地走出了家门。

从向宇村前往小街，向敬岳一路上走走停停，拖拽他脚步的不是体力而是内心的不安。到达小街后，向敬岳坐在街边，远远地望着小街的中药铺。这个月，变卖山货的收入都给乔向嵘交了学费，他想买一张治疗刘慧芳腰疾的膏药却掏不出一分钱！季节交替之际，刘慧芳的腰疾疼痛时时发作，使得她夜不能寐。白天她支撑着下田，却无法参加更繁重的劳作，这对于勤劳的刘慧芳不啻为一种惩罚，而她并没有犯下某种罪。

这年的收成并不理想，自然原因严重影响了水稻收成，太干旱、太潮湿、多水分，以及几个月间接连而至的不合时宜的暴雨。在双抢后晾晒稻谷的时段，暴雨不断地光临，昨天中午，突降暴雨，刘慧芳为了抢救晾晒的稻谷，从床上跌倒在地，她弯着腰挪到家门外时，因疼痛和焦虑而放声大哭。得知损失后，她将所有的憋屈化成哭泣，并在无法安睡的夜晚流泪，泪水是无声的，却令家人辗转难眠。

购买止疼的药物是一笔开销，即使数额并不庞大。

向敬岳空着手踏进中药铺，在药柜前逡巡，最终开了口，我没有钱抓药，但我有力气，我去采药，你告诉我，这治腰疼的膏药中的药，是不是向山的每座山都采得到？他画了一个圈，圈定了门外连绵的十里山岗。

药铺的坐诊医生建议向敬岳带刘慧芳过来针灸。向敬岳的脸上再次露出窘迫，算了，不麻烦了，他摆摆手。赤脚医生见状爽快地开出了药谱，他说，我爷爷当年记载了这些本地药的来处，有些采于丹青山，但现在，丹青山不是山了，是矿，你去金碧山看看吧！采来后，来我这换膏药，有的呢，可以煎服。

向敬岳在天亮前前往金碧山，出发之前，他喂饱了耕牛。他的脚步轻轻，避免惊扰刘慧芳，以免她心生愧疚。这些年，他不允许她过分劳作，把两人的活计一个人扛着，她的疼痛也在他一次次善意而无私的举动中得以缓解。

向敬岳一路上寻寻觅觅，凭着赤脚医生普及的识别方法，竟然发现山中没有一棵野草是白长的，每棵草都有所长。到达山顶后他的竹篓里已装满各式草药。他发现，从起步之初，就有一朵云与之同行，云将光泽倾向他，洒满前方的路。

向敬岳在山岗间行进，一路上他随手捡起隐身草根处的石块，以行家的眼光打量，絮絮叨叨地说，老乔，你看，金碧山的石头也有铁，但比起丹青山差远了。俯瞰这片土地，向敬岳发现山下加装了通往丹青山尾矿坝的管道，管道由铸铁加固，直径约60厘米。管道的介入使得尾矿与庄稼相安无事。好啊，尾砂不会侵扰，庄稼再也不会夭折了，好好长吧！

意外的是，向敬岳在尾矿坝的管道中段遇到了肖队长。肖队长坐在田埂边，面对向宇生产队的稻田，手里攥着把镐头。微薄的晨光中，像是稻田的守望者。他这一次很客观地估计了向敬岳的困境，你们家最难，田少收成不好，矿上不能不管！他敲了敲铸铁管，这家伙要是哪天漏了，就能找矿上要点补偿。肖队长荒唐的想法立时惹怒了向敬岳，这是队长说的话吗？你这是想犯罪。向敬岳说，我上次交公粮时就说过，要找到适合土地的种子，队里的田并不适合栽种水稻。肖队长皱了皱眉头，孬子，你还挺能说，可惜是胡说，不种稻谷拿什么交公粮？虽然听说要分田了，但公粮还是要交的。

向敬岳没有站在肖队长的立场，也没有从矿区的角度为之辩驳，他对自然怀有崇敬之心。你来这里干什么？向敬岳已经完全以方言对话。肖队长欲言又止，在微薄的晨曦中，向敬岳捕捉到他眼睛里的狡黠，他以捍卫者的语气说道，尾砂管道都好好的，你休想打矿上的主意。

这年立春后，向敬岳尝试将收集来的苍术、熟地等这些具有缓解人体疼痛功能的草药的种子撒在墙角。

种子没有令其失望，转年谷雨后，一层嫩芽在泥土间昂然挺立。向敬岳小心翼翼地呵护其生长，感激它们对刘慧芳的帮助。他还曾收集种子栽种于藤黄山，但多数没有成活，因此他得出结论，每一粒种子都需要有心仪的土壤，就像每个人都有自己的故乡。渐渐地，他弄清了那几棵长在屋檐下的草药的习性。

每次喝下汤汁，刘慧芳都会发出感慨，还是我们这里水好、土好。没有疼痛，刘慧芳就变回了她初识向敬岳的样子，言谈举止都充满年轻时的活力。

休息时，他坐在牛圈角落默默地吸着烟草，脑海里反复掂量自己的想法。向敬岳还质朴地认为：农民要做的不是索取而是顾及泥土、珍惜泥土。这应是世间无须见证者的契约，人与人的契约、人与自然的契约！

2

稍一有空，向敬岳和刘慧芳就会到花青山看望李极花。刘慧芳不便长途行走，向敬岳搀扶着她，在夫妻俩看来，前往花青山是一种意志之行。

李极花规划出培育幼苗的范围。连日来，她坚持将石彩河边清理的淤泥搬运到绿苗周边，对她自己来说那是项浩大的工程，倘若有了向敬岳、刘慧芳的帮助，这段路程便成了一条治愈之路。

这天，夫妻俩刚刚从花青山回村，浑身上下黏附着石彩河底的淤泥。肖队长火烧火燎地赶来转述了一则曲折的消息：公社接到派出所的电话，刘岩和肖亮在向山街道上打架，派出所已介入。我已经领回了肖亮，你去领你儿子。肖队长丢下一句话又急匆匆走了。

一路上，向敬岳跌跌撞撞地赶到向山街道。刘岩前几年追随打铁师傅进了农机站，有了一份临时的工作。刘岩闯下祸事也因为他自制了铁夹子，想下到金碧山打些野味，却总是遭到破坏，刘岩再次下夹子的同时设了埋伏，逮到了搞破坏的肖亮。见到向敬岳，刘岩委屈地说，我没打架，是肖亮针对我。不过，我刚才突然想明白了，肖亮是故意找碴儿，他举报我，就没人跟他争抢推荐名额了。向敬岳猛地一怔，立刻否定了刘岩的揣测，别胡说，你打人就是不对！

派出所的值班民警是当年参加丹青山削顶的矿友，他认出了向敬岳，向敬岳却有意回避那段人生经历。矿友没有念及旧情，神态中有一种奚落。事情可大可小，你跟你小孩谈谈吧，不要撞到严打的枪口上！他严肃地警告说。

在如此特殊的环境中与儿子面对面，向敬岳感到儿子的目光里有一种相似的感觉，他打量他像是在打量曾经的自己，一个瘦削的、谦和的、五官俊朗的青年。他看到他年轻的面庞上依然保留着稚气，欣慰儿子的眉宇间没有他少年时的阴郁。孩子眼中的迷茫深深刺痛了他，他第一次伸手抽打了刘岩一巴掌，毕竟是自己的亲骨肉，这一巴掌犹如抽打在自己身上。

回家的路上，向敬岳和自己的那一巴掌较上了劲，想着刘岩能够挣来工分，已经把很多农活做得有模有样，便心生懊恼。父子俩一路无言，回到家时，刘岩冲到屋后的那块自留地，将心里的不满发泄在土地上。向敬岳只觉得刘岩不再是单纯的孩子，但作为父亲，他还没有做好应对孩子改变的准备。

他走上前拽住刘岩的双手，你跟我说说。刘岩挣脱他，说什么？你让我说什么？我不想就这样一直过下去。我想挣点钱给我妈买止疼的中药也错了？等着看吧，肖亮很快就会被推荐上大学，或者参军。你也有机会，你不比他们差，向敬岳说。他并不认为这是空谈，但刘岩脸上浮现的讥讽刺痛了他，我妈信了你，你也让我相信你是吧？你为什么不回矿山？肖亮说和乔志峰有关系，是不是他的工作顶了你的？刘岩丢下这句话，并未等着父亲回答，他似乎不愿面对确切的答案。他拾起两样农具又重重地扔在农田里。刘岩丢下向敬岳，沿着田埂绕到了村西头，那里有一排土坯房，曾是向宇村的知青点。如今，多数知青回了城，留下了一排空空的屋子。

向敬岳跟在刘岩的身后，紧跑几步拉住他，你跟我走！他想和自己的孩子交交心，尽管这方式有惯常的乡村的粗糙。

向敬岳拉着刘岩向藤黄山上走。藤黄山同样可以俯瞰丹青山，二者相距并不遥远。丹青山采矿现场的设备在阳光下散发出灼目的光芒，场面震撼，就像是一幅写实的画作挂在那里。

他走上前，伸手搂住刘岩。爸爸始终认为自己是一名矿工。农民和矿工这两种身份是没有界限的。刘岩没有顶撞父亲，但他仍没有被说服，他望着远处的场景，一辆运输车载满矿石沿着坡道缓缓向上。前几天乔志峰回家说过，丹青矿陆续购进五台不同型号的牙轮钻，掘沟进度明显加快了，有效地促进丹青山500万吨目标的达成，丹青山45米沟采用汽车、电机车联合倒运掘沟方案，效果也非常明显。

向敬岳抓紧刘岩的手臂，不允许刘岩离开，他以力量表现出一个父亲坚决的态度。

向敬岳指向花青山的方向说，那边是排土场，4立方米电铲进入排土场排土，逐步代替了耙犁，这是排土场作业的飞跃，解放了劳力，提高了效率，排土场边缘那些不规则的沟壑正在被覆盖、被治愈。

够了！说了这么多，没有一条是我的出路！你去跟乔志峰说吧！刘岩用力挣脱向敬岳，退后几步，粗声粗气地扔下这句话，转身顺着山坡以跑步的姿势下滑，很快消失在向敬岳的视线中。

3

向敬岳下了很大的决心去找肖队长，刚磕磕巴巴说明来意，肖队长便给出了结论，推荐参军你们家刘岩没有机会的。

　　肖队长盯着向敬岳说，你找我没用的，当兵也不是人人都有机会的。不瞒你说，这次推荐我们家肖亮参军，也不是我照顾的结果，是肖亮表现好，打架那次他没动手吧？刘岩是成绩好，但被派出所教训了吧？我们推荐人选更在意思想和人品！肖队长龇牙一笑，说，你回矿里这些就都解决了，你这是何苦？留在这儿跟我们抢饭吃？搬迁照顾也轮不到你，还有，我索性跟你摊开了讲，推荐上大学也轮不到你儿子……肖队长话说到一半，看到向敬岳瞪大了眼睛，像是识破了一个圈套。你别这样瞪着我，要瞪去牛圈和老牛比试。他烦躁地挥挥手，草率地下了逐客令，还不走？牛圈离不开饲养员，你不知道吗？

　　向敬岳想不出该说什么，只得悻悻地回到家里。刘慧芳侧身坐在床边，正在纳鞋底，向敬岳站在她面前，自责地说，我去找了肖队长！刘慧芳抬了下眼皮，什么也没问，像是预知了经过与结局。

　　这天傍晚，肖队长依然来巡视牛圈。见到向敬岳，肖队长说，白天我就想告诉你，要分责任田了。公社的土地要分给各家各户，单干以后，各个农户以交公粮的方式缴纳农业税，秋天收回来的粮食按照要求上交到当地粮站。肖队长眯起眼睛，仔细打量向敬岳，狐疑地说，你总是说要换种子，是不是早就知道政策要变？向敬岳仍然梳理耕牛的皮毛，驱赶牛蝇，他说，改革了，土地该干土地的事。

　　晚饭仍是山芋稀饭，刘岩一边闷头喝着稀饭，一边就着煤油灯翻看课本，饭桌上的气氛很沉闷。书还是要读的，向敬岳讪讪地说，你相信爸爸，种田也是有出路的，种田也是要知识的。他还想说出肖队长透露的新消息，但刘岩起身端起煤油灯，他说，你不去牛棚，我去，我去看书！

　　一家三口分得的是一块有坡度的土地，刘慧芳愤愤不平，认为那地块水稻的产量低，不够一家人口粮。向敬岳并未附和刘慧芳，他守在分得的田地边前后打量半天，回家扛了两把镐头，喊上不情不愿的刘岩，再次前往分得的田地。父子俩一前一后地走在田埂上，仿佛在经受田野目光的洗礼。务农多年，向敬岳依然保持着整洁的仪容，刘岩则一路上都在摆弄手中的军绿色上衣，这上衣是他跟着铁匠帮忙得到的酬劳。他珍惜这件上衣，既不穿在身上也不摆在家里，而是搭在肩膀上，必要时才会套在身上。

　　向敬岳并不清楚，刘岩这几天都去找那上海知青聊天，对梁淑媛所描述的城市充满憧憬，有轨电车、外滩、黄浦江……是一个在村庄之外的全新的世界。

你有没有听到什么声音？向敬岳问。刘岩摇摇头，刻意与父亲保持适当的距离，以示他不愿与父亲产生共鸣。坡地周围毫无规则地生长着各种植被，一些听觉灵敏的生物已难以寻觅，比如野兔和野鸡。世界上有很多声音用心了就会听到的。向敬岳说。刘岩很烦躁，土地是用来耕种的，又不是用来听什么的。他说，这块地怎么种也不可能致富的。刘岩沮丧地蹲下身，揪了一把尾巴草，揉碎在手心里。矿上一个月的工资是我们半年的收入，他愤愤不平地说。在他看来，父亲的一个决定对家庭来说是一种伤害。刘岩说，不在乡下，我妈也不至于那么痛苦。
　　有些事是以内心的情感作为选择标准的。有些事是一道坎，你以后会明白的。向敬岳说。刘岩第一次听到父亲提起情感，他怔怔地看着父亲，放弃了追问。

　　这块地不适合种稻谷。向敬岳说，我们想想能不能改改。刘岩却拒绝加入父亲的阵营，他说，种什么都是种不出财富的！他丢下向敬岳站在田埂边。你这么年轻又读了书，就不会想想！向敬岳对着刘岩的背影喊，希望留住刘岩的脚步。向敬岳接着喊，要找到适合的种子。但刘岩已经走远了，他奔跑着离开了农田。

　　秧苗插完之后，向敬岳频繁地前往藤黄山，他将从金碧山采来的艾草、苍术种子种在山洼间。有时他会带上盛水的器具，从沟渠边引来清水湿润那块凹地。从春天到秋天直至冬季，他所栽种的草药，都无一例外地遭遇了夭折的命运，似乎这是草药移植后的宿命。当他意识到自己移植的举动无疑是一种善意的扼杀后，他深感愧疚，放弃了挪种。包产到户后，一家人在自家的田地里忙忙碌碌，稻谷带来的丰收的喜悦却很有限，似乎耕种仅仅是因无法容忍土地的荒芜，对季节做出回应。

　　农忙时，李极花会来到向宇村，她在花青山劳作时掌握了一套技巧，对农事得心应手。在花青山，李极花在废弃的墙基上搭了简易的架子，与那株幼苗为伴，矿区也给了支持，调配了资金，增援了人员。因忙于绿化，她看上去有了另一种神采。

　　稻子成熟的季节，乔志峰总是会挤出时间回来帮忙，他和乔向嵘一路，原本两人有说有笑的，到了田边便自然分开。这份责任田的收成并不理想，收割、碾碎、扬风……一整套程序下来，所得很有限。

　　刘岩站在烈日下的动作幅度很大，他总在劳作时联想到自己莫名夭折的前程，他还没有走出困顿。乔志峰凑近他，鼓励他说，恢复高考了，你一定要参加高考，真羡慕你，我错过了。刘岩想抢白乔志峰，又有所顾虑，看在情意的面子上，他对乔志峰保持沉默，并转身给了他一个背影。插秧或收割，刘岩的手法都很娴熟，秧苗在他身后站起时，无法看出高低。

乔志峰将积攒的工资交给向敬岳，要给乔向嵝做二次唇部手术，那是他从父亲手中接力的一份责任。乔向嵝却不配合，向敬岳试图说服她。

乔向嵝默默在角落里陪伴李极花，妈妈干什么她就干什么，隔着一段距离。上学顺利吗？向敬岳问。乔向嵝点点头，她低头看着地面，让人没法看清她的表情，但向敬岳却感受到一声轻微的叹息。他说，哥哥有了工资，钱够了。我不去，我不在乎。乔向嵝打断向敬岳，我能上学就行，再苦、再穷，我都会坚持！乔向嵝压低声音说，妈妈没有撵我，我愿意陪着妈妈。她反而说服向敬岳，读书和手术，我只选一样，我决定了！

<h1 style="text-align:center">4</h1>

农忙之后，刘岩频繁地外出，他从向宇村出发，步行到丹青山矿区搭乘矿山的绿色电机通行车。他并不清楚自己是在逃避现实还是在逃避自身的烦躁，在没有找到任何平复心中的迷惘、愤慨、怨懑等方法时，出走是他唯一的选择。

刘岩搭乘运送矿粉的火车，铁轨在山林间穿梭，很快眼前便开阔了。行程的顺畅让刘岩心情愉悦，他迎着风哼唱歌曲，从《月亮代表我的心》到《我是一颗小小的石头》。

火车经过一段繁华路段，楼房、柏油马路……匆匆而过，刘岩的目光将其一一收割。因为要搭乘火车返程，他的活动范围受限于卸车地点。返程时，刘岩的目的地是农机厂。他在农机厂有了新朋友，是在出走向水村时邂逅的上海知青梁淑媛，她已成为农机厂的正式职工。

他将黄色外套搭在肩膀上，有意露出父亲的白色背心。

听说她回上海探亲了，他有意无意地凑近她的宿舍，透过碎花窗帘瞄一眼室内，见那块石头摆在案头，嘴角划过一丝笑容。他认为这块石头，这块被命名为1978年的翡翠赌石的石头，算是两人的秘密。人们都说山水是风景，刘岩每天与山水朝夕相处，从不认为自己生活在风景之中，但这个上海女青年出现在他的生活里，他认为她是一道风景，她走过的田埂、劳动的农田也多了一种韵致。

刘岩掌握了打铁的技巧，总是默默地帮助师傅，从未有任何怨言，相反，他心生感激，相信铁与捶打会带动他身体的远行。

5

这年秋天收割后，向敬岳发现了新的种子。

向敬岳给乔志峰送来干妈亲手纳制的布鞋，有了收入，乔志峰并不缺衣少鞋，但刘慧芳仍然坚持这个做法。因为李极花的精力完全倾注在秧苗上，刘慧芳和向敬岳关照乔志峰和乔向嵘便成了分内之事。

在矿区单身宿舍院外，向敬岳被一个卖水果的摊位吸引。他蹲下身，注视着摊位上的水果，有一种水果的颜色介于泥土色与赭色之间，他问，这是什么？摊主对向敬岳的询问发出质疑，你问这个干什么？我自己家的，吃不了了。也许向敬岳的穿着让他戒备。

向敬岳观察着水果，说，要是有营养，我喊我们家志峰来买一些！他说罢指了一下黄色大楼。这是猕猴桃！那人放下戒备说。这名字是动物与植物的结合。向敬岳以为自己听错了。这个名字很新奇。那人得意地说，这在我老家黄山不稀奇，但这里却没有，物以稀为贵。摊主的最后一句话触动了向敬岳，向敬岳那天品尝了猕猴桃，并带回向宇村一颗。当刘慧芳郑重地撕去外皮，现出绿色的果肉，散发出特有的香气时，他做了一个决定：我要种猕猴桃！他继而向刘慧芳普及物以稀为贵的道理。

向敬岳在刘慧芳恍然大悟的表情下走出家门，踏上常走的前往赭黄山的道路。自家的那块坡地在山脚下，附近的土层已被他悉数打理，并用碎石垒起了一道浅浅的渠道，但从没有雨水光顾，那是他的美好希冀。

有一段时间，向山街上新华书店的营业员对向敬岳印象深刻，向敬岳在新华书店频繁出现。隔着柜台，他礼貌地问，同志，请问有没有介绍水果的图书，尤其是猕猴桃。营业员瞟了他一眼，干脆地说，没有！书店里挤满了前来购买图书的年轻人，他被推搡着挤出了书店。在邮政书报柜台，各式杂志占据了所有的位置，他只翻看了一本《植物世界》，刚感叹其内容简单、印刷粗糙，营业员便催促道，买不买？不买不许看！向敬岳悻悻归还杂志，似乎他的行为太过奢侈，脑海中刚有过闪念，便需将其掐灭。

归途中，向敬岳毫无疲惫之感。他留心田边野草，车前草、马齿苋、狗尾草……眼前归于泥土的微小植物让向敬岳豁然领悟了植物的奥妙：生长，始于泥土，归于泥土！

向敬岳为自己的发现兴奋不已，并且认为这光芒终将投射于乡村大道。他在院内破天荒展开畅谈的架势，搬来两张竹椅，摆上野山茶，泡茶的紫砂茶壶是刘稼禾留下来的。刘岩没有坐下，坚持站在父亲对面，他看着赭藤山，观察山峦身后薄薄的雾气，以及投射其间的阳光的游离之姿。

我发现了新的种子。向敬岳说。嗯，这跟我有关系吗？你去跟乔志峰说吧！刘岩说着转身就走，阳光跟上他，每一缕随着他前进的身影闪动，好似长了发光的触角。

从向宇村出发，刘岩前往农机厂。他没有沿着村民们通常出行的道路赶去搭乘矿山通行车，而是绕过藤黄山，又登上赭黄山，然后穿过一段平坦的田间小路，最终到达目的地。农机厂位于小街的最东端，如今，因新近规划属于向山镇中心的一部分，街道上种植着法国梧桐、沿街的店铺林立……父亲所描述的荒凉已无踪迹可循。

在铁匠师傅执着的申请下，刘岩被吸收为徒弟。师徒关系确立后，铁匠坦言说，其实我早就认识你父亲，你父亲不认识我，当年，矿上的石轩都是我们打制的，跟我打交道的矿工里数你父亲最厚道，你是他儿子，错不了！

作为农机厂的临时工，刘岩很快与农机厂的职工熟识，在期待转正机会的同时，他揣摩处世之道，即便是对农机厂的门卫，他也恭敬有加。门卫对他这个乡下青年的目光是挑剔的，自小街形成镇的规模，这种人与人之间的挑剔就已存在。门卫常以各种借口刁难刘岩，通常上演的戏码无非是谎称铁匠师傅外出。你师父不在，你别进去了！刘岩站定，然后在门岗的注视下跨过门槛，那我找梁淑媛。

你怎么就不知道，人家回上海了，回去结婚了！刘岩站住，转身望着厂门外的街道，街道上的过客个个步履匆匆。打开他对外界认知的梁淑媛回上海结婚了。刘岩首先想起的是梁淑媛的那块石头。刘岩心中的失落带着余波，渐渐演化成难以言说的痛楚。

6

这天，刘岩回家的步伐慢吞吞的，乔向嵘坐在门前土墩上等着他，手里捧着几本书。这次她仍致力于说服刘岩参加去年改变招生政策的高考。乔向嵘直面他，上唇微微向下抿起，流露出恳求的表情。

哥，你一定要参加高考！这次，乔向嵘发现刘岩眼睛里燃起了光芒，她不能确定是否是自己的执着打动了哥哥。哥想挣钱给你做手术，还有给我妈治病！刘岩犹犹豫豫地说。上大学是一条出路啊！你的成绩那么好。乔向嵘掏出书本。

哥，你一定能考上大学，你一直是我的榜样！

刘岩决定参加高考以来，全家人都在支持他，向敬岳和刘慧芳达成了默契，将家里的细粮留给刘岩补充营养。向敬岳常常光顾野塘，捕捞河虾或者黄鳝，得知允许饲养家禽后，刘慧芳赊借了鸡蛋孵化出鸡仔。重新拾起课本，刘岩很快克服了陌生感。

当全家人都在期待中时，刘岩状态却一度松懈，缘于农机厂再次允诺其转正的机会，他对前程的草率态度让缓和的父子关系再次趋于僵持。刘岩并未因此放弃农机厂的工作，索性不辩解，住在了农机厂的一间工具房。

刘岩临时居住的工具房与梁淑媛的职工宿舍相隔50米，梁淑媛请了长假，他视其为沉默的旁观者，偶尔以落寞的目光与其对视。

临近春节，处处都沉浸在喜悦之中。一天夜里，伏案苦读的刘岩突然瞥见梁淑媛房间的灯光亮了一下又熄灭了。起初，刘岩以为那是一种幻觉，借着月光定睛看去，一个朦胧的身影闪过。刘岩一跃而起，接着蹑手蹑脚地打开了房门，他抄起一根铁棒，一个箭步冲到梁淑媛宿舍门外。他的脚步声带着毫不掩饰的愤怒，主动出来，我放你一条出路！刘岩喊道。房间里静悄悄的。

　　面对寂静，刘岩猜测着各种可能性，迅速改变了策略，他压低了嗓门贴近门缝说道，趁着门卫没醒，你出来吧，即便有难处也不能做贼啊！话音刚落，房门豁然大开，开门的是梁淑媛，她脸上带着长途跋涉后的疲惫和被惊扰的愠怒。我在我的家里，怎么就被你当成贼了？她的语调很轻，手势也很轻，随手挥挥便退回去关紧了房门。刘岩独自站在月光下，觉得事出反常，又觉得自己犯了一个错。懊恼之际，梁淑媛又打开了房门，头发披散开。梁淑媛突然主动拉起刘岩的手，周涛，你还是来了。短暂的疑惑后，刘岩试图澄清自己的真实身份，我不是周涛，你醒醒！但梁淑媛显然无法接受现实，周涛，那你说怎么办，你说孩子怎么办？梁淑媛的声音越来越微弱。不多时，梁淑媛似乎又清醒过来，认出了刘岩，戚然一笑，向门外的夜色中走去。刘岩稍一愣怔，看出了梁淑媛眼神中的决绝，紧跟上梁淑媛。梁淑媛走向了田野。刘岩见梁淑媛的脚步越来越沉重，却仍执拗地往前走，临近池塘，他不得不喊住她，梁淑媛，你要走到天亮吗？喊声音量并不高，却在惊扰了夜色的同时惊吓了梁淑媛。她猛地停住脚步，身体颤抖着仿佛从夜色中惊醒，随后跃身跳入了池塘。

　　曙光唤醒矿区，石英喇叭开始播放进行曲，刘岩给梁淑媛送来了早饭。显然，梁淑媛遭遇了背叛，而她试图以糊涂地结束自己生命的方式讨伐他人的背叛。

　　我本来不想上岸的，你救了我，我把石头给你吧！清醒之后，梁淑媛说道。

　　能帮你就行，我不在乎什么石头。刘岩诚恳地说。梁淑媛凄然一笑，那你给我一样东西，让我有脸活下来。刘岩愣愣地问，我有这么大本事？给你什么？婚姻！梁淑媛回道，你救了我，求你再给条生路。刘岩的脸颊发烫，他退到门边站住，晨雾弥漫，让他陷入更深的混沌。

你不是助人为乐吗？梁淑媛追到门外说，你救下我，我没有勇气去死了，可我该怎么活下去？

中午，刘岩回家，刘慧芳端来一碗山芋稀饭，刘岩拨拉下筷子，见碗底卧着一个表情无辜的水波蛋和一个实心糯米圆子，一时愧意上涌。他将水波蛋留给乔向嵝，问刘慧芳，妈，女人怀孕几个月会显怀？刘慧芳立时警觉起来，怎么问这个？这个时候，不好好考大学，不如回来种田。蹲在门边的向敬岳反应很激烈，像是刘岩提出了一个羞耻的问题。我知道，你看我什么都不顺眼，所以才把我当外人。刘岩立刻敏感地抢白父亲，一时之间，关于偏袒和偏爱，关于前途和前程，关于乔志峰与他……排着队，聚集至心。刘岩脸色通红，张嘴跳出了一句话，我打算结婚！我自己的事自己做主，我跟你们说一声。刘岩清楚自己扔下了一枚炸弹，他挑衅地看着向敬岳。

刘慧芳仍然以她特有的口吻嗔怪他，你不要这样为难我们，娶亲也要先提亲，我们怎么提得起亲？向敬岳反感刘慧芳贬低自己的身份，她的自贬已成了惯性，他反驳道，我们家怎么了？我们是堂堂正正的庄稼人！只是，你这又是哪一出？向敬岳狐疑地看着刘岩。

反正我没把婚姻当儿戏！刘岩说，我这是在救人，牺牲自己成全别人。

刘岩描述了事情的经过，向敬岳夫妻震惊之余，内心经过几番挣扎，最终达成一致，选择接受梁淑媛。

吃过晚饭，刘岩急着赶回农机厂，他担心独处的梁淑媛再次轻生。出门时，向敬岳喊住他，我和你一起走一段路，我去赭黄山。在岔路口，向敬岳站住想对刘岩说几句话，却最终没有说出口，只是伸手拍了拍刘岩的肩膀。向敬岳登上山顶后，立刻搜寻隐隐约约的小路上刘岩的身影，金色的夕阳为山间万物镀了一层光芒，使刘岩在天地间格外耀眼。

7

向敬岳忙着翻新住房，将土墙草房在暴雨中被冲掉、剥落、倒塌残留的土渣完全抹去，去除屋顶腐化的稻草，以防止雨水直接灌到室内。向敬岳保留了房屋的梁、柱，尽管只是杂树或毛竹，困于收入，他只能使用这些原始古朴的材料。他将泥土和水掺入稻草，然后站在泥土间赤脚反复踩踏、翻动，最后双手一把一把地把稀泥涂抹在墙体上。人形屋顶上，铺满细密的小竹篙，上面铺满了稻草。向敬岳对翻新住房感到羞愧，他希望今后能有能力改善住房而非仅仅局限于修葺。他对刘岩说，种田致富后，我起码要盖出个干片子瓦房。那是当时住房的高规格。刘岩并不在乎这些，他和梁淑媛将所谓的婚房选在梁淑媛的宿舍，墙脚是大片石，屋面是红色大瓦。而位于向宇村的土墙草房也需承载举办婚礼的功能。刘慧芳对刘岩说，你必须清清白白地把人家娶进来。一些原则必须坚守。

梁淑媛走进向宇村，她的身影、脚步就变成了向宇村的一部分，她的到来吸引了大家的目光，村前的打麦场聚集了一些村民，隔着石碾张望。梁淑媛察觉到了稻草垛旁埋伏的目光，她扑唏笑出了声。接着一群孩子跟着梁淑媛和刘岩，浩浩荡荡地前往村西刘岩家的庭院，篱笆、草房一改昔日的寂寞。

向敬岳和刘慧芳端坐在堂屋的八仙桌旁，微笑着迎接梁淑媛。等到人群散去，梁淑媛说，谢谢二老接受我做你们的女儿。感谢你们允许刘岩和我在一起，但是我不能耽误他。她突然双膝着地跪下，刘岩伸手相扶时，夫妻二人也都伸出手，一家人手手相握。

梁淑媛说，我只求给我孩子一条生路。我比刘岩大3岁，是他的姐姐。我不会拖累刘岩的。最先反驳的是刘慧芳，她说，你说的是什么话，刘岩的孩子怎么是拖累刘岩？她站起来，竭力拥住梁淑媛。她的举动瞬间实现了梁淑媛从小就萌生的愿望，从小失去母亲的她感受到了母亲的拥抱！除了向敬岳，对他人送出这么实在的拥抱，刘慧芳也是生平第一次，情不自禁地。拥抱被刘慧芳慷慨送出，挽救了两条命。

一家人商定了举行婚礼仪式的日期。刘慧芳步行将喜讯送到村庄的每家每户。起初她鼓起勇气迈出第一步，预想的腰部疼痛并未袭来，她带着犹疑迈出第二步，尚未来得及体会，轻松如常的感觉便促使她迈出了第三步，接着是第四步、第五步、第六步……当她悄悄地站在向敬岳面前时，他上下打量她，吃惊地张大了嘴巴，手里的簸箕掉在了地上，稻谷遍撒于四处。小向，我走路时腰不疼了！她喊他小向，那是爱情萌芽之初的称谓。多亏了你啊！刘慧芳说，多亏了那些草药。

正是育苗时节，向宇村每家每户都在稻田里忙碌。盛开的鲜花是春天不可或缺的点缀，田野间油菜花香气扑鼻，刘慧芳在其间穿行。尽管消息早已长了翅膀飞在她脚步之前，但当她踏进每家每户的门槛时，再详述，每个听众仍沾染上了喜气。

面对肖队长时，她看出他诧异表情下的疑惑心思，和年少时无异，那时他以各种挑衅引起她的关注，而她却以任性和倨傲与之抗衡。她想起一度以捉弄他为乐，借以调节田间劳作的疲惫，有时因他表现得逆来顺受而对他满怀怜悯，有时又因他曲解好意而对他满怀厌恶。而今他们在各自的生活中改变了性情，但他仍关心她的疼痛，她依然挑剔他的固执。

你要嫁给我，我早带你去上海看病了。他执着于调侃她的婚姻，她坚持纠正他的执拗。肖队长，闭上你的臭嘴，我们家小向就是比你强！肖队长的妻子常槐香为刘慧芳卧了水波蛋，放了红糖，以此款待她。

夫妻俩都认为是喜讯治愈了刘慧芳身体上顽固的疼痛。

临走时，刘慧芳说，我们家小向不想再种水稻，你怎么看？肖队长固执地说，我还是坚持我的。他脸上对向敬岳的鄙夷之色立刻显露，像是从未卸除。

从肖队长家出来，刘慧芳径直走向藤黄山山洼，向敬岳在围着破土而出的猕猴桃嫩芽忙碌，他试图拓展水源。

你带我去看看金碧山上的草药。刘慧芳手扶腰间说，我去谢谢它们，多亏草药搭救了我的腰。

那移植而至的草药有些萎靡。向敬岳说，这草药并不适合藤黄山。他遗憾地宣告自己这项试验以失败收尾。

刘慧芳蹲下身，缓缓匍匐于地面，父辈们回敬田地的姿势，她从小目睹数次并在心底演绎多次。向敬岳同样蹲下身，缓缓匍匐于地面，俩人仿佛回归父母之怀。

8

自从闻听肖亮对乔志峰入职真相的传言，刘岩与乔志峰交流时，便拒绝与其对视，以此表达内心的失衡。我要结婚了，和梁淑媛，我爸让你一定回家一下！刘岩说，我爸让我通知你回去。说着，顺手翻着三屉桌上的一摞奖状，几本维修类的图书，见那书页中做了详细的笔记，嘴角嘲谑一撇。因为父亲的袒护，他在乔志峰面前处于下风，这是他人生的一个痛点！

乔志峰仍然亲昵地拍着刘岩的肩膀，他不清楚刘岩为何对他封闭内心，但他尝试打开其心扉，并且试图打消其顾虑。刘岩，你该专心考大学，你考上大学，我供你！乔志峰的真诚被刘岩怼了回去，用不着，该是我的就是我的。刘岩在心里早已对乔志峰判了欺骗罪，并不是债。

乔志峰不肯放弃劝说刘岩，我感觉你在拿婚姻和前程当儿戏，你是在挽救什么？是梁淑媛还是你自己？你值得吗？刘岩这次直面乔志峰，你当然不能理解了！他反问乔志峰，你每天都在和矿石打交道，你就没想想，你凭什么和矿石打交道？刘岩摆摆手，算了，我不是来跟你算账的，再说，这是我爸的事，就算我以婚姻为善举，也不关你的事，我又没有索取！这你肯定不理解！你这什么意思，你把话说清楚。乔志峰一时有些发怔，追问道。刘岩却嘲谑一笑说，你没资格管我的事，告辞！

乔志峰迷惘地仰躺在单人床上，怔怔地注视天花板，直到眼睛发酸。乔志峰猛地起身，套上工作服径直来到匡友富办公室门外，举手敲门的刹那，又迟疑着垂下了手臂。走出办公大楼，炫目的朝阳模糊了他的视野。

乔志峰来到汽车队早早接班。在此之前,他从爆破班调到电铲班,很快练就了高超的电铲操作技术。4立方米的电铲,普通司机铲装一列机车八个车厢需要30分钟,他比其他人少用5分钟,但他并不满足。有段时间,电铲故障频发,电铲的电控系数倍数下调了,发电机空载电压下降,电动机的堵转电流下降……他争分夺秒地熟悉它们,熟练掌握了电铲维护技术。他做这些事情之前,翻过许多专业书籍,而在生产现场,他为此花费了更多时间。先进事迹报告中详细地介绍了他的敬业行为,他却并未因此骄傲。

先进报告中提到某次电铲电机故障,当时现场装矿的电铲只有一台,一旦停下来,供矿就会中断,选矿厂就要停产。而这台电铲拉门电机型号特别,应急备件紧缺。他当时面对电机,双手由于内心焦急汗津津的,他爬上电铲顶棚,戴上劳保手套,伸出手,牵拉住门机的钢丝绳,一铲一铲地拉起来,不到半小时,帆布手套被穿破了。当时,血液很快从掌心流出,他咬着牙忍痛坚持。在他的带头作用下,全班开始轮流手拉铲斗拉门,整整坚持了四个班,直到电机修好。这期间,选矿厂的供矿并未间断,这是最大的收获,他的掌心里结下的茧也成了这段光荣往事的印证。而在那些连续大雨的日子,掌子面架头大塌方,一台4立方米电铲深埋于土石之中,为保护采掘作业的主要设备,避免泡坏电机,他连续在现场工作……

乔志峰的工作作风得到了表扬,但他并不认为那是值得表扬的,他只是在传承父亲所具有的精神。

最初,汽车队安排了一辆老解放做教练车,在培训的一年间,他惦记着单独驾驶时能接触到T20大黄车,那是父亲曾经驾驶过的车型。无数次手握方向盘时,他总能感受到与父亲跨越时空的亲密接触。

接班后，乔志峰围着矿车转了一圈，检查矿车的前后钢板、轮胎、发动机有无异响。最早接触重型矿车，他像熟悉一个新朋友一样熟悉车型车况，摸索矿车的个性和特点。渐渐地，他总结出轻车用三挡，重车用四挡，下坡点刹尽量不死刹等驾驶技巧。

这天中途停车等待电铲装矿，乔志峰下了车，借机检查车况，紧了钢板销子，又处理了钢板销子轴套磨损的小毛病。站在与自己身高相当的车轮前，他毫无来由地想到了刘岩，想到他没有说透的话。电铲装矿结束后，他驾驶矿车行驶在山路上，道路坑洼颠簸，驾驶室里闷热难耐。经历过数个酷暑，他早已练就了抗闷热的本领，但一整天，他却感受到异于往日的燥热，可能是因为刘岩的话，留给他无法平息的烦躁。

这天下班后，乔志峰没有搭乘绿色电机通行车离开矿场，而是站在台阶上目送机车远离，他沿着碎石路基边缘向前，以行走舒缓内心的困顿。他心里清楚，长久以来自己始终不愿正视自身，甚至一度让工作俘虏了整颗心，热爱工作，不言劳累，是他一向的工作态度。他意识到自己一直在回避些什么，他必须在今天做出改变。

脱离电机车轨道路基，乔志峰沿着采场开辟的道路走向排土场，越是接近排土场的地界，他的脚步越慢。当他伫立在排土场的边缘时，远远望去，因为防止外泄所做的工程加高了。几辆排土车在现场忙碌，驾驶室里的司机为了创高产完全沉浸在工作中，来来回回在排土场奔波。天热，太阳晒了一天，驾驶室的温度高出场地的温度，驾驶员的工作服已经被汗浸湿了。电铲车在场地间像是一件玩具。直到暮色降临，落日与夜色短暂地工作交接后，排土场才空无一人。

　　乔志峰仰面躺在泥土之上，任由微风吹过他的头发，泥土的气息随风飘散。他耳边回响起大黄车忙碌时所发出的机械之声，这使他提了父亲。

　　多年来，他怯于寻找任何有关父亲的痕迹，不愿接近排土物这片土地，更不愿回望父亲曾在此交付了自己的生命。现在，他来到了这里，来此汲取勇气。

　　直到夜幕覆盖了整片山野，乔志峰才起身离开，满天的繁星下，排土场尽显苍茫之美。

　　归途中，乔志峰绕道家属队开辟的一处空地，他母亲在花青山试种的葡萄在更远处。

　　乔志峰回到矿区时，见匡友富的办公室映出灯光。这次，他没有犹豫，敲开门后，面对匡友富，他直接问道，匡叔，我只想清楚一个真相，我的这份工作原本是向叔的？匡友富凝视着乔志峰，以下了决心的口吻说，我快要退休了，也不想瞒着你，这件事有错的只有我，是我违反了规章制度！弄清了真相后，乔志峰一时不知该如何面对，愣怔了一会儿，他说，我该怎么办？匡友富微蹙眉头，转移了话题，他问乔志峰，这两天矿上从南京请来的潜水员拒绝继续堵酸水，你知道吗？乔志峰摇摇头。注意到乔向峰面露疲惫，匡友富说，为了堵住酸水塔的溢水孔，南京请来的潜水员被水流吸入孔中，虽只是两条腿卡在孔口，但人家还是嫌有危险撤走了。匡友富说，酸水站成立后，我希望把这担子交给你，我也相信你能胜任的。乔志峰的脸腾地红了。乔崇峻去世后，匡友富接力巡查排土场。而在这期间，在选定的地址上盖起了酸水站，架起了一台酸泵，挖了两条沟渠，砌成了酸水池，酸水处理正式启动。可是，匡友富说，至今，酸水处理用的还是土办法，即把石灰直接倒进酸水沟，用石灰中和，处理后的中和液向下游排放。匡友富紧皱眉头说，去年夏天，选矿的千米管道被酸水腐蚀，矿山生产遭到破坏，这种情况不能再发生了。这几天，矿上在处理酸水中出现极不正常的现象，一方面组织人员压水，一方面加大酸水处理量。连续两天了，当班职工都发现大量酸水从闸门底下涌出，每小时流量多达 2500 立方米，是平时处理量的 10 倍。匡友富停顿了一下，抹了一把额头的汗珠，说，志峰，我刚从现场回来，今天酸水流量达 4500 立方米每小时，一两百斤的石块投下去很快被冲跑，成包的沙袋一落水便被冲跑了。匡友富的目光注视着乔志峰的脸，语气缓慢，你个人的事情是小事情，等我处理完这件生产大事……乔志峰打断了匡友富，他说，潜水员走了，我上，我去堵酸水塔的溢水孔。匡叔，我有游泳天赋，得过职工运动会游泳冠军，况且，作为党员，我更不该退缩。

<h2 style="text-align:center">9</h2>

乔志峰已经站在酸水塔面前了，他刚刚确信自己已经征服了内心，扫除了自父亲去世后便盘踞在内心的胆怯，现在，他的内心充满着勇气和信心。天蒙蒙亮，他便从矿区出发，径直来到酸水站，走过那段被酸水冲击过的路面。匡友富和一群工友站在酸水塔下，匡友富表情凝重中带着担忧，志峰，酸水流量还是很大，要不然再等等，看看要不要请一下其他潜水员。

酸水向闸门撞去的声响撞击着耳膜，一阵一阵的酸水冲出闸顶向外喷射，最高水柱达两米多。乔志峰指着示威似的水柱，不能再耽误了，放心吧，您忘了，我是职工运动会游泳冠军啊！在酸水塔外转了一圈，乔志峰很快提出了一个设想，与被吓退的潜水员采取的外堵溢水孔的方案不同，乔志峰决定从酸水塔内堵孔截流。匡友富否定他的提议，那太危险了，而且塔内酸水浓度高啊！工友们也连连附和。但这能节省时间！乔志峰说着已将安全带绑在腰际，并且额外多绑了一条，他又将堵水包裹绑在身上，然后敏捷地跨上了工作摆渡船，等大家反应过来，摆渡船已顺着水流接近了酸水塔。隔着水面，他指着安全带说，放心吧，双重保险！说完便利用事先准备好的钢管探测塔边溢水孔的方位，只见钢管迅速向下滑去，众人立刻配合放送安全绳。抽回钢管后，乔志峰迅捷地抓住扶梯攀上塔端，翻身进入塔内，几乎在眨眼间完成一系列动作，众人甚至来不及惊叹，齐齐将目光盯紧了安全带，随着长度的快速增加，大家的担忧也在加深。塔内，乔志峰双手扶梯，逐级而下，渐渐接近酱色酸水，刺鼻的气味顽强地侵入他的鼻腔。乔志峰逐渐接近水面，先伸出双脚探测漏水孔的方位，一股带有破坏性的吸力奋力打击他的双脚，乔志峰凭借毅力潜入酱色酸水之中。酸水中的乔志峰与急促的吸力抗衡，猛踩水、上浮、吸气。几个回合之后，酸水的吸力渐渐消失，乔志峰已将堵水包裹稳稳地塞进溢水孔。

乔志峰堵截溢水孔避免了酸水失控！匡友富将这个消息告诉了向敬岳，他像是分享了一则期待已久的喜讯。老向，他说，乔志峰提出来酸水站工作了！

向敬岳从向宇村出发前往丹青矿，从丹青采场向东，经过选矿厂、煤气站……他明明清楚不必绕道但他偏偏选择这样一条路，因为这里有他和乔崇峻曾经生活工作的身影。

向敬岳抵达了乔志峰新的工作岗位，但他并未走近酸水站。远远地，他望见乔志峰的工作服上布满了泥土，判断他去处理了淤塞的河道。向敬岳听匡友富介绍说，酸水处理用石灰中和，处理后的中和液向下游排放，常会淤塞河道，每年需要投入大量的财力、物力清理河道，既给农田灌溉带来影响，也使生产各岗位操作劳动强度加大。他想鼓励乔志峰改变现状，但他迟疑了，不知该如何开口。

　　向敬岳独自离开时，乔志峰换下满是污泥的工作服，换上一套干净的工作服，然后赶回向宇村。一路上，他都在想如何加快降低酸水库水位，或者改变工艺，微孔过滤，渣液分流，这些方法他在脑海中罗列出来。刚到酸水站，他便了解到最近同事们正尝试采取向排土场直接喷洒酸水的办法，依靠自然蒸发处理酸水，结果喷洒过程中产生酸雾，对附近环境造成了破坏，而这项试验是否继续正困扰着大家。他以自言自语的方式说出诺言，一定要解决这些难题！仿佛这是一种对池塘、田野、山川做出的承诺。

　　乔志峰站在向敬岳面前，向敬岳身后连绵的山岗像是一幅风景画，充满着蓬勃生命的力量。向敬岳面露欣喜，乔志峰主动开口道，干爸，我回来了！有那么一会儿，向敬岳试图表现得平静，但嘴角的颤抖出卖了他，回来就好！来参加你弟弟的喜事。弟弟跟我说了！乔志峰没有对刘岩直呼姓名。乔志峰顿了顿说，我去酸水站工作了！向敬岳点点头，嗯，好啊！向敬岳嘴唇颤抖着，看上去难掩激动。他低头扯了一把野草，擦拭铁锹尖上的泥土，没有多说什么。

第六章　刻度

1

　　这并非向敬岳人生首次拍摄照片，9岁那年，父亲曾邀请秦淮路上的霞飞照相馆的照相师，携带着木制外拍机来季公馆拍照。站在端坐的父亲身边，他一副内心发怵的样子，父亲端详时显露出纠结和讶异，以及毫不掩饰的厌嫌之情。你看你脱不掉的穷酸相！父亲甩过来的这句话深深刺痛了他，也让他清楚，世界上有一种语言能彻底击碎亲情。他选择与父亲决裂，除了漠视父亲的财富，他还选择终日与沉默厮守。

　　时隔多年，身处向山的向敬岳一家人欢聚一堂，除去向敬岳自己，其他人丝毫看不出有掩藏的秘密，所有的困顿与挣扎在镜头前都化成了喜气洋洋。

　　李极花去铜陵接来了婆婆。李极花清醒后，让乔向嵘为她读婆婆写来的每一封家书，每一封代笔书信的笔迹不同，但内容都是相同的："十元钱收到了。"无疑是向敬岳在延续乔崇峻的孝行。李极花对婆婆讲明了向敬岳的善举，她说，向敬岳做了儿子该做的事情，你要认下他，他是个好人！

向敬岳一家人端坐在相机前，唤他为儿子的乔妈妈坐在核心位置，身边是向敬岳、刘慧芳、李极花，年轻人立在身边。乔向嵘学着梁淑媛挽住刘岩的姿势挽住乔志峰的胳膊，即使李极花以眼神告诫她，她仍不松手。摄影师打开了聚光灯，所有人面带微笑。摄影师认出了向敬岳，他想起这位庄稼汉曾请求他去拍摄丹青山。他答应向敬岳只要付给他钞票他就会去拍照，可惜向敬岳身无分文。摄影师在按住快门的那一刻突然获得了灵感，暗暗惊诧丹青山是不可多得的拍摄素材。

取相那天，向敬岳一点点展开奢侈的 7 寸照，他脸上的表情先是惊愕，接着转为欣慰的笑容，他说，太完美了！背景竟有一处连绵的山岗。

这之后，这位摄影师带着摄影器材，从各个角度、不同时间拍摄过丹青矿山，毫不吝惜胶卷。在暗房里，他挑选出最满意的相纸预备参加摄影比赛。数次参赛，结果并不理想，照片上的露天矿坑毫无疑问与当下审美存在差异。摄影师耐心等待向敬岳出现，他打算向这位庄稼汉悉心讨教，如何深谙丹青山的灵魂。

2

婚礼之后，成了家的刘岩依旧没有放弃出走，他有时从向宇村出发，有时从农机厂出发。当他从农机厂出发时，梁淑媛会提出建议，等你有了路费，有了时间，你去上海吧！去上海看看！她指明方向却从不涉足刘岩的行程。梁淑媛总是在向敬岳面前表现得非常独立，她以神态、语气、行动提醒自己和刘岩，她欠着刘岩、向家人一笔债，并且时刻为偿还做好了准备。她对刘岩强调说，我们不是一路人，你就是走到了上海我和你也不是一路人。

在向宇村，父亲向敬岳曾阻止刘岩出走，你有体力，就干些活，要干的活计堆成山了。向敬岳的言语里总是少不了山的，父子间的争执总是以刘岩的沉默告终，他保持沉默却从不放弃出走。

从农机厂出发时，刘岩沿着向铁铁路，一路数着脚下的铁轨，时而感到莫名的悲哀孤单。他以婚姻的外壳维护了梁淑媛的体面。夜里，他与梁淑媛一帘之隔，他清醒地闭着眼睛躺着。

白天，梁淑媛会收起布帘，将刘岩打地铺的铺盖并排摆在板床上。

我特别感谢你。梁淑媛说话声音很低，孩子出生后，只要有钱我就会弥补你。她压低声音反复强调这一点。刘岩的脸上露出笑容，被梁淑媛认为是傻气的笑容，被异乡人认为是向山人憨厚的笑容。只要想起梁淑媛活着并给了她腹中孩子一条生路，刘岩就不由得这样笑。

梁淑媛结婚后在农机场的院子里，依着宿舍搭建了披厦，点起了煤炉，时而煲汤，时而炒菜，满是烟火之气，虽然她对刘岩表现得特别体贴，但她总是精明地界限分明。

刘岩试图改变梁淑媛的观念或者成见。他说，我父母了解向山每一棵草的价值，都没有伤害的，何况是一个孩子，我们一家人不图什么，得对得起良心，不想内心不安！梁淑媛撇嘴一笑，说，还没有出生，反悔还来得及！因为曾经被欺骗，她对人与人之间的信任缺乏信心，对自己的信任格外吝啬。我从未后悔过！刘岩说。眼神中满是深邃，他说，就像是等待一件事情的真相，那是一个真正的人。梁淑媛不再说什么，她注视刘岩，仿佛刚刚与他相识。目光从上至下，从下至上，仿佛已洞悉他一生中的起伏，不含有表演性质，而她坚持认为生活中需要表演，而所有的

第六章　刻度

表演都是最精彩的。两人争论时，远处的山岗在月光之下出现不同于白昼下的景致，毫无疑问同样是闪着光晕的美妙。

临近高考，梁淑媛的预产期也已临近，她只身前往上海，尽管她暂时不被上海接受，但必须回去，这是她的执念，或者说是她对故土的执念。不需要你去的，你对外人说是留下参加高考。她叮嘱刘岩，并且强调回上海和去上海是不可混淆的概念。

刘岩扶着梁淑媛从向山镇出发，乘坐公交车到达火车站。候车室拥挤不堪，隔着铁栅栏，她对相送的刘岩说，我有结婚证，会找到医院接生的，你回去吧！她不允许刘岩购买车票，哪怕是可以送进车厢的站台票，这样可以省下一笔钱。她说，车站上又没有向山人，我们没有必要为了演戏付出买票的成本。

一个星期后，刘岩进入高考考场，第一天的考卷做得顺手，那些他在铁轨边默记的知识，牢牢印在了记忆中。考试第二天一早，刘岩正准备前往考场，梁淑媛却出现在了农机站，脸色苍白，神情沮丧，一手托着明显下坠的肚子，那是一个习惯性的动作，她站在阳光下的身影却是扁平的。上海的医院进不去，有结婚证也不行。说完，她便向刘岩伸出手，我疼，送我去医院！

分娩之后，梁淑媛安静地躺在洁白的产科病房里，位于矿山职工医院的四楼。洁白的床单、洁白的枕巾、明净的玻璃窗，医生与护士温柔地呵护婴儿，对产妇体贴入微。直到此时，梁淑媛才从连日来的崩溃中走出来，确定自己待在这个世界上的一个平安的角落。

出院后，梁淑媛心有不甘，因为她没能把孩子生在上海。但刘岩却认为她只是追求一种表象，并且，他认为，作为向山的过客，她不具有将向山和上海比较的资格。但他从不插话也不插手，以此遵守他们的承诺。梁淑媛还是决定将孩子养在上海，他们并未因此产生分歧。

3

　　偶尔，刘岩和梁淑媛会一同前往向宇村，作为曾经的知青，梁淑媛是熟悉农活的，她帮婆婆刘慧芳播种、锄草或者砸石子……她挽起袖子，动作麻利而敏捷，脸上因过分卖力而出现红晕。通常，她回来时，刘慧芳已经在家里升起了炊烟，作为爷爷和奶奶，向敬岳和刘慧芳没有像村中老人那样带孙子，但他们会定期收到孩子的照片，满月照、百天照、一周岁、两周岁、三周岁……从襁褓中的萌态到蹒跚的脚步，向敬岳和刘慧芳无不欣喜。唯一遗憾的是，向山哺育的生命，却在上海被养育。孩子暂时起名刘砫，上学后，她还是要改名字的。梁淑媛说。尽管向山人或者说刘岩一家人对她具有救赎的恩情，但她仍坚持按照自己的意志生活。

　　刘砫将满一周岁时，刘岩未能踏入当年高考考场，因为这一年高考招生规则发生了改变，其中有一条规定：考生必须是未婚。

　　我就说过，可以办理离婚了！梁淑媛带着责备的语气，巧妙地推卸说，你没能上大学不能怪我的。离婚手续的办理需要单位出具证明，梁淑媛缺乏去开具证明的勇气，一拖再拖。她对刘岩抱怨说分管工作的女工委员素来对她抱有成见，又是个传播小道消息的高手，她顾虑到会丢失颜面，也畏惧流言蜚语。但很快，她可以放下这种顾虑了，那女工委员下了岗，并且在第一批名单里，而第二批名单是一个悬念，将每个职工的心吊起来。正式职工有人下岗，刘岩的这份临时工作自然遭遇解雇。铁匠师傅已经退休，他留给刘岩的那套打铁的家什，刘岩搬回了他和梁淑媛的家。那个沉重的、冰冷的铁砧盘踞在室内，给小小的空间带来巨大的压迫感。

第二批下岗名单公布之前，梁淑媛主动要求下岗，但领导念及刘岩没有收入，表示为了保障家庭的基本生活，会考虑她在岗，但她坚持回上海去陪伴孩子，下了岗就自由了，工作被她说成了枷锁。很快，梁淑媛被列入下岗名单。

你可以和它们都留在农机厂。梁淑媛指着铁砧对刘岩说。这里留给你，这里是你的家！她表现出了前所未有的慷慨。我回到上海，只要刘砥能在上海扎下根，我们就办理离婚手续。她说到"离婚"总是换成沪语，以便混淆他人的听觉。还有，时机合适，就去切割了那块石头，最好能够还清我欠的债！

梁淑媛这次前往上海，刘岩并未相送，她已不需要再向外人证明什么。对刘岩而言，拥有了这套打铁的家什，便拥有了淬炼和锻造的条件，生活便能以他所设想的轨迹运行下去。

叮叮咚咚的锻打声吸引了向敬岳，他从背影观察刘岩锻打铁器的姿势，同时以父亲的眼光审视他，他从刘岩的背影里看到了自己年轻时的身影。双臂用力的瞬间，向敬岳感到曾经击碎矿石的力气在胸腔撞击。向敬岳走到刘岩面前说，爸爸相信，你要是成为矿工会是个好矿工，因为你是个好铁匠。他看见，刘岩的脸膛上密集的汗珠闪闪发亮。爸，矿工是矿工，我是我，我现在跟铁打交道，不是跟矿石。你要什么农具？我来打！刘岩问。

我准备把这些钱送回去，给妈妈用药！还有向嵘。向敬岳离开时刘岩拿出一个纸包，那里有他打铁的收入。虽然数额有限，但我今后会有办法的！刘岩主动说。向敬岳说，虽然猕猴桃目前还没有取得收益，但我正在物色其他的品种。

　　刘岩点点头，我还是不会回去种田的。接着在铁砧上叮叮咚咚地敲击，并无再多的语言。

　　在这之后，刘岩去了上海。是梁淑媛恳求他，刘砫需要他以父亲的身份出现，向她的亲友证明她所需要证明的。预产期时她从向山回到上海，16平方米阁楼的家中，妹妹开辟出窄窄的过道给她。终归是过渡，要是真能迁回户口再想办法，妹妹安慰她。当晚，梁淑媛用几道麻绳缠着上好的腊肉，揣着结婚证，去找街道主任周家姆妈。周家姆妈与梁淑媛的父辈们早先都是从苏北乡下来沪讨生活，算得上世交。周家姆妈也最清楚梁淑媛为弟妹们做出的牺牲，下乡时，她刚刚年满18岁，原本要顶了病退的父亲到上海的棉纺厂做纺织女工，当时这份工作也是很多城市女孩子所羡慕的。但梁淑媛拥有工作的喜悦也只持续了短短两天，她三妹要下乡插队的消息让她心痛不已。她是家中的老大，母亲在她15岁时病故，父亲体弱多病，大弟又远在东北插队，三妹一向孱弱，虽然过了16岁，却像没有发育的小姑娘。本以为自己有了工作会把三妹照顾得白白胖胖，像一朵盛开的花，但现在，三妹却要到偏远的安徽乡下向山，据说那里虽然产水稻的，但那里的村民却仍吃不饱饭。三妹原本就有胃病，若到了那里……梁淑媛没办法接着往下想。那一次，她取出吊脚碗橱里积攒的机器挂面悄悄包在布袋里，找到周家姆妈替换了妹妹插队向山。至此向山守着她的秘密，什么也没有泄露，却进入了她的人生。

　　居委会主任周家姆妈从前住在上海的茂名南路，当年虽是出身卑微，却因为嫁给了上海滩的学者享过几年福，后来，看着形势变化又早早和夫家断了来往。如今，政策有变化，正盘算着搬回茂名南路。在阁楼窗前，周家姆妈瞥见梁淑媛慢吞吞地走近，她臃肿的身材就像闯入城市的入侵者，而那双眼睛里流露出灼热的欲望。周家姆妈迅速出门闪进另一条弄堂，一连几天，她都躲避着梁淑媛，直到得知刘砡的爸爸刘岩现身上海，她仍未与梁淑媛照面，而是委托梁家三妹转达了慰问。没有人怀疑刘砡是私生子，但上海户口还是要按政策来的。三妹一字不落地转达，并含蓄地加了一句，没有户口也是没有房子的。梁淑媛当然明白三妹的言下之意，但她没有回应。

在很长一段时间，刘岩不求回报地向孩子输出亲情。孩子上幼儿园后开销加大，梁淑媛在上海的临时工的收入极其有限。当刘岩频繁地走街串巷打制铁器时，她便通过书信向他倾诉。刘岩来上海后，梁淑媛特意烹制几样菜来款待他。你是个好人。梁淑媛说，我想报答你。刘岩斜睨梁淑媛，调侃说，报答什么？我是孩子的爸爸！饭桌上有上海人引以为傲的狮子头，还有向山人都拿手的酱鸭脖，几乎都是地方的名菜，他在菜盘间挑来拣去，将梁淑媛的歉意、好意与心意悉数入口，脸上露出心满意足的笑容。小房间的镜框里有全家福以及刘砡的照片，襁褓中的、蹒跚走路的……与向宇村的摆设并无二致。

梁淑媛揉搓着双手，压低了声音，以蹩脚的向山方言说道，暂时还不方便办离婚手续，我想观望一下，看什么状态有利于落户。刘岩撇嘴一笑，想继续说些什么，但张了张嘴，什么也没说。

在上海的街区和巷道之间，有无以计数的营生方式，但刘岩的打铁手艺却毫无现身之所，看起来不仅是没有前景，遭遇淘汰也是理所当然。上海在时代演变中的步伐超出了刘岩的想象，他蓦然理解了梁淑媛的那句话：是要出去，是要去上海！

刘岩从弄堂口走到大马路上，沿着与车站背道而驰的方向大步向前，刘岩决定留在上海，哪怕只是上海的过客。

4

搁置了打铁手艺，刘岩在上海找到的第一份工作是钢筋工，地点是在建筑工地，工作内容是扎钢筋。这种在建筑工地与翻砂一样少技巧无难度、力气要求不小的工种，遭返城知青的嫌弃却被刘岩青睐。庆幸之余他还和家乡"特产"巧遇，建筑工地使用的钢材上的产地标签写着铁城，这些架构起建筑物的核心梁柱让他感到自豪。他想起那条向铁铁路，以及纵横于矿山的内部铁轨，并不长却连通露天矿和选矿厂，选矿厂和向铁铁路是矿石的生命线，也是钢铁的生命线。他露出了淘金者发现了真金踪迹般愉悦的神情，他说，看！这是我老家生产的钢材，我老家生产的矿石！工友们调侃他是矿二代，他也不以为是嘲讽。

在辗转更换工地的间隙，他露宿于城市的桥墩之下。刘岩很快掌握了瓦工、钳工、电工的技术。

虽然同在上海，刘岩与梁淑媛却过着各自的生活。偶尔，梁淑媛会以写信的方式联系刘岩，问他遇到困难没有，必要时去切开那块石头，而其他有关生活的内容以及喜怒哀乐从不提及，似乎这些重要内容存在于生活之外。起初，刘岩回复她，不需要，我说过不需要！后来，他不再给予雷同的回复。

入秋后，梁淑媛给他寄来一件西装样式的上衣，他厌恶那上衣的款式，原路退了回去。

春节时，刘岩从上海乘坐绿皮火车抵达铁城火车站，他从人贴人的车厢中挤出来，刚站定在车站广场呼吸了一口新鲜空气，便被中巴车车主团团围住，仿佛一夜之间遍身泥点的巴士车成为铁城客运主力。私人承包的车显然比公有的公交车灵活，不仅突破了时间限制还延长了运输线路，不仅通往乡镇还通往乡村。刘岩借助巴士车托运了行李后，只身沿着铁路徒步，踏上最后的归途，途经果林、花园、农机厂……农机厂已改换门庭，没有留下昔日耀眼的招牌，作为局外人，刘岩却很怀念在农机厂的时光，这里开阔了他的眼光和胸襟。

你在上海这么容易就找到了工作？向敬岳对刘岩的怀疑并非只是在言语上，他打量刘岩的眼神带着尖刺，使得温情在父子相见的那一刻便不存在了。我比别人差吗？我不该有个工作吗？刘岩粗声粗气地抢白父亲。簇新的外套、闪亮的皮鞋、环形的皮带……刘岩装束的每个细节都流露出都市的气息，但这表象之后所经历的辛酸他不愿提及。刘慧芳只关心刘岩平平安安地回到了家，以及刘岩的人生大事，她说，是时候办你的事了，我们该做的都做了，你把那边的关系断干净，成个家！她没有提及梁淑媛，但刘岩却说，我是一个农民工，我要在城市工作，我不在农村成家！他从蛇皮口袋里掏出在地摊购买的两件上衣，一件夕阳红、一件藏青蓝。这是他平生第一次送给父母礼物，但他只习惯采用质朴的言辞，穿穿看，穿穿看！刘岩说，工作算什么？等我能拿个工程，我就从农民工成了老板！

向敬岳第一次听刘岩说到"农民工"三个字，内心百感交集，近 60 岁了还要努力认识一个新鲜名词。他还没能透彻理解，刘岩却在做着改换的打算了！

天蒙蒙亮，向敬岳出发去藤黄山，责任田的稻谷长势正常，但他收集种子培育的猕猴桃经历了寒霜呈现了枯萎。分了责任田后，村里有很多田地被撂了荒。他想起岳父对土地的爱惜，虽感到痛惜却窘于劝导旁人。

夜里，他辗转反侧，反复掂量"农民工"这个名词。多年来，向敬岳对向山之外的世界一无所知，他认清眼前的世界都需要足够的精力。

过完年，刘岩不顾父母的阻挠再次前往上海，他刚抵达，家书便跟来了。是刘慧芳口述，乔向嵘代笔，千叮咛万嘱咐只有一条本意：回家！刘岩不回信，只时不时地寄回汇款单。刘慧芳在汇款单上盖上红色的印章，交代乔向嵘去向山镇的邮电局取回汇款，有时是百元，最多的一次是数千元。附言说：他已脱离了农民工的队伍，他要自主创业，也许会成为一名企业家。

看到附言，向敬岳提笔亲自写信给刘岩，希望他回到向山。但这些信件无一例外被悉数退回，退回的理由要么是地址不详，要么是查无此人。

5

刘岩错过高考的第二年，乔向嵘却顺利地接到高校录取通知书。她在榜单上看到自己名字的那天，一路奔向花青山。妈妈！她站在李极花垒砌的隔墙边小心翼翼地喊道，希望这个喜讯能打破母亲心中的壁垒。别过来！李极花冷冷地说，她仍然指出一段距离，你离我远点！要不是你，你爸爸就看到我种的葡萄了！

向敬岳夫妇想让乔向嵘在大学开学前再做一次唇部修复手术，这也是乔志峰的意思，并且主动提出费用由他承担。乔向嵘却将日期一拖再拖，直至开学，全家人都在为此焦虑时，她却回复说，顺其自然！

乔向嵘选择矿业专业时，向敬岳坚决反对，你是个女孩子！不仅是向敬岳，包括哥哥乔志峰，大家一致强调这一点。从她得知自己身世的那一刻起，她便觉得自己亏欠太多，她以此为理由说服向敬岳和哥哥乔志峰，我如果不以此报答，我一生都会不安的，何况我热爱矿山！她强调这一点时，脸颊发烫，她低着头，没有人发现她的秘密。在众人劝说无果时，一天早晨，李极花走出房间，在乔向嵝准备回避时，李极花坐在饭桌边郑重地说，我定了，你就去学，而且要回来！她抬眼看向窗外的朝霞，目光久久流连，她说，你总要做出些什么。

在大学里，每次收到家里的汇款，乔向嵝都会脸红。她给哥哥乔志峰写信讲述大学的生活。四年里，乔志峰在酸水站做的试验以失败告终，她鼓励哥哥就像哥哥曾给予她鼓励那样，并为之感到幸福。

大学毕业，她选择回到向山，分配到丹青铁矿工作，在得知分配去向如己所愿时，她将喜讯首先分享给母亲。但那是通过内心独白的方式，她虽然履行了承诺，但她还不清楚自己要如何被母亲接纳、成为她心中的亲人。

其次是将回家的消息告诉哥哥乔志峰，因无法忍受漫长的书信传递的煎熬，她在邮电局拍发电报，一个字一毛四分钱，是一笔不小的开销，邮票邮资八分钱。她注视着精美的邮票，权衡再三还是决定拍电报，并且草稿了电报内容，先是六个字：已分配会团圆！

但又觉得真情流露得太露骨，又将电报内容改成：分配回向山。内容似乎与电报的形式相悖，缺少了急切和速度，尽管这五个字是她一天的伙食费，她还是下定了决心！就在她填好电报单走向柜台时，电话亭吸引了她。乔向嵝走近它，犹豫全消，她急迫地抓起听筒拨通了乔志峰酸水站的电话，她已经半年没有听到乔志峰的声音了，而在电话里倾听是第一次！这组号码是她悄悄记下的，寒假时，她听乔志峰说矿上通信设施升级，他还说今后电话会走进千家万户，她一边悄悄地欣赏他说话时的神采奕奕，一边默念着酸水站的电话号码，记下时她并未奢想会拨通它，一是没有理由，二是过于昂贵。现在，她人生第一次拿起话筒，第一次倾听话筒里的忙音，接着，她通过长途台烦琐的人工转播，一个个拨通她熟悉的号码。

当话筒里传来乔志峰的声音时，乔向嵝脑海里瞬间一片空白。您是哪位，这里是酸水站！哥，我是向嵝！你怎么打工作电话？乔志峰的语气惊疑之中带着震慑，有什么事吗？这个电话虽然是对外的，但工作电话不能占用！乔向嵝手一伸，挂掉了电话。她眼中因激动积蓄的泪水立刻演变成委屈，爬出眼角，这几乎是世界上最憋屈的泪水了。接连几天，为了省出奢侈的电话费，乔向嵝只吃馒头和免费的冬瓜汤。她将学校的生活费分了三份，一份补贴家用，一份积攒了给乔志峰，五毛话费打出了生活费的黑洞，她必须节衣缩食填满它。

乔向嵝还处在打电话遭怼的懊恼中，却收到了乔志峰拍发的电报：猜到你是想家了！这是一份一字千金的电报！乔向嵝回了一封信，解释那是她人生首次体验打电话，而她仅有哥哥工作站的电话号码。她落在信纸上的字迹规规矩矩的，内容也平淡，丝毫看不出字里行间隐含的情感。她没有明确说出回家的日期，也没有说明职业第一站她将在何处落脚。她担心说得很明白，迎接自己的仍是失望。

毕业回乡，乔向嵝乘坐长途汽车到达市区，新近建起的长途汽车站与火车站遥遥相望，组成这座城市的交通枢纽中心。候车室一排明亮的落地窗格外醒目，窗外面是一个圆形的花坛，花坛里的鲜花姹紫嫣红，一片绿油油的草坪连接了街心公园。与公园相邻的是整齐的四层楼房，虽然看到的只是城市生活的一隅，但远比矿山繁荣而丰富。

　　乔向嵘搭乘那一条历史悠久的公交线路。乔向嵘夹在行李之间听着售票员抱怨，售票员说，这条郊区线乘客不是农村人就是矿山人。她还说，这条线好多人带着货占了位置，真讨厌、真烦人！乔向嵘想上前为矿山、为向山驳回面子，但她不愿意承受众人的目光，这是谁的？任凭售票员发问，乔向嵘沉默地盯着售票员不作声，她没有为行李购买车票。在售票员伸手去触碰她行李的刹那，乔向嵘拦在售票员面前，一字一句地说，请你记着，瞧不起矿山就是瞧不起这座城！售票员眼睛睁圆了，乔向嵘使出全身的勇气直视着她，接着她将目光移开，望向远处的花青山，让花青山亲切地走进她的心底。

　　在小街下车后，乔向嵘对自己的落脚点犹豫不决，这些年她享有了双倍的爱，也承受了两样氛围。大脑无法做出决定，她决心听从内心的安排，脚步跟着内心向前走，竟然来到乔志峰的宿舍楼下。她在心里匆匆做了问候，便急急地回家，是矿区的家。在家门外，她鼓起勇气迎接母亲的无视以及短暂的柔和。大学四年，她和母亲李极花形成了一种微妙的关系，她只要说出与矿山有关的学习知识，母亲对她的态度就会变得柔和，并主动缩短相处的距离。

　　家里静悄悄的，空无一人。轻轻解开行李，乔向嵘有条有理地归置行李。家，其实是新家，年前，矿里改善职工住房，分配了新的二居室，位于四楼。

　　窗帘、桌布、挂历……被点缀的房间透出温馨。她轻轻拉开抽屉，笔记本、钢笔、钥匙环……被翻动过，又摆回原位，最显眼的是黄色手帕，这让乔向嵘想起梁淑媛的黄色手帕。别人的手帕揣在口袋里，梁淑媛却系在辫梢，展示出满满的活力。你是不是喜欢手帕？乔志峰问她。不是！她立刻否认。尽管她否认了，但乔志峰还是送给她一条黄色手帕。

闪着金属光泽的钥匙环，静静地躺在角落。得知自己身世那一年，她在夜深人静时悄悄走出家门，沿着空无一人的马路走出了矿区，在通往排土场的路边野塘停下脚步。她之所以选择这里结束自己的生命，是因为这里离抚养他的父亲更近，她想以此结束被母亲无视的忧伤。在走向水塘深处时，他被赶来的乔志峰救上了岸。他交给她钥匙环，要求她活下去破解这钥匙环的密语，这是两人的秘密。

下午，她去向宇村，搭乘矿山的绿色通勤车，下车后，她沿着侧边山坡前往向宇村。一路上，风景是渐渐进入眼帘的，像是一幅徐徐展开的画卷，深入山岗间，夏季的风一路与其厮磨。

正是水稻收割的季节，家家户户都在责任田里忙碌，乔向嵝径直去了斜坡地责任田。远远地，就看到向敬岳向她挥手，他像是一直处于期盼之中。回来了？乔向嵝一瞬间读懂了向敬岳眼中复杂的内容，有关父亲一般的爱，向敬岳没有用语言表达，他搓着手的窘迫之态令乔向嵝动容。

从向宇村回来后，乔向嵝去单位报到，人事科长热情地勉励一番之后，安排她先在穿爆工段实习，接着还会去电铲工段、汽运工段，再到车间技术组。我什么时候去酸水站实习？乔向嵝问道。办事员从一堆表格中抬起头注视乔向嵝，办事员并不关心眼前这位新入职的大学生的理想或抱负，她只在意工作流程。大学生要到基层锻炼，这是规定。办事员公事公办地说，目光在表格中扫来扫去，并未在意乔向嵝的表情。最终，她还是按流程办理了入职手续。

傍晚时，乔向嵝守在乔志峰宿舍楼下等待，等待他房间的灯亮起来。但乔向嵝的守望最终变成了失望，灯光没有亮起。乔向嵝一级一级登上顶楼，从单身宿舍顶层平台的公共区域向外望去，远处的山峦相连，有一段留出空白。她想那应该是丹青山的位置。

回家后，乔向嵘烹烧了红烧肉、青菜、蛋花汤，她翻出早些年使用的白底蓝边的搪瓷盆，想要唤起一些久远的记忆。遗憾的是直到李极花踏入家门，乔志峰也未现身。乔向嵘后来从李极花那得知了乔志峰的去向。他几乎不回家，吃食堂、住宿舍，空闲时间都在工作。在排土场，在酸水站，甚至在我工作的花青山，他跟他父亲一样，几乎没有闲下来。李极花说着，拉开椅子坐下，吃饭吧，不用等他。

乔向嵘点头，她低着头，看着脚尖，亲昵地说，我和妈妈也是同事了。说完她抬起头，欣喜地接到了母亲的笑容，嗯，不错。李极花笑了笑，那笑容恰似激起生命相交集的浪花。

6

安全帽、劳保鞋、工作服，乔向嵘被裹进矿工的装束中。她从单身宿舍楼下经过时，抬头向上看，四层东面第二个玻璃窗是乔志峰的房间，窗户紧闭，阳光映在玻璃上。

跑采场、爬架头，安全学习之后，短短两天时间，乔向嵘走遍了丹青山采场，熟悉了全矿生产进度。丹青山采场进入双壁沟开采，开启深凹露天作业。丹青山采场进入深部开采后，想要增加矿石产量，就得大量剥离岩石，剥岩量开始进入高峰期，产量由 500 万吨向 600 万吨迈进。在她入职之前，丹青山选矿九十系列扩建，丹青山零米沟开拓四项工程都在展开。

酷暑天气，烈日下的采场地表温度高达 50 多摄氏度。白花花的石头冲击着人的视觉，没有风，热。乔向嵘却尽量不喝水，免于女同志无处上厕所的困扰。

乔向嵘没有涉足排土场，那里掩埋了曾经通往向水村的道路，那里有她无数的困惑。她无数次试图破译，在父亲乔崇峻抱起她之前，她是谁？她从哪里来？她不知如何与过往和解，或者遗忘。

爆破班在采场放炮的那天早晨，乔向嵘在前往的途中遇到了乔志峰。乔志峰拦住乔向嵘，你不要过去，走到现场就要一个小时。乔志峰的眼睛里满是焦灼，嘱咐她，丹青山采场很快进入深部开采，暴露的边坡年久风化蚀变严重，脚下容易打滑。

你别管我，这是我的工作。她继续向采场走去，一部分矿工已经在布置炸药了，她即使不亲自动手，也要到现场，在爆破的刹那和爆破班的矿工站在一起，才能感受到爆破的震撼。她忽然涌起一股试探之意，转身对乔志峰说，你要是真在乎我，你就陪着我好了。她使用了激将法。乔志峰果然跟上了她，走吧，我陪着你。乔向嵘检查在爆破岩石上的各种设备的避炮距离，包括正前方、侧面、背面距离。接着她按公式计算爆破地震、空气冲击波的安全距离。尽管乔向嵘走到了安全距离区内，但冲击波的余力还是让粉尘飘扬起来。冲击波扩散的刹那，乔志峰将她拉到身后，他像一堵墙一样站在她面前。她抬起头看他时，无法按捺自己加速的心跳。

粉尘渐渐落尽，在碎裂的矿石间，她和乔志峰几乎同时发现了大块矿石的存在，还要进行二次爆破。你这回明白有多苦了吧？乔志峰说。我知道啊。乔向嵘说，她没有低头微笑，而是抬头直面乔志峰，她微笑着，露出洁白的牙齿。既然学成归来，就好好干吧！哥给你准备了毕业礼物！是不是黄色手帕？乔向嵘问。乔志峰笑着说，我知道你喜欢！乔向嵘看清了他充满希冀的目光中的其他含义。

乔向嵘深深吸了一口气，鼻腔里有矿石粉尘，但她并不在乎，她要把这气息留在心里。乔向嵘说，在生产现场相见，算不算是你送给我的惊喜？

不是。乔志峰老老实实地说，我还想着你什么时候回来呢！我刚听同事说你动了那台电脑，所以特意来找你！

一早，乔志峰在职工食堂遇到统计员，统计员说，你妹妹真了不起，把她介绍给我吧！乔志峰拒绝了统计员，他说，我妹妹有男朋友了。统计员抑制不住好奇追问，是谁？我去跟他竞争！乔志峰不说话，闷头吃饭。统计员说，你妹妹用办公室那台电脑编写了一套自动报表程序。

乔志峰问，我妹妹动用了那台电脑？她回来了？统计员笑嘻嘻地说，回来了，你不知道呀！乔志峰四处张望，食堂里的职工很多，却没有看到乔向嵘。

这天下班后，乔志峰在回家和回单身宿舍间犹豫，他清楚自己对乔向嵘的情愫早已超越兄妹之情，但世俗使他在心坎上建造了一道障碍，阻止了他向前，但很快他发现，那是一股奔腾不息的潮水，会不断地逾越障碍。

抵达家门前乔志峰还是改变了线路，确切地说，是突降的暴雨和尾矿坝崩坝坍塌的广播通知改变了他的路线，他骑上自行车赶往尾矿坝。与此同时，团支部书记得知消息组织了抢险人员乘坐汽车赶往事发地。几公里的路程，乔志峰骑着自行车时而超越抢险车，时而落后，直到抵达抢险现场。

雨，先是细细密密的，接着便像带着某种宣泄的情绪，毫无顾虑地击打着地面，越来越大。

抢险车在坡顶短暂停歇时，乔向嵘透过车窗看到了雨帘间的乔志峰。乔向嵘冲向车门，乔志峰！狂风夹杂着雨水回应她，你不能下车，队长拦住乔向嵘，回到座位上！乔向嵘扑到车窗前，她明白乔志峰想要保护堤坝，这也是她和所有人想要保护的。

那天夜里，自发赶来的抢险人员顶风冒雨干到深夜，堤坝险情才得以解除。在抢险现场，乔向嵘有意避开乔志峰，一方面险情当前，另一方面她不愿意自己满身泥水地出现在乔志峰面前。

第七章　种子发芽

1

睡意尚无的傍晚，乔志峰独自前往灯光球场。自从矿山体育馆建成使用，灯光球场休闲娱乐的核心地位便被取代。入口处据守了一把铁锁，铁丝隔离网已现锈迹，篮球架上的网兜只剩下一部分，落寞地与破败抗衡。乔志峰注视着球场上方失去照明功能的工矿灯，脑海中再现当年坐在父亲肩膀上看球赛的场景，眼角微微湿润。离开时，他沿着原路返回，原本这条被走出来的路通往他的家，现在，这条路经过修葺，铺上了柏油，通往职工住宅小区北区。

从小区住宅楼前走过时，门缝里传出细细的声音，像是来自古老土地的感叹。进出的居民并不留意他，于他们而言，他只是一个过客，尽管他和矿山血肉相连，但在矿山，几乎每家每户都拥有这种宝贵的关乎血脉相连的往事。

记忆中家门外只是一条碎石路，而今是平坦的水泥路，路边修葺了花坛，香樟树枝干粗壮。成排的砖瓦房、土坯房已完全被楼房取代。搬家后，这里已经没有了属于他的空间，但他的念想已经驻扎于此。父亲去世后，母亲分配的住房在南区，需要穿过天桥才能到达。那是架设在铁轨上的天桥，站在天桥上可以看到蜿蜒的铁路。天桥还是一部电影的拍摄取景地，上演的故事中的悲欢离合引来众人的围观，很长一段时间成为矿区人的聊天话题。

乔向嵘蹲在路灯下，被一群孩子围在中间，她膝盖上摊开一本书在讲解着什么，孩子们叽叽喳喳地提问，她耐心地解答。走近后，乔志峰听出她在讲解二十四节气，她解说孩子们从未意识到的那些最珍贵的时光。灯光下，乔向嵘低着头，顺滑的头发披散开，泛着柔和的光泽。她不经意间成为一幅拥有美好韵味图景的核心。

那本摊开的图书有彩色的插图，绘制了山川以及河流，她的声音平和，讲述地理知识时，有一种天然的吸引力。乔志峰等到孩子们散去，等到她从山水之间抬起头。呀，你回来了？她说，接着顺势低下头。现在，乔志峰没有像小时候那样鼓励她抬起头，而是任由温存的气息氤氲其间。过了许久，乔志峰轻声问道，电脑能不能解决一些问题？我想先向你学习使用电脑。

来到办公室，乔向嵘打开电脑，输入密码，进入了虚拟世界。乔志峰问，它能看到酸水库的水位吗？那是有可能的。乔向嵘说。她希望乔志峰能说些工作之外的内容，任何一件都可以。要不要我提醒你，我们说点其他的？乔志峰没有说话，注视着电脑屏幕。

乔向嵘的声音低了下来，哥，如果不是为了生产上的难题，你是不会来找我的，是吗？

不是这样的，都是一家人，说这些干什么？乔志峰说。

你有没有关心其他事情？乔向嵘说，比如说，妈妈和我的关系，我该怎么改变。我们可以和妈妈一起去市区散散心！乔向嵘提议说，她终究没有说出心结。

春天怎么样？或者秋天？我们一起出游。乔向嵘想选出一个日子，理一理与妈妈、乔志峰之间的关系。倒是个好主意，但每个季节都有雨天。乔志峰说。因为关注酸水库，他生活里的日子单纯地分为晴天和雨天。

乔志峰当然明白乔向嵘的意思，但他岔开了话题，那虽然是一件重要的事，但还有比这件事更重要的。乔志峰说，我还是希望先解决工作上的难题。

一时之间，告白与爱情中掺杂的这一"难题"让乔向嵘心里很不是滋味。

去年，酸水站已扩充，正式成立酸水车间。酸水车间成立后，乔志峰想改变酸水处理生产工艺。最早的一套工艺流程仍然是以石灰中和，处理后的中和液向下游排放。在排放中，被中和的液体中的碎块、泥沙在清澈的河道中淤塞，河道变窄，河水也不再清澈。每年，乔志峰和工友们清理河道时都试图将河面还原至最宽阔处，让河水激情四射地流淌，但每一次以最大的财力物力清理河道之后，河岸边的碎石、淤泥仍然日益堆积。

实际上，乔志峰一到酸水站就在匡友富的支持下，采取向排土场直接喷洒酸水、自然蒸发的方法处理酸水，结果蒸发过程中产生的酸雾，对附近环境造成了破坏。就在乔向嵘入职前，这项试验再次以失败告终。连续五年，经历了数次失败，乔志峰还没有从酸雾的阴影中走出来。乔志峰说，向嵘，你都大学毕业了，我还没做出什么！

我们说点别的吧！乔向嵘打断乔志峰，拿出一部市面上刚出现的传呼机，这是我送给你的。你花这个钱干什么？乔志峰说。有了它，酸水站的同事可以随时联系你啊！你也可以腾出时间经常回家了！

乔向嵘靠近乔志峰，灯光下，他眼里闪烁着光。我猜出那钥匙环的谜语了。乔向嵘说，我们有一个只属于我们两个人的家，是吗？

乔志峰说，有些事情被卡住了。你是说妈妈？乔向嵘说，我可以去向爸爸家里，请向爸爸出面的！不是。乔志峰说，这两天，酸水库水位已经达到60米，超警戒线近3米，直接对丹青山采场的稳定形成威胁。所以我们就在排土场围埂筑坝，像建水库一样把中和液存放在里面，利用底部松散的排土岩层自然渗漏滤干，实际生产一年多，却发现干化池的水向酸水库回渗严重。

酸水在实际处理时，石灰中和等前几道工序都没有问题，关键是中和液底泥的处理，放不得，堆不了。酸水治理工艺过不了关，卡壳就卡在这里。乔志峰一股脑儿说完，并没有留意乔向嵘渐渐低下头，眼角发红。

乔志峰与乔向嵘告别时，乔向嵘倔强地提议说，不要等待，那我们一起回家吧，你不要去单身宿舍。乔志峰犹犹豫豫的，他认为还没到最合适的时机。什么样的情形是最合适的？乔向嵘问。

天上突然掉起了雨点，非常不合时宜，而这雨点就像是一个命令。乔志峰毫不迟疑地说，我得去酸水库。

乔向嵘没有阻拦乔志峰对情感的倾斜，那是一种无法取代的爱。

五年来，乔向嵘所列出的酸水中和液、工艺、微孔过滤等问题，有一部分得到解决。首先，采取酸水中和液微孔过滤的办

样是湿润的。

抽屉里有本笔记本，封面上有乔志峰写下的一行字：要快乐、要幸福。她记住了这行字，常常以此化解苦恼。

乔向嵘回到向宇村，默默地打理家务，刘慧芳自然积极地张罗她的婚事。有好几次，她都想将自己和乔志峰的爱情和盘托出，甚至想好了从向宇村作为女儿出嫁来应对世俗的伦理，但她忍住了。

时光识得人间草木，也认下人间悲欢。

三年后，李极花呵护的葡萄挂了果。几年间，四季在她亲手培植的草木间从未虚度，而她所有的愁苦也在花青山被治愈。有时，刘慧芳来到花青山，一路走来的她气喘吁吁，腰疼成了顽疾，使她无法帮助李极花，便开口劝她，你就歇一会儿吧！不行，我歇不下来！李极花正在锄草，伸手比画了一个大大的圆，还有那么多地没有绿！汗水顺着李极花的脸颊慢慢滑下来，静悄悄地摔在地上，隐于泥土。绿，已经是她的夙愿！

如今，刘慧芳对李极花非常钦佩，钦佩她将一件事做到底，钦佩她对葡萄不离不弃，她发出感叹时换了一个角度，她说，极花姐，你干了我当年在矿山要干的事情，我这腰疼是你心疼我让我歇着。她在矿山短暂的生活时光无疑是她人生中的一道光。

有一段时间，向敬岳为乔志峰和乔向嵘的人生大事使出浑身解数，他希望他们到了成家的年龄顺其自然地结婚，希望他们拥有自己的家庭。他和刘慧芳分头试探他们内心的标准，絮叨、敦促，但最终都以无奈收场。村庄中的年轻人多数外出，他们也没有合适的人选。偶尔，两口子会在李极花面前提及，她眼中会闪过一种受到触动的光，嘴角流露出一丝不易察觉的笑，稍纵即逝。

向敬岳夫妻二人后来才获悉了这对年轻人的心思，在得知了这对年轻人的苦恼后，夫妇二人去找李极花，计划以乔向嵘娘家人的立场来说服她。

李极花不说话，她焦灼的目光掠过远处裸露的碎石，就像翱翔的飞鸟寻找栖落的枝头，眼睛里有对茂密森林的渴求。向敬岳看向刘慧芳，彼此的目光里都在打消劝说李极花的念头，因为她的目光中是山，而并非狭隘的个人心思，向敬岳顷刻放弃了劝说的想法。他扯住刘慧芳的衣角，而刘慧芳很快领会，两人动手干活，还是那些活，搬石头、培土、担水、浇灌……

尽管乔志峰和乔向嵘都已经步入大龄青年的行列，但坚持和等待让他们的关系变得微妙。

2

乔向嵘的大学同学贸然造访，她清楚同学不单纯为了同学的情谊，但她出于情谊不宜拒绝。同学清楚她的身世，相见时注视着她的眼睛。而这位同学家住市区，有优渥的家庭条件。简单的寒暄之后，乔向嵘寻思着如何步入正题。她引他欣赏影集，介绍乔志峰，接着点明她和乔志峰在等待什么。男同学诧异之余给出了结论，他说，这是不可能的，你养母需要什么？金钱都能解决。乔向嵘摇了摇头，粲然一笑。她看出男同学的沮丧表情，这是她以同样的方法拒绝的第四个追求者。

同学失望离开后，乔向嵘拉开抽屉，拿出乔志峰的笔记本，乔志峰留下的笔迹很深，可以看出笔尖和纸张在文字间做挣扎。

怎么办？怎么办？乔志峰留下的问句起先以气势震惊了乔向嵘，仔细往下看，原来乔志峰是在追问丹青铁矿的矿产资源。丹青铁矿按年产 600 万吨的规模提升生产能力，只能再持续十几年，而这之后呢？他写了无数个怎么办。这是他所操心的、困惑的。

　　事实上，全矿早些年便进行了丹青铁矿面临枯竭的大讨论，讨论的主题是：丹青山枯竭了，我们怎么办？职工5000多人，加上家属，每一位丹青矿山的采矿人都清楚，矿产资源是一次性不可再生资源，任何采场都要受服役期制约，最终逃脱不了封坑停产的宿命，乔向嵊也参加了大讨论。而经过每隔两年便进行一次的讨论，在21世纪之初，丹青铁矿的每个成员都接受了一个事实：再过10年，丹青山采场将以每年减产50万至100万吨的速度开始萎缩。

　　为降低原矿精矿成本，各个车间通过改革分配制度，强化奉献意识，大幅降低了各类消耗。为照顾困难职工，乔志峰主动减少了自己的收入。乔向嵊得知后，在溢流塔涵洞找到乔志峰，他正在巡查，以防淤泥、杂物进入溢流塔涵洞。酸水处理难题解决多年，乔志峰仍保持着时时巡查的习惯。

　　我想举行婚礼。她大大方方地说。不行，我现在收入太低了，我配不上你。乔志峰清楚这理由无法说服乔向嵊，索性坦诚地亮出他真实的内心，再等等，等我打通另一条出路。乔志峰指向自己的脑袋，又望向远处的青山。乔向嵊顷刻明白了乔志峰的所指。你如果不在乎，我可以等！乔向嵊说着，顺着乔志峰的目光望向葱绿的远山。

3

　　肖队长来通知向敬岳，赭黄山坡处的那块凹地有人承包了。这出乎向敬岳的意料。肖队长不愿意说出详情，你别多问了，别在那折腾了！他丢下通知，挥挥手就走。向敬岳追上他，急急地说，那块凹地，再过一年兴许我试种的猕猴桃就有了收成，咱们村就可以推广，赚了钱咱们村就能致富了。肖队长一边走一边抢白向敬岳，你要做实验，你要换种子，你去别处折腾吧！尽管凹地的猕猴桃长得并不精神，但向敬岳不愿意草率地放弃它们。他想弄清事情的缘由，于是追问道，是谁承包了？承包了干什么？你不告诉我，你总要告诉慧芳吧！他笨拙地搬出慧芳以便套点近乎。无可奉告！肖队长干脆地说。向敬岳又想起自己对草药的许诺，我也要承包！他说。已经迟了！肖队长回答说，人家办了手续。

早晨，向敬岳先去责任田，虽不是好稻田，但稻谷仍然按部就班地生长。接着，前往藤黄山。沿途的草木种类繁多，榆树、楝树、阔叶松、刺槐、荆棘草……有些他还没有认清。他深感愧疚，因为窘于承包费用，而辜负了这片土地，他许诺说，我就是不要钱也来干活。他在凹地间的几株猕猴桃秧下，边侍弄边等候这片土地的承包人，但直到中午也未见人影。直到猕猴桃需要架藤的时节，他的等候也没有收获。

不忍错过时节，向敬岳仍是按照售卖种子的农技员老田所教的方法架藤，一边弄，一边想起老田的预判，他曾以专业的口吻提醒他，只能期待好的结局，或者说是一个奇迹。老田是在得知他苦寻种子后，主动联系他并支持他试验的。

猕猴桃的长势虽不理想，但显然未放弃对春天的热爱，每一片叶子都在极力生长。他长久地逗留其间，不知不觉藤蔓都爬上了他捆绑的支架。

傍晚，向敬岳在山坡撞见了肖队长。我看这些果子还会结，就来接上了藤。山坡上非常闷热，向敬岳手上无意割出的伤口已被汗水浸泡发白。肖队长摇摇头，你这是何苦呢？又没有收益！肖队长绕过向敬岳，接着走上山坡，顺手折断了一棵矮松枝，站在高处指点，扯了，都扯了，别没事总是到这里来。谁承包了这山？到底要干什么？向敬岳再次追问。肖队长却绕开了他的追问，让你弄掉你就弄掉！尽快弄光！肖队长丢下话向山上走去。很快，他的身影翻过山岗消失了。向敬岳继续接架，肖队长越是不说清楚，他越是认为自己没有放弃的道理。这天，他将猕猴桃架归置好，离开时，夕阳落在枝叶间，使得这片寂寞的山坡拥有了韵致。

　　第二天傍晚时分，向敬岳在猪圈拌入饲料，一道夕阳散落在食槽之上，向敬岳的双手不由得抖了一下。隐隐的惶惑穿风而过，向敬岳匆匆走出院门，在村口稍做犹豫，直奔藤黄山。

　　远远地，向敬岳的视觉便受到猛烈的冲击，他精心扶持的藤架被拦腰斩断，猕猴桃秧与之悉数倒在山坡之上，叶茎和藤条染绿了山坡。向敬岳内心一阵绞痛，眼前一黑，山坡上晃动的人影成了一片灰。过了许久，一个人影从灰色中摇摇晃晃地走近向敬岳。向叔，早就让你不弄，现在我们费了好大的力气，您这是捣乱！又来这块儿干吗？人影站在高处，对向敬岳挥挥手，快走吧，莫要来了！这是你承包了？向敬岳听声音辨出是肖亮，吃惊之余提出了疑问，你就是那个承包者？你爸说的有钱人就是你?！向敬岳刚平复的心脏又被揪了起来，这次他猛然睁大眼睛，看清了眼前的年轻人。确实是肖亮！肖亮见向敬岳盯着自己，便伸手胡乱挥了挥催促说，别看了，快走吧！

　　你承包了要干什么？你就不能让它们再长长？向敬岳对肖队长很不满，你爸爸还瞒着我。肖亮走下高处，说，看你是长辈，我们才帮你扯了这些累赘，霸占别人承包的山不好吧？向敬岳满脸通红，他并非感到羞愧，而是为年轻人的气焰气恼。他气咻咻地转身离去，脚步乱了，但他仍然走得很急。直到到了村口，向敬岳的脚步才慢下来，他弯着腰，手臂交叉护着前身，像是五脏六腑在忍受着一种刺痛。

向敬岳慢慢踱到肖队长家，他从村上走过时，村庄静悄悄的，一些村民已早早睡下，一些醒着的村民在自家院落里打扫落叶，村头的银杏树叶子撒满各家院落。

敲了半天，肖队长家的大门仍对向敬岳紧紧关闭。

4

稻谷收割后，向敬岳抽出时间在生产队的打谷场打谷，土地承包后，打谷场昔日的热闹不复存在。

向敬岳闷闷地坐在打谷场，直到暮色降临。他仰头望向天空，月色如水，在这样的月光下，人的牵挂会变得既纯粹又绵长。向敬岳想起藤黄山，下午，他听村民说，肖亮承包了藤黄山饲养跑山鸡。他起身走过村庄，他想，他并不是去看那些所谓的跑山鸡，他只是去看望藤黄山。

山坡上盖起了简易的房屋，没有鸡舍的雏形，墙壁单薄却很严实。向敬岳的心向下沉，不可扼制地向下沉。他在半山腰发现了硕大的土坑，泥土还有着潮湿气，有山风拂过的倦怠。他担心在凹地会出现不得不接受的现实。他站起来，在月光下一步步迈向凹地，果然，土壤之下裸露着温润的石头，无力承受的疼痛迅速包围了他。

沿着山坡，向敬岳还发现了一条新开辟的山道，拖着脚步向前，他心中充满了惋惜之伤。藤黄山在不合适的时间以极不合适的方式改变了。他也不知该如何安慰藤黄山。

向敬岳再次敲响了肖队长的家门。肖队长抱怨他惊扰他人的好梦，接着奚落他踏足他人的地界。我们岁数大了，总要顾及脸

面，我儿子的事我都不过问的！肖队长下了逐客令，向敬岳却不
肯迈出脚步，养个鸡，为什么把山挖成那个样子？藤黄山不能深
挖的，藤黄山不答应，政府也不允许滥采滥盗。向敬岳说。

我是村长还是你是村长？这是你操心的？肖队长说，肖亮带
头致富，我们村也能好过。向敬岳语塞，他明显感受到良心被折
磨，他怜惜藤黄山遇到了铁石心肠，那命运的改变令他忧心。肖
队长显然早有准备，见向敬岳迟迟不肯离开，他下了床，从抽屉
里拿出几个小本本，在向敬岳眼前晃了晃，喏，你看看，经营
证、许可证。

向敬岳想看个明白，却被肖队长搪塞说，不早了，快回去
睡吧！

向敬岳慢慢踱回家去，一边走一边在脑海中勾勒出一个庞大
的计划。在接下来的日子里，他辗转于山峦之间，希望能找到一
处像藤黄山一样的山，既可助他接着试验新的种子，又可让他守
望丹青山，而金碧山无疑是最适合的。

5

赶在除夕之前，向敬岳打制了一张新的八仙桌，以便除夕夜
两家人能团聚。早在腊月初，他便将多年来收集的枯树、石块
一一陈列。向敬岳找出险遭遗忘的工具，墨盒早已干涸，勾兑了
溪水后，墨汁便灵动地复苏，而发锈工具稍加打磨便发出愉悦之
声。多年来，夫妻俩总是盼望刘岩回家过春节，却次次落空，成
了奢望。

除夕夜，向敬岳拿出那份存款。这些年，他不断地催促乔向
嵘去做二次唇部修复手术，却总是被拒绝，而备用款一直在增
加。每当收入有了结余，他和刘慧芳就会加进去。第一笔资金已

经有些年头了，钞票也更换了版本。

这里还有你父亲存下的，给你做第二次手术的。向敬岳对乔向嵘说。钱数增加得慢，让他感到歉疚，但如今他有了些底气，我相信如今种庄稼也能负担得起，你拿去用，这是我和你爸爸说好了的。乔向嵘仍然拒绝，她说，我有工资，该我孝敬长辈，何况我并没有感觉我有缺陷。她走到镜子前面，大大方方地面对镜中的自己。镜子有心，照见坐在门边的乔志峰看着她，她的嘴唇、她的微笑、她的脸庞，没有一样是需要动用手术刀来使之更加完美的。

你不用，这钱继续留着！向敬岳说。我有个打算，我需要钱，但我不会动用这笔钱的，我想承包金碧山，有一小块就行！向敬岳说出了自己的决定，农村进行了第二轮土地承包，想种什么自己说了算，我想弄块试验田，再把责任田改种！房间里突然静了下来，八仙桌上的菜肴受到冷落，大家都在咀嚼向敬岳的话，滋味各异。刘慧芳眼圈一红，她最清楚这些年向敬岳为找到合适的种子花费的心血，先是草药，接着是猕猴桃，四处挑种子、院里试验、山坡栽种……同龄人都外出打工赚钱，有的还赚了大钱，向敬岳却成了一名探索者、赤贫者。她抹了一下眼睛，仍使用那句陈年的劝慰，算了吧，日子比以前好过多了。但这次向敬岳提到了承包费，她就多说了句总结语，极花和孩子挣钱不容易，工资还要有大用场，你不能支借！李极花却直接表态，我借！

乔志峰和乔向嵘对视着，最后还是乔向嵘开了腔，她脸上还留有惊讶之色，她讶异于向敬岳的心思落于金碧山，讶异于向敬岳将自己的命运与金碧山相连。

乔向嵘没有直接说金碧山，她首先说丹青矿，这是向敬岳最在意的话题。她说，干爸，你不是一直问我超细碎吗，我跟你详细说说吧。丹青山矿资源快要枯竭了，贫矿就通过碎矿破碎机改造，提高精矿品位，也拓宽了铁精矿的销售市场。乔向嵘介绍得很详细，接着她又抛出一连串提问牢牢吸引了所有人，生产工艺怎么衔接？物流怎么衔接？物流里的泵站能否把粗颗粒正常输送……乔向嵘站在灯光下，橘黄的温暖灯光使她与所讲的故事明艳而动人。

乡村上空的爆竹声渲染着喜庆的氛围，焰火与万家灯火争奇斗艳。

有了设备和工艺，我们丹青矿就不会因丹青矿枯竭而没有出路。兜兜转转，乔向嵘终于将中心落在了金碧山。乔向嵘说，金碧山的矿石特点是贫细杂，可行性报告得出的结论是开采是亏本无利润的，那么，应选用什么样的生产工艺使得生产出来的产品能满足市场的需要呢？

乔向嵘接着说，办法就在这里，通过工艺设备改进，使金碧山的矿石发挥价值，而且目前已经具备了条件。随着金碧山采场的建成投产，在超细碎工艺实施后，通过超细碎粗选流程，再经过磁选机粗选，入选原矿品位能够提升到30%以上。由于在此过程中同时进行大量抛尾，使选厂的原矿处理能力由原来的500万吨每年提升到700万吨每年，而这项超细碎选矿新工艺在国内外冶金矿山中尚属首例。

一口气说了这么多，乔向嵘眼圈忽然红了，金碧山铁矿为她带来了无尽喜悦，也带来了无尽期待。

我做得太少了，我只是团队中的一个，我还要做更多。乔向嵘说。

李极花站了起来，主动走近乔向嵘，这是乔崇峻离开后，她第一次主动走近她。她伸出手轻柔地触及乔向嵘的头发，以一种肯定的口吻说，你做了很多。

向敬岳感激乔向嵝的良苦用心，也并没有因此失落，而是为金碧山的未来欣慰，那将是丹青山的续写。但另一个疑惑让他心下一沉，他向乔向嵝求证，藤黄山属于国家规划矿区吗？当然属于了，乔向嵝说，藤黄山已探明含有绿松石！

大年初一，向敬岳便去了藤黄山，见原本平整的山坡到处都是采挖的痕迹，而那空空的鸡舍更像是一出戏的道具。向敬岳去找肖队长，直截了当地问，你早就清楚藤黄山是国家规划矿区？你也知道那山里有值钱的绿松石？肖队长戒备地问，谁说的？向敬岳说，我要早知道，我该好好爱护它，我居然还想在山坡上种猕猴桃。肖队长见状，立刻附和说，不种就对了。转而他心虚地说，你可别声张，肖亮需要人手，采矿加你一个一起发财！

我是来劝你的，你劝劝肖亮，不养鸡就不要乱挖了，乱挖乱采不合理，也不合法。肖队长眉头越皱越紧，向敬岳加重了语气说，不好好爱护藤黄山，那也不合法！肖队长脸色很沉，语气也很重，你这教训谁呢？谁不合法了？快走吧，别在这儿扫兴！向敬岳说，肖亮就算是合法，也不能乱挖啊！肖队长不再搭腔，将电视音量调高了分贝。

悻悻地走出肖队长家，向敬岳径直去了镇办公室，值班的工作人员对向敬岳的到访诧异不已，向敬岳同样免去了拜年的礼节直入正题。他说，我等不及过完春节，我是为藤黄山来的。

6

7月的一场暴雨后，丹青山采场东边负 59 米台阶出现坍塌，抢险通知一经发出，各个岗位便派出了抢险人员，大家都清楚如不及时采取措施，坍塌就会危及 50 米铁路站线，造成丹青山生产瘫痪。乔向嵘到达采场时，雨水将边坡冲出道道沟壑，她沿着大块岩石登了四个台阶，查看塌方部位。给出应急措施后，乔向嵘一直守在现场。直到抢险结束，她才在抢险队伍里看到乔志峰，四目相对，两人都被彼此浑身的泥水逗笑了。天边的雨在倾泻之后便退出天地之间，阳光从云缝间探出来，迅速消弭了几分湿意。

找了一块大石头，两人就地休息。乔向嵘指给乔志峰看天上渐渐走近的两朵云，此情此景，让人安适并且不能忘怀。乔志峰明显感到内心有些情愫不再安静，他说，向嵘，我去跟妈妈说，我不想再等了。乔向嵘环顾四周，脸色通红，她不愿拒绝乔志峰，但是她仍想再等等。她希望得到母亲的祝福。乔向嵘说，我有一种感觉，我们越来越接近妈妈的期待了。

年初，金碧山开工建设，乔向嵘更加忙碌，她参与解决的很多技术问题关乎全局，除此之外，她更庆幸自己是一位见证者。边坡管理、吨矿炸药爆破以及丹青山的深凹露天创高产，每一项奇迹都使她对丹青矿矿山有更深的认识。如今，面对金碧山，作为核心技术人员，她心怀超越长辈的责任感。

从金碧山超细碎中心控制室一路巡查，在自营检修的现场，细心的乔向嵘发现，厂家送来的辊轴承箱端盖紧固螺栓与轴磨机架体装配尺寸有误差，现场检修工忙进行比对，果然有两毫米误差。这微小的误差使乔向嵘绷紧了神经，对于价值几千万的高端精密设备，一丝一毫的差距就能造成巨大的损失。乔向嵘以此告诫身边的每一位检修职工，直到查出是设备厂家犯的错，她才长舒一口气，当下决定采用沉头螺栓。拆卸、扩孔、研磨、加工，直到传感器信号正常，空负荷试车正常，重载正常。直到黎明到来，乔向嵘才感到疲惫袭身，而这早已成为她工作的常态。

　　这年，李极花重新在收养乔向嵘的日期处做了标注，她还想选个日子作为乔志峰的婚礼日期，挑来拣去的，最后决定找向敬岳夫妇商量。

7

　　那天早晨，李极花在前往花青山的途中，发现沿途发生了巨大的变化。花青山生态试验园建起了养鸡场、养猪场；沿着花青山贫矿线复垦荒地 50 亩，分别种植茶叶、板栗等，建起暖房、恒温大棚、鱼塘、养鸽场、花卉种植场，以及葡萄园。看着眼前的风景，她畅想好起风景孕育的好前景。

　　见到向敬岳和刘慧芳时，她脸色通红，道路、幼苗和成片的绿色在她的脑海中闪现，她先是说做出了妥协，表示希望两个孩子结婚，并请向敬岳向他们转达她的想法。接着，她为向敬岳做了决定，你这么有心找种子，猕猴桃不合适，为什么不种葡萄，你就种葡萄！

　　要种葡萄，就在责任田里种葡萄。向敬岳下了决心，但他认为自己首先要了解葡萄的历史，对他来说，这是个重大的决定，因为它关乎土地的命运。

　　责任田里，夫妻二人虽然忙活，但收成不高，抢收了水稻，虽不再交公粮但也只够温饱，并没有结余。向敬岳认为是因为没有找到合适的作物，是他没有深入了解土地以及土壤。

8

　　葡萄到了采摘的季节，李极花招呼向敬岳和刘慧芳来分享收获。这年，葡萄进入对外销售、创收的阶段。收购的商人开来了小型货车，花青山因为葡萄而打开新的局面，丹青矿的一些职工在葡萄园里忙着采摘。

凌晨时分，采摘好的葡萄分类排列完毕，每一串葡萄上都覆盖一层诱人的果霜。葡萄扎根的土壤中，李极花搬运而来的河泥、沤肥的土壤充分发挥了作用，经过李极花的努力，葡萄并未辜负使命。

从花青山回来，向敬岳去了向山镇上的超市。他在水果摊位前观察葡萄，青色的、紫色的、淡黄色的……颜色各异价位也有区别。他没有看到产自本土的葡萄，花青山的葡萄顺利销往了外地。

从超市出来向敬岳去了新华书店。在农业书籍里找到与葡萄有关的内容，图书虽然不是新的版本，但其中所介绍的葡萄品种却让向敬岳大开眼界。向敬岳忽然想起刘岩，第一次强烈地意识到，刘岩的离开，并非单纯地追求财富，而是要逃离狭隘的、束缚的生活。

9

农业书中列出了有关葡萄的最基本的栽种条件，地势、光照、土质……向敬岳将责任田摆上台面，一一比照，以期选择的责任田能体现作物最大的价值。

按照书上提及的时间，来年春天，向敬岳从李极花的葡萄架上截取藤枝，挑选生长健壮的赋予使命。向敬岳在带有坡度的责任田开辟葡萄的领土，当他将葡萄枝深入泥土的刹那，他恍惚觉得，那6厘米长的枝条正在他体内生长发芽。

偶尔，他会望向藤黄山，肖队长和肖亮的私自开采遭到了制裁，矿石被保护起来，藤黄山的创伤得以治愈。

葡萄出苗后，向敬岳总是担心秧苗会遭遇不测，为防止村庄家禽啃食，他圈围上了栏杆，并在田边搭建了草棚。夜里，他在田野之中巡查，堵住土壤间的小小洞穴。同时，他给益虫留下生路。在稻草的清香中，他会想起最初在矿山的时光，难免会想起乔崇峻，每每这个时候，他会起身走到棚外，星空下，田野空旷而寂静。他的世界不大，但也不小！他打量葡萄嫩绿的芽，葡萄叶迎风纷纷点头，他和它们相约，好好成长，我总要做些有意义的事情。

葡萄进入挂果期后，水是不可缺少的，向敬岳制订了浇水计划表格，对土地上每一株葡萄的用水量都不含糊，他像对待朋友一样嘱咐每一株葡萄喝水。而在雨水密集的日子里，他在田埂间挖出沟渠排出积水。

整个挂果期间，向敬岳都揣着心思忙碌。夜里，他也会去葡萄园，每每这个时候，刘慧芳都会醒来，只有见到向敬岳平静地踩着夜色归来，她悬着的心才落回去。尽管向敬岳轻手轻脚的，她依然能借着月光辨清他的身影，他瘦弱的肩上扛着一副重担。

采摘季到来，向敬岳选择在一个晴朗的天气采摘。左手掌托住果穗，右手握住剪刀，在果梗基稍一用力剪下他收获的第一串葡萄，浆果饱满，水分充足，他轻轻地放下它，接着重复同样的动作。

这年的 7 月，葡萄上市的时节，金碧山工地上基本完成了前期开工建设，机电设备安装也同期基本完成。是乔向嵘将这一讯息传递给向敬岳的。

8 月的一天，向敬岳在将葡萄送往李极花帮他联系的物流处时，深感体力不支。他从葡萄园简易的休息棚离开后，依然坚持前往赭黄山，几乎数着脚步一步步挪上了山顶，这天是金碧山选厂带负荷试车的日子。那片土地上正在进行开工仪式，他捕捉到了彩带落下的瞬间。

采摘季接近尾声，向敬岳登顶被保护的藤黄山，耗时明显增加，但揣在心窝中的情愫却并未减弱。在山顶可以俯瞰向宇村新修建的宽阔的柏油路，路边整齐伫立的路灯，使赶路的人不再苦于黑暗。

2月，葡萄进入了休眠期，每天早晨，他都会在棚内剪枝。一个清冷的早晨，他手中的长剪无法用力，起初他认为自己是因衰老而体力下降，蓦然间丢下长剪离去。他沿着山道一路前往，村东的田地，冷霜在阳光下无声地融化，水珠剔透。

村里的一些村民也学习种葡萄，但他们所选的凹地并不适合栽种葡萄。那你说适合什么？你是想自己闷声发财，不愿意我们种吧！责任田的村民将他早些时的叮嘱抛到了脑后，曾经水稻亩产最高的地块儿遭到了质疑，村民无法接受。向敬岳坚持说，我看这块儿地还是种水稻更有收益。

对分散在山岗间的责任田，向敬岳曾细心地梳理过，但村民们并不以此为依据，这是他没有料到的局面。

虽然最终以沉默结束了这场纷争，但向敬岳仍然闷闷不乐。刘慧芳从闲言碎语中理出了头绪，她发现致力于理解土地、理解山草的向敬岳很难与村民透彻交流，他给出的那些真诚建议显然超出了村民的认知。

葡萄的棚架下聚集了乡亲，刘慧芳拿着随身携带的板凳过来，她不确定自己能否解决矛盾。她把有关葡萄的栽种特性逐条分析，一些人就此摸索出了向敬岳栽种葡萄的经验，并且判断他们的责任田适合葡萄生长，而一些人则固执地认为，改种葡萄就是在违背土地的操守。

镇上的农技师得到了消息，方知向敬岳的思路与专家不谋而合，盛赞之余，推广并推举向敬岳为因地制宜小组的带头人，向敬岳步入一种领航者的状态。村民陆陆续续地拾起了责任田，在向敬岳的指导下培育葡萄。到了果实挂藤之际，村庄中的果香走家串户，溢满了向宇村。

肖队长回到向宇村，他来找向敬岳。站在堂屋内，阳光照进来，金色的光芒洒满了室内。他们都已经上了岁数，而曾经活泛的较量也已颓丧。私采被处罚后的几年间，肖队长总是以时断时续的方式介入农事，他先以做工的身份混迹于城市，后又和肖亮拉起一支队伍，成员多是村中的壮劳力，试图在城市开创出一条致富之路。在领教了城市建筑工地的钢筋铁骨以及遭遇工程层层盘剥和工程款拖欠之后，人员涣散，最后彻底解散。向敬岳钦佩肖队长的闯劲，但他轻视其为了谋财而伤害藤黄山的举动。而面对肖队长的窘境，向敬岳对他再次宽宥。

向宇村的房子成了肖队长最终的居所，老房子需要修缮，但他已无力支付。昔日气派的基石与村庄新近崛起的楼房极不协调。向敬岳承诺协助他种葡萄，并且愿意将自己的责任田分给他负责，因为肖队长昔日分得的田地更适合栽种水稻。

接连多日，向敬岳看到肖队长早早就到田间来。在向敬岳看来，肖队长应更能领悟土地的意义，只是他被财富的欲望征服了。这并非他一人的误区，向敬岳明白这一点。

这一年，葡萄园大棚里，葡萄架攀缘着，长势喜人。售卖葡萄的收益向敬岳积攒起来，打算交给乔志峰，以便促成他和乔向嵘的婚礼。乔志峰的单身宿舍在簇新的建筑面前明显落伍了，昔日的气派被掩盖。打开乔志峰的房门，房间里很整齐却落满了灰尘，未清洗的工作服遍布污渍，墙角的霉斑格外招摇。虽不善于料理家务，向敬岳还是想帮乔志峰清洗工作服。拿起衣服的瞬间，他想起了刘岩，但当乔志峰回来后，他没有表现出对刘岩的强烈挂念。他只是抱怨，你和向嵘抓紧成亲，别像刘岩一样不让我省心！乔志峰涩涩一笑，这些年，他总是去寻找刘岩，却不断地遭遇拒绝。自从得知自己入职丹青矿的真相，他就始终在寻找弥补的机会。向爸爸成全了他，而刘岩明显受到了伤害，改变了人生。他无法改写过往，只能寄希望于未来。然而，在刘岩出现时，他却选择违背刘岩的意愿，遵从了自己的内心。

10

刘岩回到向山后径直来找乔志峰，两人面对面坐着。刘岩甩出一个信封，这里有些钱，你拿去，给我爸妈，别告诉我爸是我这个农民工的钱！葡萄丰收了家里不缺钱，乔志峰说，你该回去看看二老！刘岩退一步，算了，就算你去帮帮我！转眼，刘岩又重新安排了这笔钱的用处，你跟我干吧，这算我给你的工资！乔志峰摇摇头说，我还是觉得矿山更适合我！刘岩撇嘴笑了笑，听说你有段时间都领不出全额工资了，你还在这干什么？我最近包工程，你跟着我，能有很多事情做！刘岩说，你该认清一种现实，矿产资源是一次性不可再生资源，任何采场都有服役期的，最终逃脱不了封坑停产的命运。丹青山采场开始萎缩了，是不是？是的，但有工艺改造，比如碎矿破碎机改造，而这些又用到了金碧山的生产上，你知道吗，这些向嵘都参与了。

乔志峰注意到刘岩并没有用心听，他仍在盘算自己心里的一本账。乔志峰问，你最初没有本钱，是怎么做的生意？刘岩指了指自己的胸脯，他想这不用过多解释。但乔志峰不明白，他继续追问。刘岩说，本钱就是我自己，深入地说就是我的性命！

这些年，因为没有户口，刘岩以建筑者的身份暂居多处，最远时他去过新疆，更多的时间在上海。最初，他在工地扎钢筋，原本以为工期结束自己就会失业，但很快他发现，圈定的地块上，脚手架、深挖的地基，等等，都在教给农民工如何寻找活计。他从一处工地换到另一处工地，工友们住在简易的活动板房里，矮的上下床铺，与私拉的照明电线，烟味、汗味……在凌乱之中，刘岩坚持学习，看上去与周围的工友们格格不入。取得造价工程师执业资格证书后，刘岩不再以农民工的身份寻找工作，他成为工地上的造价师。他数次往返铁城，第一次在铁城钢铁公司销售处周旋，他所在的工地停工好几天，因为钢材太过抢手，供应不上。刘岩发现了商机，并赚得第一桶金。刘岩不愿将自己的故事披露过多的细节，他将自己的成就归结为运气，而并非勤劳致富。我是个穷人。他常常如此自嘲，当他改变了穿着，并且指定了地点与梁淑媛见面时，虚荣心得到了满足。这些年，刘岩申请离婚多次，梁淑媛始终不愿办理离婚手续，理由是，她欠着他一笔债。财富让他的离婚成了一场拉锯战，说起来，他当年的义气和善举在都市里被传为笑谈，也许这样的举动只适合发生在向山的土地上。但如果时光倒转，他还是会这么做。

我说了这么多，你又在做什么？刘岩问道。乔志峰说，做生态复垦！

还是那些吗？林业复垦、建筑复垦、养殖复垦，说这么多，你就是不肯帮我。刘岩注视着乔志峰身上的工作服，衣袖处的褶皱里藏有矿粉和泥土的印记，衣服洗得发白，从中能看出沉积的时光。乔志峰诙谐地说，对了，我在矿山也开的"大奔"，并不比你的大奔逊色。刘岩清楚，乔志峰所说的是矿车。看见乔志峰沉浸在自豪之中，他的思绪开始漫游，也不再想说服乔志峰。

　　你把钱收着。我不要，我也不跟着你干！你收买不了我！乔志峰直截了当地说，你要建筑岩石你就去申请开采，违法的事，你不能干！你要是干了，我不会坐视不管！

　　刘岩最终放弃了采挖山石。采挖山石这条生财之道刘岩曾亲自考察过，那次他带了两个兄弟驾车悄悄回到铁城，下榻在铁城的实鑫酒店。他站在16层眺望，他曾经从向铁铁路徒步到城市东南方，那里的辉煌正被新城区取代。而他站在这里，像是个异乡人。

　　白天，刘岩躲在客房里看电视打发时间，以防遇见熟人，跟班的两个兄弟一个来自江苏，一个来自上海，以游客的身份外出，畅游于湖光山色之间。

　　夜里，他们驾车来到向山，从市区到向山的道路两边的山岗都被推平了，一些建筑已完工，一些建筑正在建设之中，不难看出城市的规划已向向山延伸。他产生一种穿越之感。汽车进入乡村，路面虽平坦，道路却曲折。窗外的田野在月光下随着山岗起伏，像是在奔跑。他选定了远离向宇村的翠山，那里隐秘而沉寂。车到山脚，三人下车观察，谋划中的采挖完全可以实施。建筑石料价格上涨，他计划着采挖些碎石回去，节约成本。选定了隐秘的作业点，做好标记。回去时，在途经山间道路时迎面遇见孤单的行路人，那背影庄重而沉稳，刘岩猛然认出那是父亲向敬岳，他像是守护者又像是茫茫夜色中的摆渡人。他想起父亲带他爬山的往事，而他的这次夜间造访，父亲居然也未曾缺席。

　　那次夜间考察后，刘岩答应了乔志峰的邀约，他本想利用乔志峰的歉疚之心为自己把风，没想到却遭到了乔志峰的拒绝。与父亲巧遇和与乔志峰的相遇让刘岩迟迟未下定挖掘之心，最终，他退回了预定的卡车和挖机。

断了盗采的念想，刘岩一时没有想到突围的办法，无法解决工地上遭遇的瓶颈。最难的时候，发完手下人的工资，刘岩身上只有两百元。除夕夜，他蹲守在拖欠工程款的那人的住宅外，与寒夜和冷风欢聚一堂。母亲打来电话，他将手机调成了静音，虽然谎言是可以编织的，但他必须将话费消费降到最低，他要把钱用在刀刃上。

刘岩后来从事废旧钢铁回收工作，他将以商人的思维对前景的预判分享给乔志峰，今后，回收钢材普及，矿石就会越来越不值钱，别以为矿工有多了不起。在乔志峰面前，他始终没有打开心结，没有成为矿山工人是他一生的遗憾。

有关废钢回收，刘岩说的话乔志峰听了进去，并且时常咀嚼，在他看来，这其中不无道理。

第八章　半城山水半城诗

1

　　得知乔志峰在金碧山的具体工作后，向敬岳感到不可思议，而乔志峰对他详细描述的生态治理的亮点，让他陷入更深的迷惑，那是一种全新的生态模式。他半路改道与土壤打交道，不得不说是一种挑战，向敬岳不能理解。向敬岳企图在乔向嵘那里得到答案，乔向嵘嘴角呈现出微笑的弧度，她说，他正在实现梦想。她复述了乔志峰的口号，酸水人有着自己的发展方向：环保、拓荒、植树。将矿山建成一个生态环保园。

　　向敬岳决定实地探访金碧山。一路上，他走走停停，借以缓解体力。接近金碧山，道路边的护栏连接着细细水管，他猜出这是乔向嵘所说的抑尘喷淋系统，绵延有 2000 余米，形成了一道消尘的水墙。接着，向敬岳视野里出现了一道绿色的屏障，建在采场西部，长度与水墙相当，他凭着堤坡上栽种的各色植物判断这是处生态隔离堤。隔离堤在露天采矿和城市之间构筑了一道绿色风景带。

向敬岳亲眼所见，金碧山采场基建剥离工程在全面推进采场剥离的同时，绿化生态措施工程也在加紧进行，香樟、黑松、火炬松和白杨树……向敬岳认出生态堤上端的几株树苗。而铁路、汽车联合运输的方式，更是让他为之感叹，由此，乔志峰、乔向嵘令他自豪，他眼中闪烁着光芒！

向敬岳想找到他们，伸出手，拥抱他们。他希望能够以一个过来人的身份嘱咐他们，善待金碧山，记得把金碧山还给这片土地。

事实上，乔向嵘正在调试现场，金碧山选厂72小时不间断重负荷联动试车，终于宣告成功。超细碎决定了金碧山选矿厂的存在，而且吸纳了丹青山选矿的长处，把以前的磅站输送变成自流输送，不再配置磅站输送，降下了高额生产成本。而向敬岳看到，破碎机置于采场，汽车运输距离短了，采剥山土也减少了。他不了解的是，渣子也能对外出售，而品位提高，选矿就能增产。

向敬岳也并不清楚，那长长的生态隔离堤上有乔志峰为之付出的无数个日与夜。

乔志峰是在处理涵洞淤堵时收到通知的，一个是丹青山尾矿库、排土场进行生态恢复治理，一个是有关金碧山绿色矿山开发。他从涵洞的流水声中脱离出来，给乔向嵘打电话，这是他期待的消息，乔向嵘那头电话却总是无人接听，他猜测她正在工作，如果紧急他需要连打三遍，这是两人的约定，否则，就要到午休时间。他犹豫时，乔向嵘的电话进来了，她说，你接到通知了？我知道了！乔向嵘的笑声传了过来，乔志峰听着却隐隐地感觉那笑声是在泪水中浸润过的。她说，我终于明白你说的出路了！

新的工作内容使乔志峰预感到，那将是以前不曾发生过的，是将改写历史的。

金碧山初期剥离阶段，每天剥离山体的表土被保护起来，它们一部分献身于绿色隔离堤，一部分为采场基建分忧，还有一部分将移至丹青山复耕。很长一段时间，乔志峰成了与泥土打交道的矿工，这让他乐此不疲。

生态隔离堤庞大的体量决定了其惊人的工程量和堆筑量。500万立方米的堆筑量，乔志峰想到这个厚重的数字并未感到压力巨大，相反心里感到踏实。他所参与建设的，不仅仅是矿山，还有景观带，随着隔离堤延伸的大面积绿色，不仅是他生活中的亮点，也是他人生中的亮点。

这天，向敬岳走了很远的路，将金碧山的亮点一一圈定。回去的路上他走走停停，在观景台远眺时，他没有找到脚下这片土地与矿山有关的痕迹，因为没有任何标识说明，这里或那里被采挖，同时被保护。

后来，向敬岳远远看到一群游人，色彩鲜明的服装散落于绿色之中，其中一部分是中学生，校服上有鲜明的图案。有游客举着手机拍照，向敬岳辨清那镜头对着的正是藤黄山。

回村的路程很漫长，一路上，他在心里与乔崇峻絮絮叨叨。老乔，虽是亲眼所见，但我仍然认为我是在梦里啊！我看到生态工程、绿色矿山，但我没有看到排土场！他自嘲地说，乔崇峻，我们老了。

2

乔向嵘那天下班回家，离开岗位时，她已在这里连续工作了

12 个小时。作为技术人员，普及数字化在金碧山绿色矿山的运用，是她的新工作内容。

严格来说，是向敬岳的探访金碧山之行，促成了乔向嵘和乔志峰的婚礼。向敬岳建议乔向嵘载着李极花去生态隔离堤。从生态隔离堤回来，一路上，李极花都不说话。进了屋，妈！乔向嵘颤抖地喊了一声。李极花立在桌旁，她张张嘴，嗓音里有微弱的声响。李极花伸出手臂，伸得长长的，伸向乔向嵘！

婚礼并不奢华。他们购买的新房在城区，而城区与矿区并无太远的距离。尽管两人以各种理由推脱，但三位长辈仍固执地造访两人的新房。房间里整整齐齐的，墙上张贴的娃娃喜笑颜开地迎接三人。一张是李极花张贴的，一张是刘慧芳的杰作，正对着床铺，他们用意明显，婚礼虽迟，但生育不能拖延。

向宇村发生了很大变化，村道治理了，村委会为了推广葡萄种植，请来农技师讲解有关品种、施肥等方面的知识。葡萄销售进入尾声，三位长辈有了空闲，便会齐齐造访新房。

餐桌上，李极花和刘慧芳已将食材烹饪妥当，补钙的棒骨汤放了菌类，按照食谱搭配的，他们都希望乔向嵘能多吃点。

乔向嵘站在门边，她倚靠着门框，咧嘴笑着，这是她最明显的特征，喜欢笑。亚麻黄的肌肤和一双大眼睛，要细心打量才会发现美，并且识破她唇上的笑，只有最亲近的人才清楚，她的笑并非仅仅出于喜悦。

每次老人离开后，乔志峰都会联系刘岩，无一例外，转达二老的思念。乔志峰和乔向嵘举行婚礼，他也是来去匆匆。无论你有钱没钱，你都没有理由不回家！乔志峰训斥他，不再顾及内心的歉疚。

这次，刘岩在向山，不过，大家都没有收到他的信息，也没有发现他，并不知道他正在前往金碧山生产现场。这次，他为泥土而来。接到乔志峰的电话，他直接说明了来意，有基建就需要土，我来买土，来给家乡造福，金碧山开采也不需要排土场了。乔志峰想打断他，刘岩却不给乔志峰说话的机会，这次我光明正大地购买，你可以帮我引荐。乔志峰想让他明白，源于生态观念与生态保护措施，金碧山的剥离土不会再在排土场，也不会再形成酸水的威胁。

电话的那头，刘岩一口气说完，然后等着乔志峰表现出惊喜，乔志峰却表示了遗憾，他跟刘岩讲过了在有效利用土地资源的理念下，金碧山剥离土的几种用途，以及一些土备于复垦。刘岩显然很意外，他打断乔志峰，你怎么又跟我说复垦？乔志峰耐心地说，将来要复垦耕植的土现在就要保护起来。照你这么说。刘岩抢白乔志峰，金碧山的土还是属于金碧山了？乔志峰还没有回答，刘岩又抛出了另一个打算，还是和买卖有关，我不买土，我买废石总行吧！或许无法再接受否定的回答，刘岩说，告诉你个地址去等着，我马上到，不许告诉乔向嵘！刘岩一进门，乔志峰立刻接上电话的内容，买废石也不行，现在科技、工艺水平大幅提高，回收利用这些资源被提上了日程，排土场、尾矿库都存在再开发利用的可能，你说的废石就可以成为建材的原料，包括极贫矿，都可以增加效益。刘岩举起手，指着沙发，妹夫，你请坐！这事你别管了，说这么多，我收购碎石碎土跟你有关系吗？刘岩斜靠在沙发上，你得到的够多了，工作、向嵘、我爸。刘岩坐正了，以便控诉的声音更顺畅。尽跟我说大道理，你不帮我你看看你的良心。刘岩开始以人性挑战乔志峰。

你现在要的这些既不是我的，也不是你的。乔志峰说。有钱也不能买！我可以欠你一辈子，但我不允许你欠下向山一笔债！乔志峰神情严肃，带着思考的凝重，见乔志峰态度决绝，刘岩不再吭声，点燃了嘴角的香烟，独自吞云吐雾。

刘岩这次回来本想和铁矿做成两笔交易，即便被乔志峰拒绝，他仍不愿放弃，几番运作无果，他不确定这里是否有乔志峰作梗。离开之前，他绕道向宇村，在晨雾中，看见父亲向敬岳打开家门，走出院门，远处的藤黄山呵护着村庄和小小的家的院落。他远远地看着，想起那次夜晚的相遇，父亲俨然是山岗的守望者。

3

肖队长来找向敬岳，建议向敬岳不要再坚持发酵、施农家肥，产量太低了。肖队长压低了声音说，村上好几户人家产量高，你以为真的是按你的方法？他们早就变了！向敬岳说，用了什么也要保护土壤吧。肖队长却诡秘一笑。

肖队长离开后，向敬岳总结了葡萄的生长条件，几年下来葡萄的根系发达，吸水性强，对土壤的要求虽然略有下降，但土壤的肥沃度、排水性等都跟上来了，也没有出现植株腐烂死亡的情况。根据以往经验总结再加上大棚呵护，他还是有信心稳产的。但是，葡萄喜欢光，对光照特别敏感，阳光充足，叶片就厚实，植株就健壮，花芽分化得好，果实不仅味道好，品相好，产量也高，能卖个好价。对于光照，他是无法把控的，而光照不足，葡萄很容易发生病变。他理清了思路，打算去找肖队长。这几年，他都坚持遏制病变，尤其在雨季要花很大精力。他也清楚，很多农户不舍得花费精力，选择打药，但是架不住有些人为了产量和品相完全依赖农药。想到这里，向敬岳不免忧心忡忡。

向敬岳清楚地记得肖队长对葡萄的随意态度，在从向敬岳这里了解了关于葡萄的学问之后，肖队长便自己承包了田地与他彻底脱离。很快，他便带动了更多村民，甚至推广到邻村，成了镇里带头致富的标兵。肖队长的感召力，向敬岳倒是佩服的。

向敬岳在肖队长承包的葡萄园里见到肖队长，见他拿着瓶子正在兑药，向敬岳脸色陡然变了，喝道，葡萄还没病，你就给它吃药？不是药！肖队长说，各有各的办法，我的办法和你商量过的，你到底同不同意用？昔日的肖队长再次成为肖队长，声调也提高了，他并未意识到，那命令式的语气与最初乞求的样子存在明显的错位。他态度强硬，并且翻出了旧账，一笔本应由他买单的账。肖亮被罚后，他将举报这笔账算到每一位村民的头上，毫无意外最终算到向敬岳头上。我们家肖亮还不是因为你？是你吧？肖队长说，不过我不跟你计较，我对得起自己的良心，我都是为了带着大家致富，我没有私心。

向敬岳陷入了沉思，见向敬岳不吭声，肖队长放缓了语气，他说，施化肥、打农药也是规模化生产的需要，何况还有农技师指导，你就和大家走一条路吧！

我不干！向敬岳干脆地说，显露出倔强农民的本色。

下午，向敬岳去了村委会，他仍然试图说服肖队长，但肖队长不为所动。最后，肖队长选择了折中之法，他说，你按着自己的想法去做吧，咱们看最后的收益。向敬岳也在乎最后的结局，回家和刘慧芳商量，又喊来了李极花。李极花已经退休，但她依旧与葡萄园为伴，她只关心葡萄的生长，并不关心产量，她的初心更坚定了向敬岳的初心，向敬岳不再动摇。

肖队长引来的收购商频繁现身葡萄园，与此同时，向敬岳的老客户还未上门便递了话，毕竟肖队长的葡萄品相好、产量也高。当向宇村种植户的葡萄踏上旅程，肖队长重拾了自信。他曾陪着收购老吴来评鉴向敬岳家的葡萄，摘一颗丢进嘴里，嗯，不错，是不错。老吴没有品尝，他打量通体晶莹的葡萄，似乎看出向敬岳付出的心血，连连说，长得这么好，不容易！葡萄棚里，有着农家肥混入泥土的味道。

接到收购老吴的电话，向敬岳很平静，老吴的语气充满了歉意，他说，老向，对不住啊，我都没脸当你面说，肖队长试销的葡萄一抢而空啊，他的葡萄卖相好啊，市场就吃这一套啊！

向敬岳和刘慧芳动手采摘葡萄，每一串都被温柔以待。葡萄们并不清楚境况，果味正跃跃欲试地踏上打开人们味蕾的旅途，它们尚不清楚自己那天然的质朴，将导致征途崎岖。

向敬岳竖着耳朵等待，仍没有接到收购电话。他将葡萄摆放到竹篮里，抬到三轮车上，驾驶三轮车前往向宇村之外。向山街上的葡萄很多，那些经过农药和化肥洗礼的葡萄都闪闪发亮，不明真相的采购者聚拢过来，赞赏着，品尝着，购买着。向敬岳孤单地站在街边，脚下的烟头渐渐燃尽最后的亮色。

城管光顾了向敬岳的摊位，他说，这里不许摆摊，赶快走，要不然就会被没收！向敬岳像是为葡萄找到了出路，他说，收走吧！不浪费就行！城管打量着向敬岳，对他的诚恳很不屑，你不要用这样的招数，我是秉公办事！

我说的是真的！向敬岳活了一大把年纪，仍然没有成为会表达的人，心里着急，更没有心思组织语言。他调动了身体里所有的力气，将葡萄搬上三轮车，在城管的注视下，将三轮车开进城管大院。进门的瞬间，他回忆起城管所在的位置曾是一片农田，是丹青山铁矿外田野的一部分！

向敬岳的慷慨之举，最终以劝回收尾。乔志峰赶来时，向敬岳正蹲在三轮车边守着他的葡萄，他低着头微微闭着眼，身体缩着。

　　干爸。乔志峰轻轻喊道，心头一酸。向敬岳猛然抬起头，见是乔志峰，爬上他眼角的皱纹舒展开。我的葡萄这么好，种出来不容易，他们却不要！向敬岳说，语气带着沉重的憋屈，这些葡萄跟有些葡萄不一样啊！向敬岳仍然没有表达清楚他所要表达的想法。

　　乔志峰驾驶着三轮车，载着葡萄和向敬岳，一同经受路面的颠簸，一个个颤颤巍巍。出了城管大院，乔志峰一路向前，途经岔路口，他将车缓缓停在路边，前方就是矿山食堂。干爸，我知道你是真心送葡萄。他说，你也不是钱多，你是为了葡萄。向敬岳叹了一口气。乔志峰接着说，干爸，你送错了人啊！向敬岳一时有些诧异。乔志峰说这些葡萄的种子来自我妈吧？那就是来自花青山，不如把葡萄送给酸水站的职工，送给选矿的职工，送给丹青山的职工啊！

4

　　乔志峰给刘岩打电话，告诉他自己换了手机号码，随时可以联系。刘岩回他，咱们两个没买卖，也没什么可联系的。你要做生意，那就看着生意的面子回一次家。乔志峰搬出了葡萄。得知父亲的处境，确切地说是那些葡萄的处境，刘岩盘算了一番，立刻给了回话，这单生意有得做，我亲自操作。刘岩以生意人的口吻结束对话。乔志峰听出这话音背后复杂的情愫，微微一笑。
　　刘岩开着轿车径直去了葡萄园，身后跟着一位年轻女子。这些年，梁淑媛与他若即若离，而他身边的女孩总是以生活助理的身份自居。向敬岳和刘慧芳以各自的目光审视女孩。女孩大大方方的，回敬两位老人微笑和坦诚的目光。向敬岳和刘慧芳凑近，向敬岳悄悄说，这个合适！什么合适？爸，你又想多了！她是我助理，来帮着销售葡萄的，我不帮你卖掉，回头你又要讨伐我，我可承受不起。刘岩亲昵地调侃道。

助理定制的葡萄包装袋是傍晚时送到的。凌晨，助理招来的小时工悉数到位，纸质袋上印有葡萄，新印刷的葡萄比葡萄本身还要逼真。纸袋说明上印有产地、联系方式，说明直言不讳：最自然的葡萄，送给热爱自然的你！

朴实的葡萄带着真心告白发往上海。

加上运输成本，运往上海的葡萄销售的结果并不理想，但对向敬岳而言，这并不重要，他相信在长久的角逐中，他的葡萄会让消费者吃惊。这一次，他没再对刘岩的身份、收入来源质疑，并不是出于对刘岩的愧疚，而是因为刘岩成为他种植理念的支持者。

刘岩破天荒陪同向敬岳登上了赭黄山。放下了出走与逃离，不再执着于山岗的石头、土壤带给他的磨砺之感，刘岩与家乡的山岗达成了和解，以及与父亲的和解，或者说父子间从未有过分歧，只是各自追求不同的人生。丹青山已经进入南坡的收尾阶段，负 200 米的坑底，看上去像是一口锅。

丹青山的最后一次爆破是在它奉献了两亿多吨矿石之后，在最大直径 1000 多米，最深负 200 米的坑内完成的，那是个终结的时刻，也是永生的时刻。

因忙于葡萄，向敬岳并没有见识到最后一次爆破，每当想到这里，他的心就会一阵绞痛。

长久的拉锯战之后，刘岩与梁淑媛进入了稳定状态，他在上海买了房，最终刘砥落了户，梁淑媛再未提及其生父。他赶回向山前，梁淑媛来找他，看得出来梁淑媛精心打扮了自己。我也要去向山，去看望爸妈，这次不许拦着我。刘岩仍然阻拦她，你好好想想，什么时候确定了没有违背自己的心，再去！

乔志峰来向宇村时穿着工作服，身上黏附着泥土，金碧山铁矿绿化生态措施工程仍在加紧进行，最近，在铁矿边界防洪堤上开展种树植竹，全长3000多米。同时乔志峰计划加入丹青矿排土场绿化团队，理解母亲之后，他一直在寻找机会，与母亲在同一片土地上谱写绿色。他甚至想出了认养方案，长久地维护计划种植的一千余棵香樟、黑松、火炬松、白杨树……因他已在金碧山生态堤实践过，他有这个信心。

在葡萄园前，面向赭黄山，乔志峰指着绵延起伏的山峦说，不种树的部分同样会平整、覆土、削坡、播种、浇水、施肥。50万平方米几乎是半座山的面积。干爸，什么样的植物能四季常青，什么样的种子能开出五颜六色的花朵？他想找向敬岳取经，很大的成分是想得到精神上的支持，母亲给他的足够多，但他渴望来自父亲的支持。向敬岳笑呵呵的，石头上种花种草，首先要有土壤。等你种的时候要确保花青山排土场的土壤适合你所种下的种子。这句话提醒了乔志峰，他想起刘岩曾觊觎金碧山矿的地表土，不由得冲刘岩笑了笑，他说，我明白了。

两个月后，花青山排土场开始绿化施工，施工果然是从泥土开始入手的。整座山覆盖土壤再改良土壤，土壤来自金碧山的种植土以及挖来的塘泥。从山脚到山顶，渐渐地由乔志峰和工友们踩出一条路。后来修筑的便于工程机械进出的道路便以此为基础。175米高的平台是用丹青山的土壤垒就的山岗，站在顶端，乔志峰会想起父亲、风以及灰尘，常常让他流泪。土壤之中混入了几十吨羊粪，将羊粪搅拌成营养水，灌入喷播机，喷播机即时掉转喷头的方向。避开风向还是弄得近处的人满身满脸，乔志峰并不嫌弃，常常在工友们的哄笑声中笑着流出了泪水。几百斤种子运来后，乔志峰扑上去相认，高茅草、野麦、格桑花、蜀葵、蝴蝶兰、野菊……惊蛰过后草籽撒遍整座山。谷雨之后，仿佛在一夜之间，花朵漫山遍野地绽放。

乔志峰心里有他一直想要绿化的区域，一些废弃的采矿作业区域。开采以后的山体纵截面与地面几乎垂直，在这样陡峭的坡面上进行复垦复绿难度大，他始终怀疑其可行性，并和乔向嵘争论，直到乔向嵘怀有身孕，他才放弃争论。想将风景留给后代，那是无可争论的。很长时间，他常步入寂静的丹青矿，最后一次爆破之后，尚未撤离的设备无助地与之对望。

得知针对丹青山露天采矿场西南角约 1 万平方米裸露岩石边坡，矿领导请来了专家给出了进行生态恢复和环境治理的方案，乔志峰激动得一夜未眠。两个月后，他开车载着向敬岳前往丹青矿，一路上，他没有提及参与治理过程中的苦与乐。到达目的地，他才交出一份惊喜，像一个学生交出满意成绩。向敬岳细细看去，边坡上植被覆盖，树木成行。乔志峰介绍说，专家给出的方案是采用乔灌木和绿化草皮相结合，先锋物种和后继物种相结合，外来物种和本土物种相结合，落叶物种和常绿物种相结合的多种组合的种植方式。向敬岳频频点头，还是专家有办法啊，这要是几十年前，想都没法想。

得知刘岩决定接手家里的葡萄园，乔志峰说，你看，我现在的主要工作是复垦、绿化、生态矿山开发，你今后种植葡萄，我们的工作都和生态有关，我们没什么区别了。不一样吧，我又不只是种葡萄。刘岩仍倔强地反驳。

乔志峰狐疑地问道，除了葡萄园，你还想弄什么？石头、泥土我都会捍卫的。刘岩撇嘴一笑，你别紧张，我没有要做什么。他很快将目光望向远处，他说，近些年国内钢铁业遭遇市场寒流和铁矿石价格大幅下跌，你清楚吧？乔志峰点点头。

刘岩接着说，美国的废钢回收率占50%，你知道我国占多少吗？乔志峰说，10%。刘岩点头微笑，正确！乔志峰也找到了答案，你还是要干废钢回收？我支持！刘岩，我说过的，你比我有出息！

刘岩曾沿着父亲走过的道路前往金碧山，沿途曾经存在过的凌乱与黄土被绿色覆盖了，在苍翠的山峦之间，刘岩渐渐读懂了人类生命本身的意义。

第九章　直播地质公园

1

　　乔志峰将消息带回向宇村时，向敬岳正在处理葡萄枝，植物对入冬的敏感并不逊于人类。乔志峰来到他的身边，说，干爸，矿里决定了，丹青矿坑将改造成丹青湖！

　　赶在注水之前，乔志峰陪着向敬岳去了趟丹青矿坑，像是去拜访老朋友。

　　丹青山采场仍然是敞开着胸襟，阳光落在停摆的机车、牙轮钻、电铲、大黄车上，随着太阳的移动，光影改变着，明与暗交替着消逝。向敬岳目光里流露出一种深深的眷恋。他沿着卡车的道路向下走，车辙印时深时浅。在最低的凹地朝上看，每一处坑壁都是立起的山岗。

　　坑底一丝风也没有，明明很安静，向敬岳却听到了深沉的吟唱，夹杂着剧痛、欣慰、喜悦、悲伤……

　　归途中，向敬岳久久注视着窗外，不放过一处风景。接近向宇村时，远远地看到刘慧芳笑眯眯地向他走来，迎着阳光，她的笑容也变得明媚。刘慧芳歉疚地说，我要不是这老腰吃不消，我就陪着你了。这一辈子，从我认识你，我总觉得你心里有一个影子，你夜里常常出去，我都知道，你在纸上画呀画，我也知道，你心里住的是谁啊？刘慧芳并不需要向敬岳给出答案，她说，你心里住的是山，是丹青山，是整个向山的山，你走不出去。向敬岳颤巍巍地伸出手抓住了刘慧芳的手。

2

乔志峰再次陪同向敬岳外出，是去丹青山地质文化公园，那时乔向嵥已为人母，在家休产假，她嘱咐乔志峰去过丹青山，再去金碧山山体公园。她说，两处一起看，既有过去，还有未来。

一路上，向敬岳絮絮叨叨的，他说，不想占用乔志峰的时间，但他没有力气再攀登藤黄山远眺，他一定要去看一眼丹青湖。

汽车进入山道，山道已在原有的路基上新铺了沥青，路面上绘制了红、黄、蓝三条彩虹环线，乔志峰说全长有20公里。向敬岳下了车，拾级而上，乔志峰数着台阶，一共一百级。气喘吁吁间向敬岳明白了这百级台阶的含义，百年丹青山，诞生、成长、蝶变，不仅实现了自身的涅槃重生，还塑造了一座城市的命运与气质。公园入口是一块硕大的原石。乔志峰说，这块原矿石在边坡的半山腰被发现，那天，丹青湖第一次注水，洗去泥土和砂浆，露出富矿的真面目，在场的所有人都认定它是丹青矿最初的原矿石。

接着，向敬岳看到了电机车，乔志峰介绍说，这辆用于展示的电机车由一个火车头和一节车厢构成，安置方向由北向南，还原矿山从采矿到选矿的场景。向敬岳点点头，他心中的感叹无法汇成语言。

乔志峰没有说起，建园时，近十支施工队伍进场，大大小小几十个施工面同时作业，将近三个月时间，他吃住在现场。

在那些日子里，乔志峰和工友们拆除完所有的老房子后，又接着清理、装运建筑垃圾，砍去杂草、平整地基，并让贯穿采场工艺全流程的牙轮钻、矿用汽车、电机车、电铲和推土机回归。露天矿山的采装设备每一个重达100多吨，退出丹青采矿现场的功臣与向敬岳相见，他的目光久久停留在上面。向敬岳问道，这些设备成了公园的展示品，那金碧山用什么设备？乔志峰说，等一下你就看到了。

一条蜿蜒的大理石观光步行道向前延伸，路边由墨绿和紫红相间的红花檵木和苍劲翠绿的罗汉松点缀。登上观景平台，向敬岳终于与丹青山湖面对面。

丹青山湖水深200米，面积约1平方公里，水面平静，微微泛起水波。乔志峰说，丹青湖仍在工作，通过水系循环利用，全部供给生产用水，实现了绿色转型发展，环境效益和社会效益的双赢。向敬岳欣慰地点点头，立于湖畔，可以看到远处的山峦起伏，呵护着丹青湖。一阵电机鸣笛传来，运送铁矿石的电机车由平台下穿过。乔志峰说，那车厢里是由金碧山运出的矿粉。

离开时，向敬岳又去看了他曾去过的边坡。这些扎根的植被有郁郁葱葱，发挥着护坡、固土、滞尘、固碳、释氧及改善微环境小气候的生态服务功能。

去金碧山，沿途一路花草树木，绿化养护人员在给草皮和花草浇水，翠竹间的飞鸟时时在车前带路。车过生态堤，他看到正在开采的矿坑内只有几台矿车，而早期开采的矿坑已填平，泥土覆盖其上，有人在种植白杨、香樟等。乔志峰说，生态修复施工人员利用早期剥离的黄土固定边坡，仍是黄土覆盖植树。当向敬岳认出石彩河水源地时，他惊奇地发现有人在投放水草以及螺蚌和鱼类等一批水生生物。

抵达此行的目的地，乔志峰说，金碧山采场的矿车是无人驾驶的。向敬岳吃惊地睁大了眼睛，乔志峰接着说，无人矿车能在负80米工作面和负40米破碎站进行循环作业。去年，金碧山产线智慧控制中心在选矿上开展工序协同联动，向敬岳吃惊地问道，这叫什么？智慧制造！乔志峰指着远处两层楼房说，那是办公室，在办公室生成矿床模型，然后与采场设备相连，形成动态管理，遥控指挥。在生态环保方面采取综合抑尘技术，包括云雾抑尘技术、湿式收尘技术。干爸，金碧山职工在办公室通过电脑操作，就可以进行破碎、磨矿、磁选等作业生产，真正实现了自动化、数字化和无人化。乔向嵘就是要让您亲眼看到绿色矿山、智慧矿山呀。

3

村中池塘里荷叶舒展，荷花出淤泥而不染。每天早晨吃过早饭，向敬岳会到塘边站一会儿。塘边的山以及树，像极了他家乡的风光。年纪越大越容易陷入回忆，他明明已经遗忘的场景不断在脑海中浮现。

房前一条青石板路，还有池塘，蹒跚走路的他站在门边张望，借机溜出家门。他在塘边捡起荷叶盖在头顶，那是当时他能想到的最有趣的游戏。家人很快会发现他，他的游戏总是在呵斥声中坠落。

在要被送到南京城里去的前一天夜里，有个女人来到他身边，坐在黑暗里，并没有点灯。女人的手指凉凉的，轻抚他的身体。他能感觉到指尖停留间隙的震颤，他佯装沉睡，是因为他担心醒来后女人就离开了。

业儿，你听得到我说话吧？你要记着，我是你妈！不要忘了妈，妈会惦记着你的！他听到女人伏在耳边悄悄说。

他仍然没有睁开眼睛，因为女人的手掌轻抚在他的眼睛上。

有一阵子，向敬岳不明白为什么脑海中总是浮现这一场景，似梦非梦的，他不能确定这场景是否真实存在过。

我这辈子最遗憾的是没有在父母面前尽孝。向敬岳曾对两个人吐露心声，一个是刘慧芳，一个是乔崇峻。在刘慧芳眼里，丈夫是个孤儿，有关父母的种种对于丈夫来说是一道受伤的疤痕不能揭开。这么多年来，丈夫首次提起，她简单地将此理解成对过往的和解。

4

丹青矿地质文化公园旅游线路规划得合理而丰富，游客游完地质公园、金碧山山体公园便前往农家乐，不仅解决食宿，饱览田园风光，还可以在向宇村葡萄园体验采摘的乐趣。

项目规划之初，负责人特意邀请向敬岳、刘慧芳回忆乡村原始的风貌，试图还原乡村那种自然的、延续几十年的，带有历史感的沧桑。草垛、石磨、石碾被一一仿造出来，为了复古和逼真都做了旧，在村头小学，项目组参考文史资料，重新恢复了祠堂。

整个村庄恢复了原先的模样，家家户户都有农具，但大家都清楚，那只是道具，村民不再在田间劳作了。

几番斟酌，为了让游客有别样的生活体验，农家院出售煤油灯，按灯芯的长度和煤油的刻度分了几个价位。这个创意出乎意料地带来了收益，农家乐也因此别具一格。此外，土灶也格外受欢迎。

游客们面对一泓碧水，讲解员声情并茂地缅怀昔日的丹青山，像是在缅怀一位烈士，她说，丹青山是一座功勋之山。铁城人是很乐于说起丹青山的，说它是物华天宝，人杰地灵之处。

向敬岳常常坐在家门外望着游客们，想着这些人刚刚面对着一泓湖水缅怀一座山。游客们是这里的过客，而向山却是他人生的归宿，他在这里将生活过成理想中的生活。自从刘岩接管了葡萄园，他接来了梁淑媛，刘砭也常常回来，家里总是两家人欢聚一堂。

采摘季，游客频繁光顾葡萄园。这天，刘岩邀请了一位主播在葡萄园现场直播。那主播与刘砭年龄相仿，穿着偏复古风，拎着一只藤条箱。见向敬岳总是盯着她，便走出镜头，大方地走到向敬岳面前，爷爷，你是想问什么还是想说什么？向敬岳皱纹交错的面庞掩饰住他内心的涟漪，抬手指着那藤条箱问道，这是哪来的？主播一愣说，是家传的。见向敬岳面色有变，主播又慌忙改口，我撒谎了，是网上看着喜欢买来收藏的。话音落地，但见向敬岳慢慢垂下抬起的手臂，缓缓闭上了眼睛。

后记　遍地诗歌一座城

凌晨五点，父亲和母亲穿戴整齐推着自行车出了门。正值腊月，屋外的寒风时时挑衅木制失修的窗框，发出阵阵呼啸。我从被窝里跳下床，趴在结了霜的窗玻璃上向外张望。父亲骑车的背影模模糊糊，书包架上母亲瑟缩着身子，脸颊紧贴着父亲的后背。街道空寂，夜色脉脉含情很快包围了他们。

父亲骑的是一辆飞鸽牌二十八寸载重自行车，这辆自行车忠心耿耿地伴随父亲近十个年头，父亲对它也很爱惜，总是擦拭得雪亮。月初，我们一家从北国吉林迁至江南马鞍山，它也一路辗转托运而至。这辆自行车是我们家最值钱的行李。此刻，它的光彩照亮了父母的前程，也照亮了我的幸福，对于我来说，幸福就是看得见的美食。

父母到达目的地时，花山菜场里已经排起了几组长长的队伍。当时的市中心解放路一带，花山菜场是唯一的菜市场，属国营单位。进得菜场一扇拱形的铁栅栏门，迎面是由四个水泥台组成的矩形空间，前两个是蔬菜柜台，后两个分别是肉食柜台和水产、禽类柜台，靠边北侧是豆制品柜台。父亲和母亲很快进行了分工，买猪肉的人最多，难度最大，由父亲上阵，母亲排在买鱼的队伍里，自行车临时客串，被父亲安置在购买豆制品的队伍里。

天蒙蒙亮时，人群忽然骚动拥挤起来，有序的队伍立刻散了形。父亲的自行车招架不住倒在了地上，母亲见状，不顾一切地扑向自行车，眨眼间，母亲就像一枚落进人流旋涡的树叶。

那天，父亲斩获了两斤肋条肉。回家后，父亲绘声绘色地向我们描述当时压肩叠背的情景，喜笑颜开。母亲却在一旁唉声叹气，母亲为了保护自行车，在慌乱和拥挤中不仅没有买到鱼，还痛失了鱼票和豆制品票。

两斤肋条肉码了盐悬挂了起来，每时每刻，它高高在上，态度鲜明地藐视我们。母亲说，到除夕那天，这块肉将分别用来红烧、剁肉泥包饺子、和在萝卜丝里炸肉圆。

时值20世纪80年代中期，这是我们家落户马鞍山的第一个春节，母亲希望除夕的餐桌上有肉有鱼，寓意年年有余。无奈，痛失鱼票令母亲懊恼不已。眼看着到了腊月二十八，一大早，父亲乐呵呵地说，他想到了解决我们烦恼的好办法，不仅可以弄到鱼，而且会让我喜欢上这座新城市。

父亲骑着自行车载着我出了家门。当年坐在自行车上兜风是我最大的乐趣，许多时候父亲骑着自行车并不为到达某个目的地，就是为了兜风，类似于当前的自驾游。初来乍到，对江南水乡，我既新奇又挑剔，有一些向往又有些排斥，在我的内心，北国的千里冰封仍然占据了重要的位置。当时的马鞍山市区局促，沿着新建的团结广场大转盘向东，很快就到了郊外。自行车驶上一处田埂，极目远眺，不见白雪皑皑，只见大片绿色接踵而至，冬天的田野，处处是绿油油的麦田和碧翠的青菜，间有水田穿插，更有塘水碧波荡漾。

临近一处水塘父亲停下了车，从随身的包裹里取出一样东西。父亲居然准备了简易的鱼竿。备好鱼竿，又用小铁铲挖了两条蚯蚓做鱼饵，父亲把鱼钩投向水面。冬日早晨的太阳，阳光黄灿灿的，特别金贵。父亲望一眼太阳随口吟道："小男供饵妇搓丝，溢楹香醪倒接䍡。日出两竿鱼正食，一家欢笑在南池。"随后，父亲笑眯眯地感慨道，眼前的情景与诗歌十分吻合，行尽江南，随便一处便是诗境。

父亲说，守着江南水乡，我们不仅有鱼还有诗呢！父亲问我，你说是诗好呢，还是鱼好？我当时虽然嘴馋，一直惦挂着水塘的鱼儿上钩，但处在那种从未体验过的环境里，又被父亲描绘的诗意感染，平生第一次感受到生活在吃喝之外还有一种更宝贵的食粮。我说，都好。父亲见我没有反感，趁热打铁教我背诵了《望天门山》《姑孰十咏之姑孰溪》，为了便于理解，父亲特意逐句讲解。听着父亲的讲解，我对诗中描写的诗境和意境的向往使我渐渐地淡忘了那水中的鱼钩。那天，我们只收获了两条两寸长的小鱼，但父亲却动用了"满载而归"四个字形容我们的收获。其实，那一年我家除夕餐桌上还是有大鱼的，母亲用面粉做了一条鱼的模型上锅蒸熟后，打了红卤，配了葱花和父亲钓的两条小鱼，一同摆放在盘子里，非常逼真而丰盛。这道菜是那年除夕的一道亮点，此外，我在饭后当场做了唐诗朗诵表演也是一道亮点。那个除夕，一家人听我背唐诗的温馨画面成了年年回味的经典。

开学后，学校开展活动，组织同学们写诗读诗，父亲鼓励我上台朗诵，竟意外获奖。奖励不仅让我很快融入了新环境，也意外地成了我学生生活的一部分。而阅读、朗诵诗歌的爱好直至走上了工作岗位依然保持着。因为身处得天独厚的生活环境，使得父母对我的教育也充满了积极乐观的诗情画意。生活在这拥有诗歌文脉的城市，我时常感到恍惚，分不清是更爱城市还是更爱诗歌。或许这两种爱已合二为一。

2005 年 10 月，经国务院批准，我所生活的城市成功地举办了第一届中国诗歌节。从 2006 年起，马鞍山中国国际吟诗节正式更名为马鞍山中国李白诗歌节。矿山为源的城市却因诗歌令世人瞩目。

至今马鞍山已举办过三十八届诗歌节，城市几经变迁，市容也不断扩大，当年与父亲垂钓的田野已高楼林立。然而，其土地筋脉，风韵依然。

我时常想起，父亲骑着那辆载重自行车载着我先后去过采石矶、大青山、姑溪河畔、天门山……我背诵的诗歌中描述的情景一一出现在我的眼前，它们像是一幅幅美丽的画卷，令我怦然心动。我难以忘记，出了城后在乡间坑坑洼洼的土路上，父亲操纵着自行车像是在练习杂技一样绕过一个个土坑，而我颠簸在书包架上就像是父亲精心保护的瓷器道具，父亲不断地提醒我，坐好了，保持平衡。就是这些贯穿之间，父亲对我说，我们其实是走在一条文脉上。父亲以马鞍山为中心向外地延伸，历数《送人归江宁》《南陵道中》《秋浦歌》等名诗，父亲读诗还介绍诗的作者，父亲说这些诗句中有作者的感悟，而诗中描写的诗境保留着诗人的目光，因而这些山水充满了灵气。此后，我便把那种在自行车上的颠簸的感觉理解为脉动的感觉，并且无法舍弃。这种感觉伴随着朝朝夕夕，从来不需要想起，永远也不会忘记。这种感觉在 2015 年底宁安高铁开通之际更强烈地撞击着我的内心，传递给我脉动的感觉，这感觉里有一股不可言说的诗意和亲情。这诗意源自于我们安居的土地，它甚至超越了亲情。

父亲小时家境殷实，先上私塾，后又进入新式学堂，满腹才华。投身革命后跟随解放军队伍转战南北，曾被打成右派，下放北大荒。母亲为了跟随父亲，放弃了家乡教师的工作。父亲平反恢复工作后的最大愿望就是回到家乡泰州。在马鞍山居住十年后，父亲当年的老战友几经周折终于联系到父亲，告知父亲当年有人在调令上做了手脚，父亲原本是要调回泰州的。父亲得知实情后表情平静，他说，这里很好，在诗城有诗。

不久前，父亲的老战友由上海乘坐高铁来探望母亲。这位叔叔曾于1958年到1978年在马钢一铁厂工作过，故地重游，先是去了幸福路，又去了马鞍山长江大桥，老城出新，新城出彩，老人一路感慨，说起我去世的父亲不胜唏嘘。

手握方向盘，我一度泪眼模糊，不得不放慢了车速，我分明聆听到父亲的脚步，一路追随着我们，那脚步声踏着诗歌的节奏遍布这座城市的角角落落。

此为后记，是因钢铁建市的城市的一幅图景，一座城，一群人，以及一群人的精神世界。